Der Online-Tote

Ein Basler Krimi von Philipp Probst

Philipp Probst, geboren 1965, wohnt in der Region Basel. Er arbeitete über zwanzig Jahre lang als Journalist für verschiedene Medien, wurde danach Lastwagen- und Busfahrer und begann, Bücher zu schreiben. Sein erstes Buch «Der Fürsorger» (verlegt bei Zytglogge) wurde 2009 verfilmt. 2011 erschien sein Thriller «Der Storykiller», 2013 «Die Boulevard-Ratten» (beide beim Appenzeller Verlag). 2014 folgte «Der Sonntags-Krimi», ein interaktiver Fortsetzungsroman mit Beteiligung der Leserinnen und Leser, im Sonntagsblick. Mehr Infos unter www.philipp-probst.ch und bei Facebook, Twitter, Google+ und LinkedIn.

«Fulminant und packend entwickelt der Autor die Geschichten im Stil der grossen US-Thriller.»

Sonntagszeitung

Deutsche Erstausgabe

Cover und Layout: Niklaus Geering, ringring, Basel
Satz und Druck: Werner Druck & Medien AG, Basel
Printed in Switzerland

ISBN: 978-3-033-04725-9

W.D&M

gedruckt in der schweiz

Zu diesem Buch

Diesen Roman schrieb ich zwischen Januar und August 2013 als wöchentlichen, interaktiven Fortsetzungskrimi für ein Online-Magazin. Die Leserinnen und Leser konnten am Ende jedes Kapitels zwischen zwei Fortsetzungsvarianten wählen. Danach hatte ich zwei Tage Zeit, aufgrund des Resultats, das nächste Kapitel zu kreieren. Dies war eine äusserst sportliche Herausforderung, denn im Gegensatz zum Schreiben eines normalen Romans konnte ich die bereits veröffentlichten Kapitel nicht mehr anpassen und korrigieren. Und: Die Leserinnen und Leser stimmten oft nicht so ab, wie ich es mir gewünscht habe. Da war dann sehr viel Fantasie gefragt.

Fast unheimlich kommt es mir heute vor, dass ich das Thema – das absurde Sammeln immenser Datenmengen und die Überwachung ganzer Gesellschaftsschichten – vor dem Auffliegen der amerikanischen NSA-Affäre im Juni 2013 gewählt habe.

Die vorliegende Fassung habe ich leicht überarbeitet. Doch dieser Krimi ist noch immer eine Geschichte von mir und meinen Leserinnen und Lesern. Ich möchte mich bei allen bedanken, die so fleissig abgestimmt haben.

Dank auch an all die Freunde und Bekannten, die tatkräftig mitgeholfen haben, dieses Projekt zu verwirklichen.

Philipp Probst, September 2014

1

46. Minute – Gleich nach dem Anpfiff zur zweiten Halbzeit übernimmt der FC Basel das Zepter. Die Berner Young Boys scheinen noch nicht richtig auf dem Platz zu stehen.

49. Minute – Eine tolle Flanke in den Strafraum. Marco Streller kommt einen Tick zu spät. Glück für Bern. Das Stadion tobt. 53. Minute – Der FC Basel hat das Spiel im Griff. Doch noch hält die Berner-Abwehr das 0:1, aber das Tor zum Ausgleich ist nur eine Frage der Zeit.

«Und es ist auch nur eine Frage der Zeit, bis dieser Quatsch hier zu Ende ist», murmelte Roger Jossi. Er konnte sich weder an diesem Fussballspiel noch an seiner Arbeit erfreuen. Er schaute TV und schrieb alle paar Minuten einige Sätze zu dem, was auf dem Rasen passierte. Jossi sass im vierten Stock eines alten Gewerbegebäudes an der Kanonengasse, mitten in Basel. Er war Autor des «Live-Tickers» auf Telwebnews.ch. «Tickern», eine noch junge, journalistische Disziplin, sollte die Leserinnen und Leser bei spannenden Events via Internet live auf dem Laufenden halten.

Das TV-Gerät hing vor Roger Jossi an der Wand, auf seinem Pult hatte er drei Bildschirme: In der Mitte einen zum Schreiben, links einen fürs Abchecken der Agenturmeldungen aus aller Welt und der dritte, rechts, wäre für die Kontrolle der Klicks, Downloads und Kommentare der User von Telwebnews.ch und der Mobile-Version gedacht gewesen. Doch dieser Bildschirm war schwarz – Roger war es egal, was die Leser zu sagen hatten.

59. Minute – Streller haut den Ball an die Latte. Das Vibrieren des Aluminiums hallt durchs ganze Stadion. Ein Hammer-Knaller!

Roger lächelte, nachdem er dies geschrieben hatte. Er war kein Sportjournalist. Er hatte sich auch immer wieder über die martialisch-derbe Kriegssprache der Sportkollegen lustig gemacht. Jetzt fand er langsam

Gefallen daran. Er stellte den Fernseher ein bisschen lauter, um sich von den Kommentaren des TV-Reporters inspirieren zu lassen. Dieser sagte gerade: «Der FCB überwälzt Bern förmlich.» Roger Jossi überlegte einen Augenblick, dann tippte er:

62. Minute – Mit einer Feuerwalze versuchen die Basler, die armen Berner plattzumachen. Angriff um Angriff rollt den Young Boys entgegen. Wann explodiert die FCB-Granate im Tor von YB?

Sein Live-Ticker ging direkt ins Web, auf Facebook und Twitter. Und natürlich in die Handy-App von Telwebnews.ch. Alles topmodern, schliesslich gehörte Telwebnews.ch zu Telwebcom, einem grossen, internationalen Kommunikationskonzern. Die eigene Newsseite war ein Zusatzservice für die Mobile-, Internet- und TV-Kunden, die mit minimalem Aufwand von fünf festangestellten Profi-Journalisten und mehreren Studenten betrieben wurde. Aber sie war äusserst erfolgreich. Sie gehörte zu den drei meistgelesenen Newssites. Roger Jossi war mit seinen 46 Jahren das Fossil im Team. Carmen Soss, die Chefredakteurin, war 17 Jahre jünger.

65. Minute – Wieder eine geniale Flanke von Fabian Frei. Doch Bern-Keeper Yvon Mvogo krallt sich die Kugel. Was für eine Parade!

Roger Jossi wandte sich vom TV-Schirm ab und checkte auf seinem zweiten Computer die neusten Agenturmeldungen. Vielleicht fand er noch News, die er ebenfalls auf die Online-Plattform stellen könnte. Aber es schien an diesem Abend auf der Welt ruhig zu und her zu gehen.

Er wollte sich wieder auf das Fussballspiel konzentrieren, als er im Augenwinkel bemerkte, dass auf dem rechten Bildschirm, der immer noch schwarz war, weil Jossi ihn nicht benutzte, sich irgendetwas darin spiegelte. Roger schaute genauer hin und glaubte, eine Gestalt zu erkennen. Sie musste unmittelbar hinter ihm stehen.

Roger drehte sich um, zuckte zusammen, riss die Augen auf und flüsterte: «Was machen Sie …?»

Aus dem Fernseher drang lautes Geschrei der Zuschauer, Jubel, der aber sofort abflaute. Der Kommentator machte: «Uiii, ui, ui!»

Doch das bekam Roger Jossi nicht mehr mit.

2

«Was machen … Sie hier? … Wer sind … Wie sind …», stotterte Roger Jossi.

Der Mann grinste nur. Er kam langsam auf Roger zu, beugte sich zu ihm hinunter und starrte ihn an. «Wir haben Sie doch wirklich mehrmals gebeten, die Sache zu vergessen, nicht wahr?»

«Schon … aber …» Jossi presste sich in seinen Stuhl. «Aber Sie können mir nicht …»

«Hören Sie auf, Jossi!», schrie der Mann, ging einen Schritt zurück und wandte sich ab.

Roger atmete auf. Er hatte in seiner Karriere schon viel erlebt, hatte einige Leute wütend gemacht, hatte schon anonyme Zuschriften und Mails bekommen. Direkt bedroht worden war er allerdings noch nie.

«Ich sollte weiterarbeiten. Lassen Sie uns morgen darüber reden. Oder beantworten Sie einfach meine Fragen, die ich gemailt habe, dann haben …»

«Wir werden überhaupt nichts beantworten!», schrie der Mann und ging wieder auf Jossi zu. «Rücken Sie die Daten heraus, wenn ich bitten darf!»

Lauter Jubel drang aus dem TV-Gerät. «Tor – das ist der Ausgleich, hochverdient!», kommentierte der Fernsehreporter.

Jossi drehte sich um, sah die Wiederholung des Tores von Marco Streller und fing an, seinen Live-Ticker fortzusetzen.

80. Minute: Tor durch Streller. 1:1! Die Schlussphase wird sich…

«Jossi, was ist los?», murmelte Carmen.

«Bitte?», fragte ihre Freundin Lina. «Tor?»

«Ja, aber schau mal …» Carmen zeigte Lina ihr iPhone. «Jetzt schreibt der Depp nicht mal mehr ganze Sätze.»

Carmen Soss, die 29-jährige Chefin von Telwebnews.ch, nervte sich über ihren Mitarbeiter Roger Jossi, der heute Abend Dienst hatte. Da es aber nicht das erste Mal war, dass sie sich wegen Jossi aufregte, versuchte sie, die Sache gleich wieder zu vergessen. Schliesslich hatte sie einen freien Samstagabend, sass mit ihrer Freundin Lina im vegetarischen Restaurant Tibits, in der Nähe der beliebten Basler Flaniermeile Steinenvorstadt, hatte herrlich gegessen und wartete nun auf ihren neuen Freund Christoph und Linas Ehemann Daniel. Diese hatten sich verabredet, um sich das Spiel im Stadion St. Jakob live anzusehen.

Carmens iPhone vibrierte: *86. Minute: Wieder Tor für Basel. 2:1.*

«Der FCB führt zum Glück», sagte Carmen zu Lina. «Dann sind die beiden besser gelaunt.»

Lina kicherte und meinte: «Unsere beiden Männer machen immer so ein Drama, wenn der FC Basel verliert. Schrecklich! Meiner ist dann manchmal kaum ansprechbar. Echt, sich wegen sowas aufzuregen – das kann ich nicht verstehen!»

Die beiden Frauen lachten.

93. Minute: Abpfiff. Basel gewinnt 2:1.

«Gewonnen», sagte Carmen. «Tja, dann wird es eine schöne Nacht.»

Dies freute sie zwar, doch regte sie sich erneut wegen Roger Jossi auf. Sie fragte sich, was das sollte. Zuvor hatte Jossi spannend und witzig geschrieben, gegen Schluss lieferte er nur noch langweiligen Schrott, wie Carmen fand.

«Der Kerl ist wohl besoffen», sagte sie leise.

«Wer? Dein Jossi?», fragte Lina und lachte. «Vergiss mal die Arbeit. Jetzt verführen wir erst mal unsere zwei Typen.»

Die beiden Frauen standen auf und verliessen das Tibits in Richtung Steinenvorstadt. Dort, in der Bücheli-Bar, hatten sie mit ihren Männern abgemacht.

Es wurde eine lange Nacht. Christoph und Daniel erschienen erst nach 1 Uhr. Die beiden Pärchen tranken, lachten und tanzten in mehreren Lokalen. Carmen und Christoph fuhren erst gegen halb sieben Uhr morgens mit dem Tram nach Hause. Von der Haltestelle Heiliggeistkirche waren es nur noch einige Meter bis zu ihrer Wohnung. Carmen war ziemlich beschwipst und stöckelte unsicher auf ihren hohen Pumps – Christoph musste sie stützen. Als sie vor ihrem Haus an der Thiersteinerallee standen und Carmen den Schlüssel aus der Tasche kramte, bemerkte sie, dass ihr Handy vibrierte. Sie nahm es heraus. Jetzt stoppte die Vibration. Auf dem Display wurden sieben Anrufe in Abwesenheit angezeigt. Alle von Sophie. Alle innert weniger Minuten. Der erste war um 5.54 Uhr eingegangen.

Sie rief sofort zurück.

«Hey, Carmen, endlich! Sorry, habe ich dich geweckt, aber es ...», haspelte Sophie Fretz, eine Studentin, die für die Morgenschicht der Online-Plattform eingeteilt war.

«Was ist denn los, Sophie?», fragte Carmen.

«Was soll ich tun? Du musst herkommen! Ich stehe vor dem Eingang, ich weiss ...»

«Sophie, ganz ruhig! Erzähl erst mal.»

Carmen hielt sich an den Briefkästen fest und schlüpfte aus ihren Pumps. Sie brauchte festen Boden unter den Füssen.

«Die Türe wurde aufgebrochen ...»

«Scheisse. Und die Tore?» Der Zutritt zum Gebäude an der Kanonengasse war nachts mit zwei grossen, weissen Gittertoren versperrt.

«Die waren geschlossen», sagte Sophie. «Soll ich die Polizei rufen?»

«Geh erst mal rein!»

«Ich habe Angst.»

«Ach komm, geh schon rein!»

«Na gut», sagte Sophie nach langem Zögern.

Durchs Handy war ein Rascheln zu vernehmen, Schritte, Sophies Atem. Carmen ging davon aus, dass Sophie nun im Aufzug war. «Bist du im Lift?», fragte sie.

«Nein. Ich laufe. In den Lift traue ich mich nicht.»

«Okay.»

«Die Bürotüre steht offen», flüsterte Sophie nach einer Weile.

Carmen hörte, wie Sophies Atem schneller wurde.

Dann ein Schrei.

«Sophie?», fragte Carmen nach einer Weile zaghaft. «Sophie?»

«Ja, ich bin da ... Oh, mein Gott! Roger liegt am Boden ... Blut ... überall ...»

«Was?»

«Er ist tot ...»

3

Sophie starrte auf den leblosen Körper, der in einer grossen Blutlache lag. Rogers Augen und Mund standen weit offen.

Die junge Journalistin hatte noch nie einen Toten gesehen. Sie wurde ganz ruhig, überlegte, ob sie ihrem Arbeitskollegen die Augen schliessen solle, so wie das in Filmen immer gemacht wird. Aber die Leiche anzufassen, getraute sie sich dann doch nicht.

Erst jetzt bemerkte sie, dass jemand ihren Namen rief. Sie schaute sich um und sah ihr Handy beim Eingang auf dem Boden liegen. Im Schreck hatte sie es dort fallen lassen. Sie ging hin und nahm es ans Ohr.

«Sophie!», schrie Carmen durchs Telefon.

«Ja, ich bin wieder hier, das Handy ist mir zu Boden ...»

«Ist Jossi wirklich tot? Oh, mein Gott! Was ist passiert?»

Sophie schilderte, dass Roger auf dem Rücken liege, in einer Blutlache, Augen und Mund offen, und dass sie jetzt die Polizei rufe.

«Keine Polizei, Sophie, hörst du? Keine Polizei, ich komme sofort!», befahl Carmen.

«Aber ich muss doch die Polizei ...»

«Sophie, warte, bis ich da bin», wiederholte ihre Chefin. «Christoph, ruf sofort ein Taxi ...»

«Bitte?», Sophie verstand nicht.

«Sorry, Christoph ist mein Freund», erklärte Carmen. «Mach einfach nichts, Sophie. Warte, fass nichts an und bleib, wo du bist! Okay?»

«Na ja ...»

Die Verbindung wurde unterbrochen.

Sophie ging noch einmal zum Toten. Dann schaute sie sich im Büro um. Am Arbeitsplatz, an dem Jossi höchstwahrscheinlich am Abend zuvor gesessen hatte, lief noch der Fernseher. Die Computermonitore waren zwar dunkel, ausgeschaltet waren sie aber sicherlich nicht, sondern nur auf Standby. Sophie wollte sich davon überzeugen, liess es dann aber bleiben, weil ihr Carmen ja verboten hatte, etwas anzufassen.

Von unten drangen die monotonen Geräusche der Druckmaschinen herauf. Das Gebäude, in dem Telwebnews im 4. Stock einquartiert war, gehörte der Firma Werner Druck & Medien AG, einem alteingesessenes Basler Unternehmen. An das alte, schöne Riegelhaus war irgendwann mal ein moderner Neubau angepflastert worden.

Eigentlich sollte Sophie seit 6 Uhr News aus der ganzen Welt und vor allem die Sportnachrichten aus Übersee aktualisieren. Zudem hätte sie auch People- und TV-Meldungen aus der vergangenen Nacht aufschalten müssen. Da es jedoch Sonntagmorgen war, besuchten nicht allzu viele User die Telwebnews-Seite. Lange würde es allerdings nicht dauern, bis jemand aus dem Kontrollzentrum von Telwebcom in Zürich sich erkundigen würde, was in Basel in der Redaktion los sei.

Dass Telwebnews im Gebäude der Werner Druck & Medien AG in Basel stationiert war, kam daher, dass bis vor neun Jahren diese Newsplattform unter dem Namen Swissonlinenews noch zu «Werner Druck» gehörte und dann von Telwebcom gekauft und umbenannt wurde. Ob und wann Telwebnews.ch nach Zürich umsiedeln müsste, war noch nicht festgelegt und ein Dauerthema bei den Mitarbeitenden. Allerdings standen die Chancen nicht schlecht, dass die Redaktion in Basel bleiben würde: «Werner Druck» war schliesslich eine der Hausdruckereien des Telwebcom-Konzerns. Es gab aber noch einen anderen, wirtschaftlichen Grund, die Redaktion in Basel zu belassen: Im Vergleich zur Medienstadt Zürich verdienten die Journalisten in Basel deutlich weniger. Und da viele Printprodukte im Raum Basel ums Überleben kämpften oder schon eingestellt worden waren, war der Markt an talentierten Reportern einiges grösser als in Zürich.

Sophie hörte schnelle Schritte im Treppenhaus. Drei Sekunden später stand Carmen im Büro. Sophie staunte über das Outfit ihrer Chefin: Carmen trug ein mit Glitzersteinchen besetztes Top, darüber ein dünnes Jäckchen, einen äusserst kurzen, rot-schwarzen Jupe, schwarze Nylons und hochhackige Sandalen, deren Riemchen ebenfalls mit Steinchen verziert waren. Die dunklen, langen Haare trug sie aufgesteckt, doch die Frisur war ziemlich zerzaust.

Es war zwar Frühling, trotzdem fand Sophie Carmens Kleidung für einen frühen Sonntagmorgen etwas leicht – und vor allem deplatziert, da ein Arbeitskollege gestorben war. Ebenso erstaunte sie, dass Carmen von einem Mann begleitet wurde. Dieser trug einen hellgrauen, leicht glänzenden Anzug, der zwar zu Carmens Outfit passte, aber für die Situation genauso degoutant war.

«Hey», sagte Carmen. «Das ist übrigens Christoph, mein Freund. Ähm, sorry, wegen unserem Aufzug, wir sind eben erst vom Ausgang nach Hause ...»

«Schon gut», unterbrach Sophie und blickte zur Leiche.

«Oh, mein Gott!», rief Carmen jetzt und stöckelte zu Roger Jossi.

«Jemand hat ihm die Kehle durchgeschnitten», kommentierte Christoph trocken.

«Oh, mein Gott!», rief Carmen erneut.

«Wir sollten jetzt wirklich die Polizei rufen», sagte Sophie, nachdem sich Carmen beruhigt hatte.

«Gleich, wart Sophie, wir müssen unbedingt zuerst etwas checken.»

«Was müssen wir ...»

Sophie beendete den Satz nicht, denn zu ihrer Verwunderung setzte sich nicht nur Carmen an einen der Computer, sondern auch Christoph. Die beiden klickten sich durch diverse Dokumente, gaben immer wieder Kenn- und Passwörter ein, die Carmen ihrem Freund diktierte, und suchten offensichtlich nach irgendwelchen Daten.

«Kann ich euch helfen?», fragte Sophie. «Was sucht ihr? Worum geht es überhaupt?»

Weder Carmen noch Christoph antworteten.

Sophie fragte erneut. Wieder bekam sie keine Antwort. Schliesslich sagte sie ganz laut: «Ich rufe jetzt die Polizei.»

Da drehte sich Carmen um und schaute sie mit ihren grossen, hellgrünen Augen an. «Sophie», sagte sie nach einer Weile. «Wenn die Polizei kommt, wird hier alles auf den Kopf gestellt und beschlagnahmt.»

«Na und? Roger wurde schliesslich ermord...»

«Ja, verdammt nochmal!», fauchte Carmen. «Das sehe ich auch!»

Sophie schaute sie verdutzt an. So hatte sie ihre Chefin noch nie erlebt. Seit acht Monaten arbeitete sie jetzt als Teilzeit-Journalistin bei Telwebnews – daneben studierte sie Jus – und Carmen war bisher immer nett, freundlich und motivierend gewesen.

«Sorry, Sophie», sagte Carmen, stand auf und nahm sie in den Arm. «Jossi war an einer grossen Sache dran. Und ich bin sicher, dass er deshalb sterben musste. Und wenn die Leute, die ihn umgebracht haben, nicht das erhalten haben, was sie wollten, dann sind wir auch …» Carmen stockte.

«Was?»

Carmen antwortete nicht, löste sich von Sophie und blickte zur Decke.

«Dann sind wir auch in Gefahr, wolltest du sagen?»

Carmen schaute Sophie in die Augen: «Ja.»

«Aber warum?»

«Pass auf, Sophie, ich will dich da nicht mit reinziehen, deshalb solltest du davon auch nichts wissen.»

«Bin ich nicht schon voll drin?!», fragte Sophie. Es klang allerdings nicht nach einer Frage, sondern nach einer Feststellung. «Schliesslich liegt ein Arbeitskollege tot im Büro», fuhr Sophie fort, «und du verhältst dich, als würde hier gleich die Mega-Action losbrechen.»

«Los, Carmen», mischte sich Christoph ein, «sag ihr endlich was los ist.»

«Also gut, aber du darfst mit niemandem darüber reden.»

Sophie nickte.

«Roger hat auf eigene Faust eine Story angerissen, die nichts mit unserer Redaktion zu tun hat. Weil er immer wieder während der Arbeitszeit in dieser Sache recherchiert hat, stellte ich ihn einmal zur Rede. Da hat er mir erklärt …»

«Carmen, du solltest auf den Punkt kommen, wir haben keine Zeit», unterbrach Christoph.

«Also, Roger hat herausgefunden, dass ein gewaltiger …»

4

Carmen stockte.

«Na los, jetzt sag schon!», insistierte Sophie. «Ich kann mir nicht vorstellen, dass Jossi irgendetwas Brisantes herausgefunden hat, der hat doch nur noch ...»

«Gesoffen», unterbrach Carmen. «Aber ein guter Journalist war er trotzdem. Und wir alle hätten noch viel von ihm lernen können.»

Sie machte eine Pause. Es war ganz ruhig auf der Redaktion. Nur die Druckermaschinen waren zu hören. Monotone Geräusche. Irgendwie wirkten sie gerade sehr beruhigend. Unterbrochen wurde diese industrielle Geräuschkulisse nur vom Klicken Christophs Computermaus. Er durchforstete einen Rechner nach dem anderen nach Dokumenten. Hin und wieder fragte er Carmen nach weiteren Passwörtern, klickte sich weiter durch und checkte Links und Pfade des Computers.

Plötzlich sagte er: «Da hat jemand alle Computer durchsucht.»

«War sicher der Mörder. Ist ja klar, was der wollte.»

«Ja, aber offenbar fand ... Moment ...»

«Was?»

«Er hat Dokumente gelöscht. Ha! Die kann ich aber noch retten.»

Alle drei schwiegen. Carmen wischte sich eine Träne ab und sagte dann zu Sophie. «Roger stand kurz davor, einen gewaltigen Skandal aufzudecken.»

«Echt?», sagte Sophie erstaunt.

«Ja. Mit dieser Geschichte wollte er sich ins dicke Mediengeschäft zurückkämpfen und nicht länger hier bei uns als Online-Redakteur einer Telekommunikationsfirma arbeiten. Er konnte sich mit Online-Journalismus sowieso nie anfreunden.»

«Jossi, der alte Träumer. Seine Zeit war doch längst vorbei.»

«Vielleicht, Sophie. Aber wenn die Story stimmt, die er recherchiert hat, dann ist das wirklich ein Knaller.»

«Aber deswegen wurde er wohl kaum getötet.»

«Oh, da wäre ich …»

«Mädels», mischte sich plötzlich Christoph ein. «Ich habe es gefunden.»

Carmen und Sophie eilten zu ihm. Alle starrten voller Spannung auf den Bildschirm.

Arbeitstitel:

Neuer Spitzel-Skandal: Bundesanwaltschaft kauft geheime User-Daten

Darunter begann der Text. Doch Christoph klickte ihn weg, verlangte von Carmen einen USB-Stick, steckte diesen in den Computer und zog mehrere Ordner von der Festplatte auf den externen Datenträger. Danach verschob er die eben kopierten Ordner vom Desktop in den Papierkorb und wählte «Papierkorb leeren». «Möchten Sie alle Elemente unwiderruflich löschen?», fragte das Programm.

Christoph wollte gerade «Ja» klicken. «Warte!», ging Sophie dazwischen und stiess Christophs Hand von der Maus weg.

«Was soll das?», fragte Christoph gereizt.

Sophie stellte sich vor das Pult, an dem Christoph sass, und verschränkte die Arme. «Was habt ihr vor? Warum soll die Polizei nichts von dieser Story wissen? Darum geht es hier doch, oder?»

«Ja, Sophie, genau darum geht es», antwortete Christoph.

«Und warum?»

«Weil es zu gefährlich ist. Und weil wir die Geschichte zu Ende bringen wollen», erklärte Carmen. «Glaube mir, das hätte Roger so gewollt.» Und zu Christoph sagte sie: «Lösch alles von der Festplatte.»

Sophie begann zu weinen. Sie ging zu Roger Jossi, kniete neben ihm nieder und vergrub ihr Gesicht in den Händen.

Carmen ging neben ihr in die Hocke und nahm sie in den Arm.

«Wegen einer Geschichte …», sagte Sophie, musste aber schluchzen und konnte erst nach einer Weile weiterreden: «… bringt man doch niemanden um.»

Carmen stand auf, holte ein Taschentuch und reichte es ihr.

«Oder?», fragte Sophie leise.

«Doch, Sophie, offenbar schon», antwortete Carmen ebenso leise. «Deshalb müssen wir schweigen, verstehst du?»

Um 7.21 Uhr rief ein Mitarbeiter des Kontrollzentrums von Telwebcom in Zürich an und fragte Sophie, warum auf der Newsseite keine Updates aufgeschaltet werden. Sophie erklärte – auf Anweisung von Carmen –, dass sie sich verspätet habe. Der Controller gab sich damit zufrieden.

Nachdem Sophie versprochen hatte, mit niemandem über Jossis Story zu sprechen, alarmierte sie die Polizei. Es war jetzt 7.28 Uhr. Sechs Minuten später erschienen eine Beamtin und ein Beamter in Uniform. Der Mann stellte einige Fragen, um sich einen ersten Überblick zu verschaffen.

Um 7.53 Uhr stiessen mehrere, weiss gewandete Menschen dazu, die die Spurensicherung in Angriff nahmen. Einer von ihnen untersuchte den Toten. Kurz darauf betrat ein rund 40-jähriger Mann in Jeans, einem rot-weiss karierten Hemd und einem dunklen Veston den Raum. Er hatte kurze, blonde Haare und trug eine kleine Brille mit feiner, goldener Fassung. Er besprach sich zuerst mit einem der uniformierten Beamten, dann stellte er sich Sophie, Carmen und Christoph als Olivier Kaltbrunner von der Kriminalpolizei Basel-Stadt vor. Er erkundigte sich nach deren Namen, Funktionen und Beziehungen zueinander. Schliesslich ging er zum Rechtsmediziner, kniete sich zur Leiche nieder und wechselte mit dem Doktor einige Worte.

«Wer hat den Toten gefunden?», fragte Kaltbrunner, als er zu Sophie, Carmen und Christoph zurückkam, die nun an der Fensterfront der Redaktion sassen.

«Ich», meldete sich Sophie.

«Wann?»

«Kurz vor 6 Uhr.»

«Und bis Mitternacht hat er gearbeitet», erklärte Carmen. «Er berichtete über das Fussballspiel FC Basel gegen YB Bern.»

Kaltbrunner schaute Carmen Soss eine Weile an und fragte: «Warum wissen Sie das?»

«Weil Jossi Spätdienst auf der Redaktion hatte und das Spiel bis zum Schluss getickert hatte.»

«Getickert?»

«Das ist ein journalistischer Ausdruck, entschuldigen Sie», erklärte Carmen. «Jossi schaute am Fernseher das Spiel und berichtete auf unserer Newsseite darüber in Form eines Live-Tickers.»

«Natürlich.»

«Anschliessend schrieb er noch einige News-Meldungen. Die letzte ging um 23.55 Uhr raus. Ich habe das gerade kontrolliert.»

«Das ist wohl kaum möglich ...» Olivier Kaltbrunner hielt einen Moment inne, nahm die Brille ab und sagte: «Denn Ihr Mitarbeiter war schon vor dem Spielende tot.»

«Was?!», rief Carmen.

Kaltbrunner erklärte, dass aufgrund der ersten Untersuchung der Leiche der Todeszeitpunkt auf kurz nach 21 Uhr geschätzt werde. «Deshalb waren die Texte plötzlich so ...», Carmen suchte nach dem richtigen Ausdruck, «... so anders. Jossi war gar nicht besoffen. Er war tot. Eine Meldung in der 80. Minute brach er einfach ab. Schauen Sie ...»

Carmen zeigte dem Polizisten auf einem Bildschirm den Eintrag auf dem Live-Ticker:

80. Minute: Tor durch Streller. 1:1! Die Schlussphase wird sich...

Carmen scrollte nach unten und zeigte Kaltbrunner die nächste Meldung:

86. Minute: Wieder Tor für Basel. 2:1.

«Das bedeutet», murmelte Sophie, «dass der Mörder weitergetickert hat.»

«Und dass Roger online umgebracht wurde», sagte Carmen.

«Der Online-Tote ...», sinnierte Sophie.

Olivier Kaltbrunner sagte nichts. Er setzte die goldene Brille wieder auf und schaute Carmen, Christoph und Sophie der Reihe nach an.

Dann bat er Sophie, mit ihm mitzukommen, und führte sie zum Büro hinaus.

«Frau Fretz», begann der Polizist, als sie im Treppenhaus angekommen waren. «Wenn Sie um 6 Uhr hier waren, warum haben Sie die Polizei erst um …», er schaute kurz auf sein Smartphone, «... 7.28 Uhr alarmiert?»

Sophie sagte nichts. Sie schaute den Polizisten mir ihren grossen Rehaugen an.

«Frau Fretz?»

«Ja …»

«Haben Sie meine Frage verstanden?»

5

«Also, Frau Fretz, warum haben Sie die Polizei erst so spät alarmiert und nicht gleich, als sie den Toten gefunden haben?»

«Carmen wollte das so», sagte Sophie ganz ruhig.

«Carmen Soss? Ihre Vorgesetzte?»

«Ja.»

«Und warum?»

«Ich ... ich ...», stotterte Sophie. «Sie wollte ...» Plötzlich schossen Tränen in ihre Augen. Die junge Journalistin wandte sich ab und setzte sich auf die Treppe. Kommissär Olivier Kaltbrunner stellte keine weiteren Fragen. Er rief eine Polizistin zu sich, die sich um Sophie kümmern solle. Er selbst ging zum Tatort zurück.

Carmen war am Nachmittag von den Ereignissen und von der Einvernahme durch die Polizei so erschöpft, dass sie noch im Taxi einschlief. Zudem war sie, da sie mit ihren Freunden die ganze Nacht gefeiert hatte, seit über 30 Stunden auf den Beinen. Christoph trug sie in die Wohnung und legte sie aufs Bett.

Erst um 18 Uhr wachte Carmen auf, ging duschen und kochte sich einen Hagebuttentee. Christoph schlief auf dem Sofa und schnarchte leise. Er trug immer noch seinen Anzug vom gestrigen Abend. Der Fernseher lief. Es begann gerade das Sportpanorama auf SRF 2. Carmen schaltete das Gerät aus und legte eine Decke über Christoph. Sie küsste ihn sanft auf die Wange.

Um 19 Uhr kamen Lina und Daniel. Sie brachten eine Schachtel Canapés aus der Brötli-Bar am Barfüsserplatz mit. Carmen hatte gegen Mittag mit ihrer Freundin telefoniert und mit ihr für den Abend abgemacht. Es würde ihr guttun, nach all den Ereignissen mit Freunden zusammen zu sein, dachte Carmen. Sie hatte auch Sophie gefragt, ob sie kommen wolle. Doch diese hatte abgelehnt. Der Betrieb der Online-Seite Telwebnews.ch wurde an diesem Sonntag von Zürich aus aufrechterhalten. Allerdings nur rudimentär. Die Redaktion in Basel war von der Polizei gesperrt worden.

Christoph wachte auf, duschte ebenfalls und zog sich ein frisches Hemd an. Da ihre Beziehung noch sehr jung war, hatte Christoph erst eine Zahnbürste, Unterwäsche und zwei Hemden in Carmens Wohnung deponiert. Er lebte in Allschwil, in einer neuen, grossen Eigentumswohnung an der Spitzwaldstrasse.

Carmen hatte Appetit und ass ein Curry-, ein Sellerie- und ein Spargelbrötchen. Sie erzählte ihren Freunden, wie sie bei der Einvernahme mit Sophies Aussage konfrontiert worden und in Erklärungsnotstand geraten sei. Letztlich habe sie die Wahrheit erzählt. Oder zumindest die halbe. Sie habe eine geheime Story gesucht, sie aber nicht gefunden.

«Die müssen nicht alles wissen», sagte sie zum Schluss.

Christoph erklärte, dass er in etwa dasselbe ausgesagt habe. Den USB-Stick, auf den er Roger Jossis Dateien kopiert hatte, habe er nicht erwähnt.

Lina und Daniel schilderten schliesslich, wie sie befragt wurden.

«Was?», fragten Carmen und Christoph erstaunt.

«Die Polizisten wollten wissen, ob wir tatsächlich mit euch aus waren und wann …»

«Dann sind wir also Verdächtige?», fragte Carmen.

«Wir waren es wohl», sagte Christoph und schaute Lina an.

«Ja, natürlich», sagte diese sofort. «Wir waren mit euch bis 2.30 Uhr unterwegs.»

Carmen atmete auf.

Um 20.43 Uhr verliessen Lina und Daniel Carmens Wohnung. Christoph wollte eigentlich bei Carmen bleiben, doch diese wünschte, alleine zu sein. Sie müsse einfach mal Ruhe haben und Abstand von allem gewinnen. So verabschiedete sich auch Christoph und bat Carmen mehrmals eindringlich, sie solle sich sofort melden, wenn etwas sei. Auch mitten in der Nacht. Zuletzt übergab er ihr den USB-Stick. Doch Carmen meinte, er solle ihn bei sich behalten. Sicher sei sicher.

Also kopierte sie die Daten vom Stick auf ihren Laptop und gab Christoph den USB-Stick zurück.

Kaum war Christoph gegangen, begann Carmen, Rogers Artikel zu lesen.

Es lief ihr kalt den Rücken hinunter.

Sie las den Text dreimal durch. Dann rief sie Sophie an: «Alles klar bei dir? Pass auf! Was hast du der Polizei alles erzählt? Wissen die von der Story?»

«Tut mir leid, Carmen», begann Sophie. «Ich habe nichts Falsches sagen wollen, aber die haben …»

«Schon gut», unterbrach Carmen und wurde sich bewusst, dass sie Sophie mit ihren Fragen überforderte. «Geht es dir einigermassen?»

«Ja, bin jetzt bei meinen Eltern. Ich habe nichts über die Geschichte gesagt. Ich weiss ja selber nichts davon. Ausser dem Titel habe ich nichts gesehen.»

«Können wir uns morgen treffen? Kommst du zu mir nach Hause?»

«Ich sollte morgen an die Uni.»

«Vergiss die Uni. Das ist jetzt wichtiger.»

«Okay.»

Um 21.20 Uhr versuchte Carmen, ihren Freund anzurufen, doch er nahm weder auf dem Festnetz noch auf dem Handy ihren Anruf entgegen. Er schläft wohl tief und fest, dachte Carmen und ging zu Bett. Schlafen konnte sie aber nicht. Sie stand mehrmals auf, um sich zu vergewissern, dass die Wohnungstüre verschlossen war. Schliesslich stellte sie einen Stuhl unter den Türgriff und liess in der Küche das Licht an.

Sie hörte, wie die Glocken der Heiliggeistkirche Mitternacht schlugen. Sie hörte, wie sie halb eins schlugen. Wie sie ein Uhr schlugen.

Dann hörte sie nichts mehr.

Bis die Hausglocke Sturm läutete.

6

Carmen sprang auf und machte Licht.

Die Glocke schrillte ununterbrochen.

Sie schaute auf ihr Handy: Es war 2.07 Uhr. Carmen stand auf, schlüpfte in ihre Birkenstock-Sandalen und zog ihren Bademantel an. Da das Haus über keine Gegensprechanlage verfügte und Carmen auch durch die Fenster nicht auf den Eingang hinuntersehen konnte, öffnete sie vorsichtig die Wohnungstüre. Sie machte kein Licht im Treppenhaus. Langsam stieg sie die knarrenden Treppenstufen vom zweiten Stock ins Parterre hinunter.

Sie zitterte.

Unten schlich sie zur Haustüre und schielte vorsichtig durch das kleine Fenster.

Sie erschrak.

Vor der Türe stand Christoph, der immer noch wie wild auf die Klingel drückte. Sein Hemd war voller Blut.

Nachdem sie ihren Freund im Badezimmer verarztet hatte – Christoph hatte eine Platzwunde am Hinterkopf und hatte offenbar mehrere Stunden benommen auf seinem Gartensitzplatz gelegen –, meinte Carmen zu ihm, sie würden zusammen in die Notaufnahme des Spitals fahren, da die Wunde genäht werden müsse.

«Nein», sagte Christoph sofort. «Nein. Ich gehe morgen zu meinem Hausarzt.»

«Das ist zu spät. Was ist überhaupt passiert?»

«Keine Ahnung. Daniel und Lina haben mich nach Hause gefahren, dann bin ich ... Ich weiss es nicht mehr. Irgendwie habe ich eine Lücke ... Ich muss überfallen worden sein. Jedenfalls lag ich draussen auf dem Gartensitz ...»

«Oh, mein Gott!»

«Portemonnaie weg, Handy weg. Scheisse ...»

«Und der USB-Stick mit Jossis Daten?»

Christoph durchsuchte seine Taschen: «Der ist offenbar auch weg. Sorry!»

«Nicht tragisch. Ich habe ja die Daten kopiert. Jetzt rufen wir die Polizei! Wie bist du überhaupt hierher...»

«Ich bin gelaufen. Ich stand unter Schock. Nein, keine Polizei. Ich hatte in den letzten 24 Stunden genug Polizei um mich herum. Kann ich hier ein paar Stunden pennen?»

Olivier Kaltbrunner sass um 06.15 Uhr in seinem Büro im Waaghof bei der Heuwaage und studierte die neusten Rapporte, Berichte und Memos seines 18-köpfigen Teams. Was er bereits am Tatort vermutet hatte, schien sich zu bestätigen: Roger Jossi musste wohl sterben, weil er etwas hatte, was er nicht haben durfte. Und bei dieser Sache handelte es sich wahrscheinlich um digitale Dokumente. Für diese These sprachen einige Fakten.

Kaltbrunner nahm seine goldene Brille ab und schrieb auf seinen Notizblock:

«1. Täter tötet Opfer und schreibt den Live-Ticker für das Online-Portal über das Fussballspiel weiter, damit niemand Alarm schlägt. Weder die Leser des Tickers noch die Zentrale in Zürich schöpfen Verdacht. So gewinnt Täterschaft Zeit.»

Kaltbrunner zeichnete einen Pfeil nach unten.

«2. Diese Zeit braucht der (oder brauchen die??) Täter, um die Computer im Büro zu durchsuchen. Und niemandem fällt Jossis Ableben auf. Der Täter kann in Ruhe in Jossis Privatwohnung einbrechen und den Home-PC ebenfalls inspizieren.»

Tatsächlich hatten die Polizeibeamten am Sonntag bei der Kontrolle von Jossis Wohnung in Muttenz einen Einbruch festgestellt. Die Wohnung selbst war aber nicht verwüstet. Ob und was gestohlen worden war, war kaum festzustellen, da Jossi alleine in dieser Wohnung gelebt hatte. Die Nachbarn hatten nichts von einem Einbruch mitbekommen. Zudem hatten sie kaum Kontakt zu Jossi.

Der Kommissär kritzelte zwei Pfeile nach unten und schrieb:

«3. Wonach wurde gesucht? Und was machten S+L+F? Auch suchen?» Die Kürzel standen für Carmen Soss, Christoph Leiser und Sophie Fretz.

Kaltbrunner malte drei dicke Pfeile, die nach unten zeigten.

«4. IT-Fritzen sollen mal den Daumen aus dem A. nehmen.»

Er riss das Papier vom Block, zerknüllte es, warf es in den Müll und murmelte: «Kann doch nicht so schwer sein, einige Computer auseinanderzunehmen.»

Christoph verabschiedete sich kurz vor 8 Uhr von Carmen, mit dem Versprechen, seinen Arzt aufzusuchen. Als er gegangen war, telefonierte Carmen mit ihrer Freundin Lina und erzählte ihr von den neusten Ereignissen. Lina fand das alles sehr merkwürdig.

«Warum?», fragte Carmen.

«Wir haben Christoph gegen 21 Uhr vor seinem Haus abgesetzt.»

«Ich versuchte, ihn später noch zu erreichen», erinnerte sich Carmen. «Aber er nahm meine Anrufe nicht mehr entgegen. Wahrscheinlich wurde er gleich überfallen, nachdem ihr weg wart …»

«Seltsam», sinnierte Lina.

«Was meinst du damit?»

«Daniel hat Christoph noch begleitet. Daniel wollte bei dieser Gelegenheit gleich etwas bei ihm abholen, etwas von ihrem Fussballclub, von den Old Boys, aber …»

«Christoph hat einen Filmriss.»

«Jedenfalls war alles bestens, als wir wegfuhren. Daniel hat seine Unterlagen, irgendwelche Trainerlizenzen, von Christoph bekommen.»

«Der Kerl, der ihn niedergeschlagen hat, kam durch den Garten. Ich denke, Christoph sass noch ein bisschen draussen. Da muss es dann passiert sein.»

«Also, ich weiss nicht. Vielleicht gibt es ja wirklich solche Zufälle, aber …»

«Du meinst, der Mord und der Überfall hängen zusammen?»

«Nein, das habe ich nicht behauptet», sagte Lina sofort. «Aber irgendwie merkwürdig ist es schon. Oder findest du nicht?»

Carmen fühlte sich bestätigt. Denn auch ihr kam dies alles äusserst seltsam vor. Und warum wollte Christoph weder ins Spital noch zur Polizei? Sie kannte ihn nun bald drei Monate. Er war ein Kollege von Linas Ehemann Daniel. Sie spielten zusammen Fussball bei den Old Boys, trainierten Jugendmannschaften. Er war geschieden, hatte keine Kinder und arbeitete in einer Anwaltskanzlei. Er verdiente gut, war gross, schlank, charmant, witzig – eigentlich ein Traumtyp.

«Ja, ich weiss auch nicht», sagte Carmen. «Ich kann mir nicht vorstellen, dass da was faul …»

Es schepperte die Hausklingel.

«Das ist sicher Sophie», sagte Carmen. «Ich ruf dich später wieder an.»

«Habt ihr etwas herausgefunden?», fragte Olivier Kaltbrunner die beiden IT-Spezialisten seines Teams.

«Ja», antwortete Kevin, der ältere der beiden, der aber selbst noch wie ein 20-Jähriger aussah. «Im Heim-PC von Jossi ist nichts Verdächtiges zu finden. Auf einem Gerät der Redaktion haben wir jedoch festgestellt, dass einige Dateien kopiert und anschliessend gelöscht worden sind. Und zwar gestern Morgen, also am Tag des Auffindens der Leiche.»

«Und?»

«Was und?»

«Was sind das für Dateien?»

«Das wissen wir nicht.»

«Warum wisst ihr das nicht?»

«Weil wir diese Dateien erst einmal hervorholen müssen. Zudem sind sie geschützt.»

«Dann entschlüsselt sie gefälligst», knurrte Kaltbrunner.

«Das ist nicht so einfach.»

«Das sagt ihr immer. Und am Ende knackt ihr doch alles.»

Da die Redaktionsräume von Telwebnews von der Polizei noch nicht freigegeben worden waren, wurde der Newsbetrieb von den Redakteuren von zu Hause aus betreut. Carmen hatte sämtliche Mitarbeitende über den Tod des Kollegen informiert. Man wollte sich am Nachmittag treffen, um darüber reden zu können. Jossi war zwar kein sonderlich beliebter Redaktionskollege gewesen, trotzdem waren alle schockiert und traurig. Von der Konzernzentrale in Zürich wurde Hilfe und Unterstützung angeboten.

Carmen und Sophie tranken Nespresso-Kaffee und sprachen fast eine Stunde lang über Jossi und den Mord. Sophie ging der Fall sehr nahe. Immer wieder brach sie in Tränen aus.

«Magst du noch einen Kaffee?», fragte Carmen plötzlich.

«Nein, aber gerne ein Wasser.»

Carmen holte zwei Gläser mit Mineralwasser.

«Pass auf, Sophie», sagte Carmen und seufzte. «Unser lieber Roger hat offenbar herausgefunden, dass ein Telekommunikationskonzern die Daten seiner Kunden der Bundesanwaltschaft verkauft.»

«Was?»

«Konkret heisst das: Die Firma liefert dem Staat Web-Adressen, Mail- und SMS-Inhalte ihrer Kunden. Ob Telefongespräche aufgezeichnet werden, lässt Jossi offen.»

«Der Staat überwacht damit die Bürger, ohne jede gesetzliche Grundlage!»

«Genau, Frau Juristin», sagte Carmen in Anspielung auf Sophies Jus-Studium. «Und noch schlimmer: Roger äussert aufgrund seiner Recherche die Vermutung, dass gewisse Daten von Grosskunden, wie Banken und Versicherungen, dazu verwendet werden, Druck auf diese Unternehmen auszuüben.»

«Druck? Erpressung?»

«Es geht um politischen Druck. Das ist die legale Form der Erpressung.»

Sophie kicherte. «Das war eine sehr unjuristische Aussage», bemerkte sie danach. «Um welchen Telekommunikationskonzern handelt es sich?»

«Das schreibt Jossi nicht. Aber ich habe eine Vermutung.»

«Unser Arbeitgeber? Telwebcom?»

«Ich befürchte es.»

«Hat Jossi für all das Beweise?»

«Ja. Jossi hat mehrere Dokumente, Mails und Audiofiles gespeichert. Ich weiss allerdings nicht, ob sie juristisch verwertbar sind. Du bist die Fachfrau. Komm, ich zeige sie dir.»

Carmen holte ihren Laptop und klickte auf den Ordner mit den von Christoph kopierten Jossi-Dateien.

«Scheisse!», rief sie plötzlich aus.

«Was ist?»

7

Carmen hatte eine Mail erhalten.

Willst auch du sterben?

«Jesses!», rief Sophie. «Wer hat dir das geschickt?»

«Keine Ahnung. Siehst du ...», Carmen fuhr mit dem Pfeil auf den Absender, «... das ist die Adresse eines Mail-Verschlüsselungsservice, denke ich. Das finden wir niemals heraus.»

«Aber die Polizei knackt solche anonymen Mails sicher.»

Carmen nahm ihr iPhone, drückte zweimal aufs Display und hielt es ans Ohr.

«Die sollen so schnell wie möglich herkommen», sagte Sophie.

«Hallo? Hörst du mich?»

Sophie schaute Carmen verdutzt an und fragte leise: «Wen hast du angeruf...»

«Christoph, hörst du mich jetzt? ... Okay, kannst du kommen? ... Ich habe eine Morddrohung erhalten.»

Bis zum frühen Nachmittag hatte sich Kommissär Olivier Kaltbrunner einen detaillierten Überblick über die Lebensgeschichten der mit dem Online-Toten – so wurde der Fall nun intern genannt – verwickelten Personen verschafft. Das Opfer stammte ursprünglich aus der Region Bern, hatte zwei Kinder und war geschieden. Seine journalistische Karriere war durchzogen. Nach dem Rausschmiss bei der Berner Zeitung war er lange arbeitslos, ehe er den Job bei Telwebnews.ch in Basel antrat.

Carmen Soss, 29 Jahre alt, deutsche Staatsbürgerin aus Hamburg, besuchte die Journalistenschule München, hatte einige Engagements bei mehr oder weniger bekannten Zeitungen, danach arbeitete sie zwei Jahre lang für Spiegel Online, wechselte in die Schweiz zu Blick Online und wurde vor einem halben Jahr Chefin des Newsportals des Telekommunikationsriesen Telwebcom.

Sophie Fretz, 21, wohlbehütetes Mädchen aus Pratteln. Grundschule, Matura, USA-Aufenthalt, Jus-Studium, freie Journalistin.

Ebenso unspektakulär war Christoph Leisers Lebenslauf. Musterschüler, talentierter Fussballer, ebenso begabter Tambour in der Basler Fasnachtsclique VKB – Vereinigte Kleinbasler –, einmal Trommelkönig. Heute spielte der 35-Jährige allerdings in der Guggemusik Negro Rhygass. Olivier, selbst ein Fasnächtler, kannte dort einige Mitglieder. Er könnte sich also mal vorsichtig umhören. Christoph Leiser war verheiratet, wurde kurz darauf aber wieder geschieden. «Na und?», murmelte Kaltbrunner, «kann vorkommen.» Der Beruf weckte das Interesse des Kommissärs: Leiser arbeitete in einem Anwaltsbüro als IT-Fachmann. Er verstand also etwas von Computern.

Carmens Freundin Lina, 31, arbeitete als Verkäuferin in einer Boutique. Kaltbrunner fragte sich, was Lina und Carmen verbinden könnte. Er müsste sie fragen. Linas Mann Daniel, 40, war interessant: Er hatte kürzlich wegen einer Geschwindigkeitsübertretung mit dem Motorrad den Fahrausweis für drei Monate abgeben müssen. Zudem war er wegen einer Schlägerei nach einem Fussballspiel festgenommen worden. Das war vor 15 Jahren. Er wurde damals als potenzieller Hooligan eingestuft, fiel aber danach nie mehr auf.

Die weiteren freien Mitarbeiterinnen und Mitarbeiter von Telwebnews.ch waren vor allem jung und hatten noch nie etwas mit der Polizei zu tun gehabt. Möglicherweise müsste Olivier Kaltbrunner seine Ermittlungen auf die Konzernzentrale in Zürich ausweiten. Dazu war er allerdings überhaupt nicht motiviert. Das gab immer so ein grosses Tamtam.

Deshalb war er froh, als Giorgio Tamine, ein junger Ermittler aus Kaltbrunners Team, das Büro betrat und eine gute Mitteilung überbrachte: «Ein Buschauffer der Basler Verkehrs-Betriebe hat sich gemeldet. Er hat in der Mordnacht gesehen, wie eine Person in das Gebäude, in dem der Mord geschah, eingedrungen ist. Das heisst, er hat einfach gesehen, wie jemand über das Tor beim «Werner Druck» geklettert ist.»

«Ein Buschauffeur der BVB?», fragte Kaltbrunner. «Hat er sich verfahren?»

«Warum?»

«Durch die Kanonengasse fährt kein Bus», murrte Olivier.

«Ja, aber der Typ war auf der Linie 30 und fuhr auf der Schanzenstrasse vom Bahnhof Richtung Universität. Bei der Kreuzung Steinenschanze habe er vor dem Rotlicht warten müssen, da habe er das beobachten können.»

«Okay. Kommt er vorbei?»

«Ja, um 15 Uhr.»

«Gut. Ruf mich, wenn er da ist!»

Giorgio verliess das Büro und Olivier murmelte: «Dann machen wir ein hübsches Phantombild und lassen ein bisschen die uniformierten Kollegen und die Buben und Mädchen von der Fahndung arbeiten.»

Sophie und Carmen hatten sich in den letzten Stunden durch die von Roger Jossi gesammelte Datenwulst gekämpft. Christoph wollte sich, nachdem er Carmen beruhigt und einmal mehr betont hatte, sie solle die Polizei nicht informieren, gegen Abend dazugesellen und mithelfen.

Die beiden Frauen wussten unterdessen, dass das nicht mit Namen genannte Telekommunikationsunternehmen via einer ebenfalls nicht benannten Agentur den Mail-Verkehr von rund 3500 Privatpersonen und 247 Firmen an die Bundesanwaltschaft weitergeleitet hatte. Im Gegenzug erhielt das Unternehmen Zahlungen in Millionenhöhe und grosszügige, politische Unterstützung bei Bauvorhaben, wie beispielsweise beim Aufstellen von Antennen. Zudem konnte die Firma auch bei diversen Vergaben von Konzessionen auf die Unterstützung der massgeblichen Gremien zählen. Alles in allem war Carmen und Sophie klar, dass die Bundesanwaltschaft auf diese Weise, ohne gesetzliche Grundlage und ohne dementsprechende Kontrolle, Bürger und Unternehmen digital überwachen konnte. Die beiden fanden sogar Protokolle und Audiofiles von Handy- und Festnetzgesprächen, die abgehört und möglicherweise ebenfalls verkauft worden waren. Fakt war auch, dass die von Jossi zusammengetragenen Dokumente von einem Mitarbeiter der Kommunikationsfirma stammen mussten, einem sogenannten Whistleblower, einem Informanten, der den Skandal aufdecken möchte. Vieles war zwar unkenntlich gemacht worden. Doch aufgrund des Schriftbildes und der sonst verwendeten Formulierungen und des Layouts gingen Carmen und Sophie davon aus, dass es sich um ihren eigenen Arbeitgeber, Telwebcom, handelte.

«Ich brauch eine Pause», sagte Carmen plötzlich. «Zudem habe ich Hunger.»

«Pizzakurier?», fragte Sophie.

«Nein, ich muss raus hier.»

Die beiden Frauen verliessen Carmens Wohnung, um gleich ums Eck an der Güterstrasse beim Sutter Begg etwas essen zu gehen.

«Wollen wir den Laptop mit Jossis Daten nicht mitnehmen?», fragte Sophie, als sie auf der Strasse waren.

«Warum?»

«Falls jemand einbricht und deinen Laptop klaut!»

«Cleveres Mädchen», sagte Carmen, «hast du zufällig einen USB-Stick dabei? Dann mache ich dir gleich eine Kopie.»

«Klar.» Sophie wühlte kurz in ihrer Handtasche, fand den Datenträger aber sehr schnell und übergab ihn Carmen mit der Bemerkung: «Jetzt müssen sie uns beide umbringen!» Die beiden lachten. Dann eilte Carmen in ihre Wohnung, kopierte die Daten, packte den Laptop ein, ging zurück zu Sophie, übergab ihr den Stick und flüsterte ihr ins Ohr: «Very secret!» Wieder kicherten die jungen Frauen.

Im Café bestellten sie sich je eine Spinatwähe mit Salat. Sie sprachen über Jossi. Aber nicht über seine Recherche.

«Wir werden paranoid!», sagte Carmen plötzlich.

«Warum meinst du?»

«Wir reden nicht über die Story, weil wir glauben, überall sitzen irgendwelche Typen, die uns belauschen.»

«Ist ja vielleicht auch so.»

Wieder lachten sie herzhaft.

Sie zahlten und machten sich auf den Weg zu Carmens Haus.

Die beiden Frauen wurden durch das nervöse Geklingel eines Trams hinter ihnen aufgeschreckt. Sie hörten das laute Klacken der Schienenbremse, welche zur Gefahrenbremsung miteinbezogen wurde. Die Schienen quietschten und ächzten. Dann schoss ein dunkles Auto vor dem Tram vorbei und steuerte direkt auf die beiden Frauen zu. Sophie bemerkte den Wagen zuerst, packte Carmen am Arm und schrie: «Achtung!»

Sie sprang über eine kleine Mauer und versuchte, Carmen mitzureissen. Doch sie stolperte, liess Carmen los und fiel kopfüber in ein Blumenbeet. Dann krachte und schepperte es. Carmen schrie und landete etwa einen Meter neben Sophie, ebenfalls im Blumenbeet.

Das Auto war in die Mauer gedonnert. Sophie konnte einen Mann erkennen. Er hatte einen Dreitagebart, trug eine Sonnenbrille und ein weisses Hemd. Er stieg aus und kam zu den beiden Frauen. Sophie wurde es schwarz vor Augen.

Das Nächste, was sie wieder mitbekam, war, dass der Wagen, ein grosses Geländefahrzeug, auf die Strasse zurückfuhr und Richtung Bruderholz davonraste.

Sophie rappelte sich auf. «Carmen, alles klar?»

Sie erhielt keine Antwort.

Dann eilten bereits mehrere Passanten zu Hilfe.

Das Tram klingelte noch immer.

8

Carmen lag im Dreck. Drei Leute kümmerten sich um sie. Sie atmete zwar, gab aber keine Antwort.

Endlich hörte das Tram auf zu klingeln.

Sophie schüttelte ihre Chefin und wollte sie zum Sprechen bringen, aber ein Mann hielt sie davon ab und murmelte etwas von möglichen inneren Verletzungen oder Rückenfrakturen. Es kamen noch mehr Passanten, fragten, ob man helfen könne und ob Sanität und Polizei bereits alarmiert worden seien. Andere bestätigten dies und erzählten, was passiert war: Unglaublich, wie der Fahrer vor dem Tram durchgerast, mit Vollgas gegen die Frauen gefahren und schliesslich geflüchtet sei! Einige meinten, der Fahrer sei ein älterer Herr gewesen, der vielleicht ein gesundheitliches Problem gehabt hätte. Andere waren überzeugt, dass es eine Amokfahrt und der Lenker ein junger Mann gewesen sei. Die einen behaupteten, der Mann sei sofort davongefahren, andere waren felsenfest davon überzeugt, dass er kurz ausgestiegen und zu den Verletzten gegangen sei, sich dann aber aus dem Staub gemacht habe. Das Auto war für die einen grau, für die anderen blau oder schwarz, für eine Frau war es sogar dunkelrot. Auch über das Kennzeichen gab es mehrere Versionen. Es war nicht einmal klar, ob es ein Schweizer Nummernschild oder ein ausländisches war.

Plötzlich schlug Carmen die Augen auf.

«Es geht, es geht», stammelte sie. «Nichts passiert.»

Sofort wurde sie mit Fragen nach ihrem Gesundheitszustand bombardiert. Carmen stand auf, wischte den Dreck von ihren Kleidern und wiederholte stets, sie sei in Ordnung.

«Sie müssen aber trotzdem ins Spital», sagte eine ältere Dame.

«Nein, alles klar, ich muss nicht ins Spital.»

Carmen blickte um sich. Das Blumenbeet, in dem sie gelegen hatte, war völlig zertrampelt.

«Hat jemand meine Tasche?», fragte sie.

«Sie hatten eine Tasche?»

«Ja, mit meinem Laptop drin.»

«Da war nirgends eine Tasche», sagte ein Helfer.

«Doch, da lag eine», meinte jemand anderes. «Da drüben.»

Aber Carmens Tasche war verschwunden.

Olivier Kaltbrunners gute Laune verflog innert Sekunden. Als er von seinen Kollegen erfuhr, dass vor rund einer Stunde Carmen Soss und Sophie Fretz beinahe überfahren worden seien – vermutlich mit Absicht –, war ihm sofort klar, dass dies kein Zufall war. Er und sein Team würden nun einen irren Mörder suchen und verhaften müssen. So schnell wie möglich, bevor weitere Personen zu Schaden kämen. Was das Motiv des Täters war, wusste Kaltbrunner immer noch nicht. Die Computer-Spezialisten hatten die gelöschten Computerdaten aus der Redaktion noch immer nicht wiederherstellen und knacken können.

Kaltbrunner war zudem verärgert, weil die Zeugenaussage des BVB-Mitarbeiters, der einen Mann in der Tatnacht beim «Werner Druck» gesehen hatte, viel zu ungenau war, als dass sich ein Phantombild anfertigen liesse. Allerdings könnte es sich um den gleichen Mann handeln wie beim Amokfahrer. Die Beschreibung von Sophie passte auf den Typen an der Kanonengasse. Allerdings nur mit viel Fantasie. Das war Kaltbrunner klar.

«Ist Ihnen sonst noch was aufgefallen?», fragte Kaltbrunner den Busfahrer.

«Nein.»

«Okay, vielen Dank», sagte der Kommissär, stand auf und begleitete den Mann zum Ausgang.

«Das war sowieso eine verrückte Nacht», meinte der BVBler unterwegs.

«Ach ja, hatten Sie Ärger mit Fahrgästen?» Kaltbrunner erwartete eine wahrscheinlich stark übertriebene Schilderung von betrunkenen Passagieren, die die Sitze aus den Verankerungen gerissen und Radau gemacht hätten. Aber die kam nicht. Der Chauffeur sagte: «Auf der letzten Runde schoss dann hinter mir ein Landrover Discovery 4 aus der Kanonengasse und überholte mich auf der Brücke. Der fuhr mindestens 100. Nach dem neuen Rasergesetz wäre dieser Kerl ...»

«Moment», unterbrach Kaltbrunner und blieb stehen. «Was sagen Sie da?»

«Der fuhr mit mindestens ...»

«Nein, nicht dass er raste, interessiert mich, sondern der Wagen.»

«Ein neuer Discovery 4. Ich weiss das genau, weil ich mich für solche Fahrzeuge inter...»

«Kennzeichen?», unterbrach Kaltbrunner erneut.

«Das ging zu schnell. Es war aber ganz sicher ein Baselbieter.»

«Und wann war das genau?»

«Das muss um 0.05 gewesen sein. Nein, später, einige Minuten vielleicht, ich hatte den zweitletzten Kurs, der vom Bahnhof SBB abfährt.»

«Und Sie sind sich sicher, dass er aus der Kanonengasse kam? Hinter Ihnen? Wie können Sie das sehen?»

«In den Rückspiegeln natürlich.»

«Ja, das ist schon klar, aber warum haben sie gerade in diesem Moment in die Rückspiegel geschaut, als der Discovery da herausschoss?»

«Ich habe ihn schon vorher gesehen. Er fuhr mit Scheinwerfern und hohen Motordrehzahlen.»

«Der Motor heulte also auf.»

«Ja.»

«So, so», machte Kaltbrunner und verabschiedete den Buschauffer. Danach suchte er in seinen Unterlagen, wann vom Telwebnews-Büro die letzte Nachricht online geschickt wurde. «23.55 Uhr», murmelte Kaltbrunner. «Das passt. Um 21 Uhr wurde Jossi getötet, der Täter tickerte weiter bis kurz vor Mitternacht ...» Kaltbrunner trommelte sofort sein Team zusammen und verkündete: «Wir suchen den Halter und Fahrer eines dunklen Discovery 4 mit BL-Nummer. Es könnte sich dabei um den Mörder des Online-Toten handeln.»

Natürlich ärgerte sich Carmen über den Verlust ihres Laptops.

Schliesslich waren dort nicht nur Hunderte privater Fotos und Clips darauf, sondern eben auch die Bespitzelungsstory von Jossi. Trotzdem blieb sie gelassen, weil sie wusste, dass Sophie alle Daten auf einem USB-Stick hatte. Gegenüber der Polizei sagte sie denn auch nur, sie habe den üblichen Krimskrams in der Tasche gehabt, nichts wirklich Wichtiges oder Wertvolles. Vom Laptop und der brisanten Story erwähnte sie kein Wort. Noch hatte sie die Veröffentlichung dieses Skandals nicht abgeschrieben. Sie und Sophie beschlossen allerdings, einige Tage nicht daran zu arbeiten.

«Der Mörder soll glauben, die Sache sei vorbei», sagte Carmen.

«Vielleicht: die Mörder! Ob der Amokfahrer tatsächlich deine Tasche geklaut hat, ist nicht sicher.»

«Du hast doch gesehen, dass er ausgestiegen ist.»

«Schon. Aber dann war ich kurz weggetreten. Ob er die Tasche an sich genommen hat, habe ich nicht mitbekommen.»

«Dann sind es vielleicht tatsächlich mehrere Täter.»

Bei diesem Gedanken wurde es beiden Frauen mulmig zumute.

Kaltbrunner beschloss, auf dem Heimweg im Restaurant Adler ein Feierabendbier zu trinken. Er hatte zwar keine Lust dazu – aber sich ein bisschen umhören könnte nicht schaden. Denn die Ermittlungen in Sachen Discovery 4 hatten noch nichts ergeben.

Der Kommissär wusste, dass der Adler die Stammbeiz der Gugge Negro Rhygass war, in der Carmens Freund Christoph trommelte. Er hoffte, einen oder zwei Negros anzutreffen. Vielleicht würde er so nebenbei einige Infos über Christoph erfahren.

Tatsächlich waren drei Buebe, wie sich die Negros selbst nannten, da. Olivier kannte sie und setzte sich zu ihnen. Man sprach einmal mehr über die vergangene Fasnacht und kam zum Schluss, dass es sowohl für die Negro- wie auch für die Ohregribler-Gugge, in der Kaltbrunner Posaune spielte, die beste Fasnacht aller Zeiten war. Aber das fand man eigentlich jedes Jahr im Frühling, einige Wochen nach der Fasnacht. Jetzt freute man sich auf den Motorradausflug, das Musikfestival Basel Tattoo und alle anderen Events bis zur nächsten Fasnacht.

Kaltbrunner fragte, wer alles zum Töffausflug mitkomme. Die Negros erwähnten einige Namen, die Olivier aber nicht kannte.

«Und Christoph?», fragte der Kommissär. «Der Leiser Christoph?»

«Ach, seit der einen neuen Schlitten hat, fährt er nicht mehr Töff.»

«Was hat der denn für eine Kiste gekauft, die geiler ist als ein Motorrad?»

Um 21.09 Uhr verliess Kaltbrunner das Lokal. Er schlenderte durchs Quartier, vorbei an einigen Prostituierten, die er freundlich grüsste und die ebenso freundlich zurückgrüssten, ohne für ihre Leistungen und Angebote Werbung zu machen. Natürlich wussten die Frauen, dass er bei der Polizei arbeitete. In dieser Gegend waren Geheimnisse nicht gut aufgehoben.

Kaltbrunner schlenderte absichtlich sehr langsam. Genauso absichtlich relaxt hatte er seinen Kumpel-Schwatz im Adler beendet. Innerlich sass er aber auf Nadeln.

Er erreichte nun die Greifengasse. Er wurde schneller. Über den Claraplatz. Die letzten 100 Meter bis zum Polizeiposten an der Clarastrasse rannte er.

Er musste bei seinen uniformierten Kollegen seine neuste Information sofort überprüfen.

Wenn sie stimmte, dann würde es eine lange Nacht werden.

9

Die Nacht wurde tatsächlich lang.

Aber nicht weil Olivier Kaltbrunner eine Polizeiaktion starten konnte, um einen mutmasslichen Täter zu verhaften, sondern weil es im Kopf des Kommissärs heftig arbeitete. Er lag neben seiner Frau Pranee, einer Thailänderin, im Bett, hörte ihrem Atmen zu und versuchte herauszufinden, was an der Geschichte faul war. Dass etwas faul war, war klar. Bloss was?

Um 3.30 Uhr wurde Pranee wach; sie stand auf, um Wasser zu trinken, ging zurück ins Bett und merkte, dass Olivier wach war. Sie murmelte einige Worte, die Olivier aber nicht verstand. Danach hielt sie seine Hand und summte eine Melodie. Diese kannte Olivier. Es war ein Schlaflied, das Pranee ihrer Tochter manchmal vorsang. Olivier konnte sich vom Online-Toten lösen, dachte an seine Frau und deren zehnjährige Tochter Nazima, die seit sieben Jahren seine Familie waren, und schlief ein.

Die Information, die Olivier Kaltbrunner Stunden zuvor im Restaurant Adler von den Negro-Buebe erhalten hatte, hatte sich als Flop erwiesen. Kaltbrunner hatte auf dem Claraposten im Polizeicomputer nachgeschaut, welchen Typ Geländewagen Christoph Leiser gekauft hatte, der ihn davon abhielt, weiterhin zu Töfftreffs zu fahren. Kaltbrunner hatte gehofft, dass es ein Wagen sei, der auf die diversen Beschreibungen des Autos des Amokfahrers passte. Kaltbrunner war mit den Gedanken schon so weit gewesen, dass er zu ergründen suchte, warum Christoph Leiser seine Freundin Carmen umbringen wollte und was er wohl mit dem Mord an Jossi zu tun haben könnte.

Der Computer zeigte jedoch an, dass Christoph Leiser einen Audi A6 allroad quattro besass, was eher ein Sport- als ein typischer Geländewagen war.

«Goppeloni», hatte Olivier leise geflucht, seine goldene Brille geputzt, sie wieder aufgesetzt und die Audi-Modelle im Internet verglichen.

Hatten ihn die Negro-Buebe auf eine falsche Fährte geführt, mit ihrer Aussage, Christoph habe einen Geländewagen gekauft? Hatten sie einfach das Allroad mit Allrad verwechselt und damit aus der Limousine einen Offroader gemacht? Oder war es Absicht gewesen? Entweder um ihn, den Kommissär, oder ihren Cliquenkollegen Christoph zu linken?

Na ja, wenn sie jemanden gelinkt haben, dann mich, hatte sich Olivier gesagt. Schliesslich galt, wie in jeder Fasnachtsclique, auch bei den Negro-Buebe wohl so ein Verschwiegenheitskodex ...

Am Morgen sass er mit seiner Familie am Frühstückstisch. Während Pranee und Nazima Müesli löffelten, kaute er an einem Apfel, einer Banane und einem Stück Vollkornbrot herum. Das war zwar ein wenig besser als Müesli, trotzdem mochte er es nicht. Aber seine Frau bestand darauf. Es würde ihm guttun, sagte sie immer. Er hätte lieber eine thailändische Reissuppe gegessen, aber beim Frühstück war seine Frau schweizerischer als er.

Er hatte Pranee über eine Dating-Plattform kennengelernt. Und als er merkte, dass er sich in sie verliebte, hatte er stundenlang den Polizeicomputer durchsucht. Dafür schämte er sich bis heute. Einträge über Pranee hatte er keine gefunden. Also hatte er ihre Geschichte geglaubt: Schweizer Mann in Bangkok kennengelernt, Deutsch gelernt, geheiratet, Umzug in die Schweiz, Schwangerschaft, Geburt, Scheidung. Sehnsucht nach der grossen Liebe.

Und diese grosse Liebe war er, Olivier!

Auf dem Weg von der Wohnung in der Erlenmatt – die Familie wohnte dort in einem der mondänen Neubauten – ins Büro studierte er wieder am Online-Toten herum. Er sass im 30er-Bus und wurde sich bewusst, dass er über den Fall eigentlich fast nichts wusste.

Warum war dieser Jossi überhaupt ermordet worden?

An der Steinenschanze, gleich in der Nähe des Tatorts an der Kanonengasse, stieg Olivier aus. Da war ihm klar, dass der Fall in einer mühsamen Fleissarbeit enden würde, mit stundenlangen Einvernahmen und noch längeren Recherchearbeiten am PC. Er ging nicht am Tatort vorbei, sondern nahm die Treppe auf der Brücke, die hinunter zur Heuwaage führte. Dort kamen ihm zwei Drogenkranke entgegen, die er von früher kannte, als er noch bei der uniformierten Polizei arbeitete, und er sehnte sich nach dieser Zeit zurück.

Allerdings nur ganz kurz.

Auch Sophie Fretz stellte sich viele Fragen. Obwohl sie mit Carmen abgemacht hatte, nach den jüngsten Ereignissen nicht weiter an Jossis Fall zu arbeiten, liess sie die Geschichte nicht mehr los. Immerhin hatte sie den USB-Stick mit Jossis Recherchen. Da Carmens Laptop beim Unfall gestohlen worden war, war Sophie, neben dem Dieb und dem Kerl, der Christoph zusammengeschlagen hatte, die einzige, die Texte und Informationen zu dieser Skandalstory hatte. Die beiden Frauen redeten sich ein, der Laptop-Diebstahl sei der Grund für die Amokfahrt gewesen. Obwohl ihnen diese Version selbst absurd vorkam, weigerten sich beide, einen Mordversuch in Betracht zu ziehen.

In einem von Jossis Computerordnern fand die Studentin und freie Journalistin nun einen Unterordner, den Jossi mit «Notes» angeschrieben hatte. Eines der Dokumente enthielt zahlreiche Namen, Telefonnummern und Mail-Adressen. Sophie begann, die Namen zu lesen. Es waren sicherlich zwanzig bis fünfundzwanzig. Das mussten Informanten, Interviewpartner und Experten sein. Aber kein einziger Name sagte Sophie etwas.

In einer weiteren Unterablage hatte Sophies ermordeter Kollege etliche Texte abgespeichert, die darauf schliessen liessen, dass Jossi mehrere Versionen geschrieben hatte. Sie las auch diese durch und verlor dabei den Überblick komplett.

Sie machte eine Pause, ging mit Familienhündin Stella spazieren und wollte Carmen anrufen. Da Stella aber gerade ihre Schnauze in einen Abfallsack steckte, liess sie es bleiben. Sophie hielt der Hündin eine kurze Predigt, was von dieser mit einem traurigen Blick und einem zaghaften Wedeln quittiert wurde. Danach kam Sophie zum Schluss, Carmen erst einmal in Ruhe zu lassen. Wäre vielleicht besser so.

Kaum war sie zurück im Haus ihrer Eltern, in dem Sophie immer noch in ihrem Mädchenzimmer wohnte, las sie die Texte von Jossi erneut. Dieses Mal fiel ihr auf, dass in zwei Texten der Name Daniele S.* vorkam. Das Sternchen stand für «* Name der Redaktion bekannt», wie Jossi unten angab. Dieser Daniele S. war eine Stütze der gesamten Story, er war der eigentliche Whistleblower, also derjenige, der die geheimen Spitzeltätigkeiten der Bundesanwaltschaft und der Kommunikationsfirma verriet. Vermutlich war er auch der Lieferant der brisanten Listen abgehörter Personen und Firmen sowie der Protokolle des Mail-Verkehrs. Interessant war jedoch, dass im finalen Text von Roger Jossi Daniele S. nicht mehr auftauchte.

Warum nicht?

Nun rotierten Sophies Gedanken. Wollte dieser Mann mit dem Fantasienamen Daniele S. die Story zurückziehen? Setzte er Jossi unter Druck? War er sogar der Mörder?

Sophie durchsuchte erneut Jossis Telefonliste. Wie erwartet gab es keinen Daniele S. Doch Sophie war überzeugt, dass der richtige Name von Daniele S. auf dieser Liste stand.

Sophie zählte. Es waren 24 Namen.

Einer musste der richtige Name von Daniele S. sein.

Und dieser war der Mörder.

War er das?

Sophie zuckte zusammen.

Stella hatte sie mit ihrer kalten Schnauze gestupst. Sophie schaute auf die Uhr. Es war bereits 17.30 Uhr. Stella wollte Futter.

«Aber es ist noch eine halbe Stunde zu früh für dein Abendessen», sagte sie zu ihrer Hündin und streichelte ihren Kopf.

Dann klingelte Sophies Smartphone. Auf dem Display erschien «unbekannte Nummer».

Antworten oder nicht?

Sophie hatte Angst.

Sie nahm ab und sagte leise: «Hallo?»

Einen Augenblick später wurde die Verbindung unterbrochen.
Sophie fror.
Sie zitterte.

10

Nachdem sich Sophie beruhigt hatte, packte sie einige Kleider und ihren Laptop in einen Rucksack sowie einige Unterlagen für die Vorlesungen an der Uni vom kommenden Tag. Sie schrieb ihren Eltern eine Notiz, in der sie ihnen mitteilte, dass sie zusammen mit einer Freundin lernen und gleich auch bei ihr übernachten würde. Dann verabschiedete sie sich von Hündin Stella, die sie mit grossen Augen anschaute und winselte. Sophie wunderte sich.

Spürte Stella, dass ihre Meisterin in Gefahr war?

Sophie begriff jedoch schnell, dass dies wohl nicht der Grund für Stellas Winseln war, sondern die Tatsache, dass es bald 18 Uhr sein würde. Wer würde ihr das Fressen geben?

«Bald kommt Mama», versprach Sophie.

Stella wandte sich ab, zog den Schwanz ein, legte sich unter den Küchentisch und schaute gegen die Wand.

Christoph Leiser war um 7.55 Uhr bei Kommissär Kaltbrunner im Büro im Waaghof. Fünf Minuten zu früh. Olivier Kaltbrunner hatte ihn am Abend zuvor kurzfristig zu einer erneuten Einvernahme eingeladen.

«Guten Tag, Herr Leiser», sagte Kaltbrunner und reichte Christoph die Hand. Er starrte regelrecht auf Leisers Kopfverletzung.

Christoph bemerkte das und meinte: «Ich bin gestürzt.» Er fasste sich kurz an den Hinterkopf und sagte: «Kein Problem. Wir können uns übrigens duzen», sagte Christoph, «immerhin sind wir Guggen-Kollegen.»

«Na ja, wir sind ja nicht in der gleichen Gugge», antwortete Kaltbrunner. «Verschieben wir das doch auf die kommende Fasnacht.»

«Wie Sie wünschen, Herr Bolizischt», antwortete Christoph spitz und sprach «Polizist» extra Baseldeutsch, mit einem weichen B, aus. «Sie haben sich innerhalb der Negro Rhygass ja bereits über mich erkundigt.»

Olivier Kaltbrunner hatte damit gerechnet, dass Leiser dies erfahren würde. Dass es allerdings so schnell ging, wunderte ihn doch ein wenig. Immerhin war Frühling und alles andere als Fasnachtssaison. So oft würden sich die Negro-Buebe im Moment nicht treffen.

«Fangen wir an», sagte Olivier und setzte sich an seinen PC, um gleich das Protokoll dieses Gesprächs zu schreiben.

Nach einigen nicht wirklich brisanten Fragen hielt Olivier Kaltbrunner kurz inne, schaute vom Monitor hoch und nahm seine goldene Brille ab: «Was haben Sie in der Tatnacht in den Redaktionscomputern gesucht, kopiert und gelöscht?»

«Haben das Ihre Spezialisten noch nicht herausgefunden?»

«Erzählen Sie es mir!», sagte Olivier sofort und liess damit offen, ob die Polizei-Experten die gelöschten Files wiederherstellen konnten. Sie hatten es bis jetzt nicht geschafft, was Olivier unglaublich ärgerte.

«Ich habe die Recherchen einer Story kopiert, weil meine Freundin Carmen befürchtete, dass diese Story der Polizei nicht gefallen würde.»

«Und? Was denken Sie?»

«Ich habe keine Ahnung, worum es in dieser Story geht.»

«Wo waren Sie am Montagmittag?»

«Gestern Mittag? Da wurde Carmen fast ...» Christoph stockte.

«Bitte?»

«Jetzt verstehe ich langsam, Herr Bolizischt, ich werde hier verdächtigt, etwas mit dem Mord und dem Anschlag auf Carmen zu tun zu haben.»

«Haben Sie?»

«Verdammt, nein! Als Carmen und Sophie angefahren wurden, war ich unterwegs zu einem Kunden, der ein IT-Problem hatte.»

«Ich dachte, Sie arbeiten für eine Anwaltskanzlei?»

«Ja, aber bei langjährigen Kunden helfen wir auch mal bei nicht juristischen Angelegenheiten. Und ich bin schliesslich IT-Spezialist, aber das wissen Sie ja.»

«Wer war dieser Kunde?»

«HKL-Bau AG.»

«Ansprechpartner?»

«Vincent Wyss, Geschäftsführer.»

«Wie haben Sie Carmen kennengelernt?» Olivier liebte abrupte Themenwechsel, er beobachtete dabei immer die Reaktion in den Gesichtern seiner Gesprächspartner. Christoph Leiser zuckte leicht mit der rechten Braue.

«Durch meinen Fussballkollegen Daniel und dessen Ehefrau Lina.»

«Und Lina ist mit Carmen befreundet?»

«Ja.»

«Eine Journalistin aus Deutschland und eine Schweizer Verkäuferin?»

«Und?»

«Wissen Sie, wie sie sich kennengelernt haben?»

«In Linas Boutique in der Steinenvorstadt. Carmen ist eine regelrechte Shopping Queen. Sie ging in der Mittagspause oft von der Kanonengasse schnell in die Steinen hinunter und …»

«So, so», machte Kaltbrunner und lancierte den nächsten Themenwechsel: «Warum haben Sie als ehemaliger Trommelkönig der Stadt Basel von einer Traditionsclique in eine Guggemuusig gewechselt?»

Wieder zuckte Leisers Braue.

«Weil ich mal was anderes machen wollte und ich schon lange viele Kollegen bei der Negro habe.»

Sophie hatte eine ruhige Nacht bei ihrer Freundin Nergiz verbracht, einer türkisch-kurdischen Seconda, die in einer Einzimmerwohnung an der Hammerstrasse im Kleinbasel hauste. Jetzt sassen sie in der Uni an einer Vorlesung. Während Nergiz ihren Block vollschrieb, starrte Sophie den Dozenten an und hörte kein einziges Wort. Ihre Gedanken waren beim Online-Toten beziehungsweise bei der Story, die er hinterlassen hatte. Per WhatsApp schrieb sie auf ihrem Smartphone eine Mitteilung an Carmen: «Habe eine Liste mit 24 Informanten gefunden. Und einen Decknamen: Daniele S. Sagt dir das was?»

«Nein», kam zurück. «Polizei verdächtigt meinen Freund!!!!!»

«Waaaaas? Hatte übrigens einen anonymen Anruf.»

«Pass auf!!! Bin auf Redaktion. Kommst vorbei?»

«Ja, später.»
«Gut. cu»

Um 11.23 Uhr stürmte Giorgio Tamine in Olivier Kaltbrunners Büro. Der junge Kollege hielt dem Kommissär zwei Plastikmäppchen, ein dünnes grünes und ein dickes rotes, unter die Nase und sagte: «Hier! Das sind Dossiers mit dem Schlussbericht der Gerichtsmedizin …»

«Ja, und?»

«Nicht viel Neues. Todeszeitpunkt wie gehabt. Kehle durchgeschnitten, vermutlich mit einem …», Giorgio blätterte in den Unterlagen, «… Keramikküchenmesser.»

«Keramik?»

«Ja, viele Köche schwören darauf. Gibt es aber in jedem besseren Waren…»

«Wie will die Gerichtsmedizin wissen, dass es ein Keramikmesser war?»

«Ach, die haben da so Spuren von …» Wieder blätterte der junge Ermittler in den Akten. «Finde es grad nicht, aber es sind Spuren von irgendeiner chemischen Substanz.»

«Ja, ja. Sonst?»

«1,1 Promille Alkohol im Blut. Ich hätte mindestens zwei Promille, wenn ich einen Live-Ticker tickern müsste!»

«Na ja. Und was ist im zweiten Mäppchen?»

«Das ist von den IT-Fuzzis.»

«Oh! Endlich!»

«Ja, Kevin und sein Team konnten die Daten rekonstruieren. Also: Der Tote arbeitete an irgendeiner komplizierten Story über Bespitzelung von Internetnutzern. Habe es nur überflogen und bin ehrlich gesagt …»

«Könntest du das bitte vertieft studieren?», unterbrach Olivier. «Es ist ausserordentlich wichtig. In dieser Story muss gewaltig Zündstoff sein.»

«Woher weisst du das?»

«Von unserem Freund Leiser. Also, bitte, lies alles durch und filtere mir das Wichtigste heraus.»

«Das dauert aber.»

«Ja, so ist die Polizeiarbeit eben, mein Lieber. Beeile dich, ja?!»

Giorgio Tamine legte das grüne Mäppchen mit dem Bericht der Gerichtsmedizin auf Oliviers Pult und verliess mit dem roten Mäppchen das Büro.

Olivier klickte sich am PC ins Internet und googelte die Firma HKL-Bau AG, bei der Christoph Leiser angeblich am Montagmittag war, fand die Webseite und schaute sich das Team an. Unter dem Foto von Geschäftsführer Vincent Wyss waren einige andere Mitarbeiterinnen und Mitarbeiter abgebildet. Kaltbrunner scrollte hinunter, wieder hinauf und blieb plötzlich an einem Foto hängen.

«Hoppla Schorsch», murmelte der Kommissär und lächelte.

11

Das Foto auf der Webseite der HKL-Bau AG gefiel Olivier Kaltbrunner irgendwie, obwohl er noch überhaupt keinen Schimmer hatte, was Daniel Kehrli mit dem Mord an Jossi und dem Anschlag auf Carmen und Sophie zu tun haben sollte. War dieser Daniel Kehrli vielleicht die Schlüsselfigur? Er spielte doch Fussball mit Christoph, und in der Mordnacht waren alle zusammen aus, was sollte …

«Hey, Chef!», sagte Giorgio Tamine viel zu laut, als er ins Büro des Kommissärs stürmte und diesen in dessen Gedankengängen störte. «Das wird dich umhauen, Chef! Ehrlich. Der Fall ist so gut wie gelöst, knack – knack …», er machte die an der Polizeischule einstudierte Bewegung zum korrekten Anlegen der Handschellen, «… und der Knacki ist im Knast!» Tamine legte ein Tänzchen hin.

«Verdammt, Giorgio!», murrte Olivier.

«Chef, ich habe eine Hammer-Info für dich.»

«Okay, dann mal los.» Olivier lehnte sich zurück, nahm die Brille ab und schaute seinen durchaus fähigen, wenn auch manchmal etwas zu engagierten, jungen Mitarbeiter an.

«Erinnerst du dich an die Aussagen des BVB-Chauffeurs?»

«Ähm, ja …»

«Wegen des Autos, das ihn in der Tatnacht überholte, nachdem er den Täter übers Tor …»

«Ja, was ist damit?»

«Er behauptete doch, es wäre ein Range Rover Discovery 4 gewesen.»

«Ja.»

«Chef, jetzt kommts: Unsere Verkehrsexperten haben herausgefunden, dass es sich beim Fahrzeug, mit dem der Anschlag auf die beiden Journalistinnen begangen worden ist, mit grosser Wahrscheinlichkeit um einen Range Rover handelt. Das konnten sie dank Fahrzeugteilen und Farbspuren an der Mauer, in die das Auto reinfuhr, herausfinden.»

«Oh!»

«Und dieser Busfahrer war sich sicher, dass das Auto BL-Schilder hatte. Es gibt genau 31 schwarze Discovery 4 mit BL-Kennzeichen. Wir müssen also nur noch ...»

«Und wenn nur die Stossstange des Autos schwarz war, der Rest aber blau oder grau?»

«Na ja ...»

«Und wenn es statt eines Discovery 4 ein Range Rover Sport war, mein Lieber?»

«Öhm.»

«Oder wenn es sogar das Luxusmodell All-New Range Rover war?»

«Du hast dich informiert, was?»

«Melde den Baselbieter Kollegen, sie sollen sich erst einmal erkundigen, ob irgendwo in einer Karosserie ein Range Rover steht.»

«Okay. Mehr nicht?»

«Doch, ihr macht das Gleiche in Basel. Und dann könnten die Deutschen und die Elsässer auch noch gucken, aber dann wird dieser Fall, goppeloni, ein internationaler Krimi. Bleiben wir am Boden, gucken wir erst bei uns, okay?»

«Jepp.»

Die beiden schwiegen eine Weile.

Olivier Kaltbrunner setzte die Brille wieder auf, tippte am PC etwas ein und sagte: «Komm mal her!»

Giorgio stellte sich hinter seinen Chef und schaute auf den Monitor.

Olivier Kaltbrunner überprüfte Daniel Kehrli beziehungsweise sein Auto.

«Das ist kein Range Rover, Alter», sagte Giorgio forsch. «Das ist ein voll ungeiler VW Tiguan.»

«Aber sieht doch aus wie ein Geländewagen.»

«Und, was soll das? Worauf willst du hinaus?»

Obwohl Olivier Kaltbrunner nicht wirklich wusste, ob das alles einen Sinn machte, sagte er zu seinem Kollegen: «Einfach so eine Idee. Hol mir diesen Daniel Kehrli zu einer Einvernahme her. Und zwar so schnell wie möglich.»

Sophie traf um 16.11 Uhr auf der Redaktion von Telwebnews.ch ein und umarmte ihre Chefin Carmen Soss. Die Redaktion hatte den Normalbetrieb wieder aufgenommen. Das Büro war nach den traurigen Ereignissen mit Jossi durch ein professionelles Reinigungsinstitut geputzt und desinfiziert worden. Es roch immer noch danach.

Die beiden Frauen holten sich einen Becher Wasser aus dem Dispenser und zogen sich in Carmens Büro zurück.

«Hast du noch weitere anonyme Anrufe erhalten?», wollte Carmen wissen.

«Bis jetzt nicht, Gott sei Dank.»

«Pass einfach auf, ja? Ich vermute, wir werden beobachtet.»

«Meinst du?»

«Abgehört werden wir ganz sicher! Wir reden nur noch über den Fall, wenn wir alleine sind.»

Sophie präsentierte danach ihre neusten Entdeckungen aus Roger Jossis Recherchen.

«In den ersten Versionen seines Textes tauchte ein Informant mit dem fiktiven Namen Daniele S. auf, in der letzten Fassung nicht mehr», schilderte Sophie. «Und der zweite Punkt: Ich habe eine Liste mit 24 Namen gefunden. Ich bin sicher, dass einer dieser Personen der Mörder ist.»

Carmen schaute sich die Liste an.

Auch sie konnte wie Sophie mit keinem einzigen Namen etwas anfangen.

Als Carmen sich am Abend mit Christoph traf, erzählte dieser, dass er bei der Polizei hatte antraben müssen und er doch tatsächlich verdächtigt worden sei, etwas mit dem Mord an Jossi zu tun zu haben. Sogar zum Anschlag auf sie und Sophie sei er verhört worden.

Carmen regte sich fünf Minuten lang darüber auf. Danach bemerkte sie, dass ihr Gehirn in den Journalistenmodus gewechselt hatte. Das bedeutete: Obwohl Christoph ihr Geliebter war, bauten sich innert

Sekundenbruchteilen in ihrem Kopf dermassen viele Fragen auf, dass es für eine mehrstündige Talksendung am Fernsehen gereicht hätte.

Nach eher belanglosen Einstiegsfragen, die Christoph aufgeregt, aber nicht nervös beantwortete, kam Carmen zu einem heiklen Punkt: «Wie hast du dem Polizisten deine Wunde am Kopf erklärt?»

«Komisch», antwortete Christoph. «Dieser Kaltbrunner hat gar nicht gross gefragt. Ist ihm wohl nicht aufgefallen.»

Vergiss es, dachte Carmen.

Und kurz darauf: Wer bist du, Christoph?

Um 21.30 Uhr sagte Carmen, dass sie jetzt zu Bett gehen wolle.

Alleine.

Christoph verabschiedete sich.

Carmen ging zu Bett, nahm ihr iPad mit und begann zu Recherchieren. Über Christoph Leiser.

Da Daniel Kehrli erst am nächsten Morgen zu einer Einvernahme erscheinen konnte, hatte Olivier Kaltbrunner in den durch die IT-Spezialisten wiederhergestellten Dateien des Mordopfers gestöbert. Ursprünglich hatte er auf die Zusammenfassung seines Mitarbeiters Giorgio warten wollen, aber bis dieser einen einigermassen brauchbaren Bericht getippt hatte, konnte es dauern. Giorgio Tamine war zwar ein guter Ermittler, aber er hatte zwei grosse Schwächen: Unter Stress wurde er hyperig und er konnte keinen orthografisch korrekten Satz schreiben, selbst wenn Olivier grosszügig über die Kommasetzung hinwegsah.

Dass der Online-Tote tatsächlich einen neuen Bespitzelungsskandal der Bundesanwaltschaft aufgedeckt haben wollte, schauderte den Kommissär. Einerseits, weil es wirklich ein Riesenskandal und eine Sauerei wäre. Anderseits, weil dies bedeutete, dass seine Arbeit in einem fürchterlichen Tamtam mit Bundesstellen, Anwälten, Experten, Politikern und möglicherweise sogar noch mit dem Militär enden würde.

Olivier Kaltbrunner hatte daher beschlossen, die Story einfach mal im Hinterkopf als mögliches Motiv abzuspeichern, aber nicht weiterzuverfolgen.

Jetzt – es war 22.08 Uhr – sass er im Restaurant Adler bei seinem vierten Bier und plauderte mit einem Kollegen aus seiner Ohregribler-Gugge. Seiner Frau Pranee hatte er erzählt, er müsse länger arbeiten. Was eigentlich nicht gelogen war. Denn der Fall kreiste in seinem Kopf ununterbrochen herum, zu Hause hätte er keine Ablenkung gefunden, sondern nur seine Frau und seine Tochter irregemacht.

Um 23.17 Uhr machte er sich auf den Heimweg. Er fuhr mit dem 8er-Tram vom Claraplatz bis zur Feldbergstrasse und wechselte dort in den 30er-Bus. Er stieg zuhinterst ein. Etwa in der Mitte des Busses sass eine junge Frau, die dem Kommissär auffiel. War das nicht die junge Journalistin, die den Toten gefunden hatte? Wie war doch gleich ihr Name? Wohnte sie nicht in Pratteln? Was machte sie hier im Kleinbasel?

An der Hammerstrasse stieg sie aus, zusammen mit zwei, drei anderen Personen.

Kaltbrunner blieb sitzen. Als der Bus über die Kreuzung fuhr, schaute Kaltbrunner nach links zur Journalistin, nach deren Namen er immer noch suchte, aber nicht fand.

Plötzlich stockte ihm der Atem.

Kaltbrunner spurtete durch den Bus, zückte seinen Polizeiausweis und befahl dem Busfahrer, sofort anzuhalten und ihn aussteigen zu lassen.

12

Olivier Kaltbrunner war sich sicher, im Augenwinkel gesehen zu haben, dass die junge Journalistin, deren Name ihm nicht einfiel, von einem Mann verfolgt wurde. Er rannte aus dem Bus zur Kreuzung Hammerstrasse/Feldbergstrasse zurück. Vorsichtig schaute er nach rechts. Er konnte die Journalistin gerade noch sehen, hinter ihr ein Mann. Kaltbrunner beschloss, abzuwarten.

Was mache ich hier?, fragte sich Kaltbrunner, das ist doch absurd. Wäre ich in einem Bus früher oder später gewesen, hätte ich von all dem nicht das Geringste mitgekriegt.

Plötzlich drehte sich die junge Frau um und spurtete auf ihn zu. Der Mann hinter ihr drehte sich ebenfalls um und rief: «Sophie!»

Genau, Sophie, sie hiess Sophie Fretz!

Kurz vor der Kreuzung schaute Sophie nach rechts und links. Ein Auto brauste heran. Sophie legte noch einen Zacken zu und wich dem Auto aus. Der Mann hinter ihr liess das Auto durch und rannte ebenfalls weiter.

«Scheisse!», fluchte Olivier Kaltbrunner und nahm die Verfolgung auf.

Doch schon nach wenigen Metern wurde ihm bewusst, dass es ein sinnloses Unterfangen war. Zu lange war er nicht mehr bei der uniformierten Polizei, zu lange war es her, seit er regelmässig Sport betrieben hatte, und schon vor viel zu langer Zeit hatte er entdeckt, wie sehr ihm Kochen und Essen Spass machte. Er hatte zwar keinen Ranzen, aber halt auch keine Kondition.

Nach rund hundert Metern stellte er fest, dass er dem Verfolger von Sophie tatsächlich näher kam, während Sophie immer schneller zu werden schien.

Prima!, dachte Olivier. Dem Löli geht es auch nicht besser wie mir.

Nach weiteren zehn Sekunden blieb der Typ stehen, setzte sich aufs

Trottoir und hielt sich den Kopf. Olivier Kaltbrunner verlangsamte sein Tempo, keuchte und schnaubte, erreichte den Mann und wollte etwas sagen, brachte aber kein Wort heraus.

Ein Passant blieb schliesslich stehen und fragte, ob man helfen könne.

Kaltbrunner winkte ab.

«Verdammte Scheisse!», murmelte er, als er wieder einigermassen Luft bekam. «Was soll das? Warum rennen Sie dieser Frau hinterher?»

«Und warum rennen Sie hinter mir her?»

Die beiden Männer schauten sich an. Und bei beiden machte es klick!

«Sie sind doch ...», begann der Kommissär, musste aber erneut feststellen, dass sein Namensgedächtnis wirklich eine Katastrophe war, «... also, Sie waren doch kürzlich wegen dieser Sache an der Kanonengasse bei mir. Sie waren mit Frau Carmen Soss und Herrn Christoph Leiser in der Tatnacht aus und haben den beiden damit ein Alibi verschafft. Was, zum Geier, machen Sie hier?»

«Daniel Kehrli. Ich heisse Daniel Kehrli.»

In Kaltbrunners Kopf tauchten blitzartig Bilder auf: VW Tiguan, Webseite HKL-Bau AG, Christoph Leiser. Kehrli war doch für morgen zu einer Einvernahme bestellt ...

«Warum verfolgen Sie Sophie Fretz?»

Kehrli antwortete nicht.

«Haben Sie versucht, Sophie und Carmen mit Ihrem Wagen totzufahren?»

Kurz nach Mitternacht loggte sich Carmen aus dem Internet aus, legte das iPad auf den Nachttisch und löschte das Licht.

Sie musste nachdenken.

Die Recherche über ihren Freund Christoph Leiser hatte einiges ergeben, von dem sie bisher nichts wusste. Wirklich erstaunt hatte sie das aber nicht, da sie mit Christoph erst einige Monate zusammen war. Im Internet hatte Carmen Fotos von Christoph während der Fasnacht mit der Negro Rhygass gefunden, die ihren Freund in mehr oder weniger lustigen Posen zeigten. Viele waren aber auch einfach nur peinlich. Fand zumindest Carmen. In einem Clownkostüm, mit einem Bierglas in der Hand, auf einem Tisch zu tanzen – nein, das war nicht Carmens Stil.

Natürlich tauchte sein Name auch immer wieder mit der Anwaltskanzlei auf, für die er als IT-Fachmann arbeitete. Ebenfalls erschien sein Name im Zusammenhang mit dem Fussballclub Old Boys. Auch dies war nicht überraschend. Carmen wusste, dass Christoph zusammen mit seinem Freund Daniel Kehrli seit Jahren dort spielte und den Nachwuchs trainierte. Was er ihr bisher aber nie erzählte, war, dass er offenbar ein pickelharter Verteidiger war und schon mehrere Rote Karten kassiert hatte.

Carmen drehte sich auf die Seite und beschloss, nun endlich zu schlafen.

Plötzlich dachte sie aber über eine weitere Information nach, die sie bei ihrer Recherche nur kurz gestreift hatte. Bei der Durchsicht von Christophs Facebook-Einträgen hatte sie ein Posting entdeckt, in dem er sich im Zusammenhang mit irgendeinem Militärskandal abfällig über die Armee geäussert hatte. «Von EKF scheinen diese Idioten heute nichts mehr zu verstehen.»

Dieser Satz, den Carmen nicht verstand, schwirrte ihr nun im Kopf herum. An Schlaf war nicht mehr zu denken. Sie setzte sich auf, machte das Licht an und startete wieder ihren iPad.

Sie gab bei Google die Stichworte «EKF» und «Armee» ein. Es erschienen mehrere Links. Die meisten führten auf Seiten des Eidgenössischen Departements für Verteidigung, Bevölkerungsschutz und Sport.

«EKF» stand für Elektronische Kriegsführung.

Carmen klickte sich durch mehrere Seiten und erfuhr, dass die Armee offenbar Truppen hatte, die sich damit beschäftigten, elektromagnetische Strahlungen aller Art abzufangen und auszuwerten. Carmen konnte mit den vielen Fachwörtern zwar nichts anfangen, aber alleine der Umstand, dass Christoph etwas über elektronische Kriegsführung auf Facebook schrieb, liess sie hellhörig werden.

Sie loggte sich auf Facebook ein, suchte Christophs Posting und klickte nun auf den Link, den er dazu gestellt hatte: Es erschien ein

Artikel aus der Neuen Zürcher Zeitung, in dem es um eklatante Sicherheitslücken im Armeesystem im Umgang mit Handys und Funkgeräten ging.

Das machte Carmen stutzig.

Nachdem sie das iPad ausgeschaltet und das Licht gelöscht hatte, war sie sich sicher, dass ihr Freund mit dem Bespitzelungsskandal, den der ermordete Roger Jossi aufdecken wollte, etwas zu tun hatte.

Bloss was?

Und was hatte das mit ihr zu tun?

Zufall?

Irgendwann schlief sie ein.

Olivier Kaltbrunner fiel ein grosser Stein vom Herzen, als sein Mitarbeiter Giorgio Tamine um 8.11 Uhr ankündigte, dass Daniel Kehrli da sei und die Einvernahme beginnen könne.

Der Kommissär hatte Kehrli nach der Verfolgungsjagd damit gedroht, ihn auf der Stelle festzunehmen, falls er ihm nicht sofort mitteile, weshalb er hinter Sophie Fretz her sei. Kehrli hatte ihm darauf versprochen, alles bei der heutigen Einvernahme zu erklären. Er hätte grossen Mist gebaut. Er hätte mit der Journalistin nur reden wollen. Aber als er sie ansprach, wäre sie einfach davongelaufen. Kaltbrunner hatte gezögert und sich ernsthaft überlegt, seine Kollegen zu alarmieren und Kehrli zu verhaften. Da er aber als Mörder von Roger Jossi nicht infrage kam – er hatte ja ein Alibi – und da er ihm glaubte, am nächsten Morgen tatsächlich im Büro zu erscheinen, liess er es gut sein. Allerdings hatte er ihn mit der Warnung laufen lassen, falls er nicht um spätestens halb neun Uhr erscheine, würde er ihn zur Fahndung ausschreiben.

Kaltbrunner liess Kehrli noch zehn Minuten warten. Dann ging er ins Besprechungszimmer, begrüsste Kehrli und fing ohne irgendwelchen Small Talk gleich mit der Einvernahme an: «Also, was wollten Sie mit Sophie Fretz mitten in der Nacht besprechen?»

«Ich habe sie auch schon angerufen, anonym, aber dann habe ich mich nicht getraut, mit ihr zu reden.»

«Warum nicht?»

«Na ja, ich dachte, ihr Telefon wird sicherlich abgehört. Und meines vielleicht auch. Dann ...» Daniel Kehrli stockte.

Kaltbrunner nahm seine goldene Brille von der Nase und fragte: «Was machen Sie bei der HKL-Bau AG?»

Kehrli schaute den Kommissär mit grossen Augen an. Der abrupte Themenwechsel schien ihn zu irritieren. «Ich bin Ingenieur.»

«Okay», sagte Kaltbrunner. «Interessante Projekte?»

«Na ja, wir planen gerade ...»

«Was wollten Sie von Sophie?», unterbrach Kaltbrunner scharf. Er starrte Kehrli an.

«Sie warnen.»

«Wovor?»

«Ich habe Scheisse gebaut!»

«Was für Scheisse?»

Kehrli zögerte.

Kaltbrunner setzte die Brille auf.

«Ich halte das nicht mehr aus», sagte Kehrli plötzlich.

13

Der Kommissär stand auf, nahm die Brille von der Nase und schmiss sie auf den Tisch. Er achtete darauf, dass der Wurf kontrolliert war und die Brille dabei nicht kaputtging. Sie war sündhaft teuer gewesen. Er merkte allerdings sofort, dass diese Aktion ein bisschen zu theatralisch war, aber seinem Gegenüber würde es kaum auffallen. Der arme Kerl war gerade dabei, sich tief in den Schlamassel zu reden. Davon war Kaltbrunner überzeugt.

«Sagen Sie das noch einmal», murrte Olivier Kaltbrunner. Und wiederholte den Satz im Befehlston: «Sagen Sie das noch einmal!»

Nein, er war nicht im Geringsten wütend, er wollte aber diesen Eindruck erwecken. Am liebsten hätte Olivier gejubelt, wie ein Fussballer, der ein Tor geschossen hatte. Denn dank der Aussage von Daniel Kehrli war er in der Aufklärung des Falles Online-Toter soeben ein gutes Stück weitergekommen.

Kaltbrunner lief ein paar Mal auf und ab, tat so, als müsse er sich beruhigen, setzte sich, nahm die Brille vom Tisch, klemmte sich einen Bügel zwischen die Lippen und starrte Daniel Kehrli an.

«Ich weiss auch nicht, warum das alles so gekommen ist …», sagte dieser nach einer Weile.

«Na gut», meinte Kaltbrunner, setzte die Brille auf, schaute in den Computermonitor und las halblaut die letzten Zeilen der Einvernahme: «Frage: Was wollten Sie von Sophie? Antwort: Sie warnen. Frage: Wovor» Kaltbrunner bemerkte, dass er das Fragezeichen vergessen hatte und korrigierte seinen Fehler. Murmelnd las er weiter: «Antwort: Ich habe einen Mist gemacht. Frage: Was für einen Mist?» Kaltbrunner war sich bewusst, dass Kehrli nicht von «Mist» gesprochen hatte, sondern von «Scheisse». Aber schliesslich ging es hier ums Protokoll einer Einvernahme.

Nun wandte er sich Kehrli zu. «Also, noch einmal: Was haben Sie für Mist gebaut?»

«Ich war an jenem Abend nicht mit Christoph am Fussballmatch.»

Kaltbrunner schrieb und wiederholte den Satz: «Ich war am Samstagabend, in der Tatnacht, nicht mit Christoph Leiser am Fussballmatch.» Er sah Kehrli an und fragte: «Wo waren Sie denn?»

«Ich war schon am Match!» Kehrli betonte das Ich. «Aber alleine. Christoph war nicht dabei. Den traf ich erst später, als ...»

«Moment, Moment», unterbrach Kaltbrunner und schrieb etwas in das Dokument. Dazu machte er: «Hmmm, hmmm, so, so.» Danach lehnte er sich in seinem Stuhl zurück. «Das heisst also, Sie haben am Sonntag, nach dem Mord, eine Falschaussage gemacht.»

«Ja.»

«So, so.»

«Das war Scheisse.»

«Ja, das war wirklich nicht so gut. Das kann Folgen für Sie haben.»

«Ich weiss, aber ich ...»

«Nein, nein, eins nach dem anderen», sagte Kaltbrunner. Nun wollte er Kehrli ein wenig schmoren lassen. «Kann denn jemand bezeugen, dass Sie am Fussballspiel waren – ohne Herrn Leiser?»

«Ja, ich habe, wie Christoph, eine Dauerkarte. Wir kennen die anderen Fans in unserem Sektor ziemlich gut.»

«Na, dann geben Sie mir die Namen!»

Daniel Kehrli gab acht Personen an, die Kaltbrunner aufschrieb. Er fragte bei jedem Namen mehrmals nach, wie man ihn schreibe. Selbst beim Namen «Ruedi Müller» wollte er von Kehrli wissen, ob der Ruedi nun Rudolf mit f oder mit ph oder wirklich Ruedi heisse. Kehrli konnte darauf keine Antwort geben.

«So, so», machte der Kommissär nach einer Weile. «Nun also zur Frage, warum sie die Polizei angelogen haben.»

«Christoph wollte das so.»

«Warum?»

«Ich weiss es nicht.»

«Ach, Herr Kehrli!»

«Er sprach davon, etwas für seine neue Freundin ...»

«Frau Soss? Carmen Soss? Die Chefin von Telwebnews? Chefin des Toten?»

«Ja, Carmen. Er wollte etwas für sie besorgen und sie später damit überraschen. Und weil es ihm peinlich war, sagte er mir, ich solle einfach sagen, er sei mit mir am Match gewesen.»

«Warum peinlich?»

Kehrli antwortete nicht.

«Womit wollte er Frau Soss überraschen?»

«Ach ...»

«Womit?»

«Das ist privat.»

«So, so.»

«Na ja, er sagte, er wolle sich irgend so ein Sexspielzeug besorgen ...»

«Ein Sexspielzeug? An einem Samstagabend?»

«Ja. Im Sexshop in Pratteln auf der Autobahnraststätte. Die haben bis ...»

«Ich weiss, ich weiss», sagte Kaltbrunner. «Welches Sexspielzeug denn?»

«Handschellen.»

Kommissär Kaltbrunner schaute Kehrli extra lange an, tippte dann einen Satz in den Computer und las ihn gleichzeitig laut vor: «Christoph Leiser wollte im Erotikshop auf der Autobahnraststätte Pratteln Handschellen für seine Freundin Carmen Soss besorgen.» Er schaute wieder zu Kehrli: «Ist das richtig so?»

Carmen und Sophie trafen sich um 10 Uhr im Starbucks am Claraplatz. Carmen bestellte sich einen Caramel Macchiato, Sophie einen Caffè Latte mit einem Zusatzschuss Espresso. Carmen bezahlte. Sie mussten einige Minuten auf die Getränke warten. Danach gingen sie in den ersten Stock und setzten sich an einen Zweiertisch am Fenster. Die beiden Frauen fühlten sich beobachtet. Das war an und für sich nichts Ungewöhnliches. Sie waren zwei junge, hübsche Frauen. Ihre Kleidung war nicht besonders chic oder gar sexy. Carmen trug einen knielangen Jupe mit Rosenmuster, eine weisse Bluse, ein dunkles Jäckchen und halbhohe Pumps. Sophie hatte eine enge Jeans gewählt, grün-weisse Sneakers, ein grünes Top und ihre leichte Lederjacke.

«Wir werden beobachtet?!», sagte Sophie.

«Meinst du?»

«Ich glaube schon.»

«Frauen werden immer beobachtet», antwortete Sophie. «Und nicht nur von Männern.»

Die beiden kicherten.

Sie nippten an ihren Kaffees. Carmen orientierte Sophie über die Nachforschungen über ihren Freund Christoph. Sie erzählte, dass sie auf Facebook neben vielen Fasnachtsfotos, die ihren Freund als Clown verkleidet zeigten, auch einen Eintrag gefunden habe, in dem sich Christoph als Kenner der elektronischen Kriegsführung offenbare.

Sophie zog laut die Luft ein.

«Ich weiss nicht genau, was das bedeuten soll», sagte Carmen. «Ich werde ihn fragen.»

«Also meinst du …»

«Keine Ahnung. Wir sind Journalistinnen. Und was haben wir gelernt?»

«Wir trauen allen alles zu.»

«Genau!»

Carmen holte ihren iPad hervor, Sophie ihren Laptop. Danach gingen sie die Liste mit den 24 Namen durch, die Sophie in Roger Jossis Unterlagen als Informanten der Abhör-Story gefunden hatte. Nun wollten sie es ganz genau wissen: Sie durchsuchten das Internet nach den 24 Namen.

Die Recherche dauerte über eine Stunde und war alles andere als ergiebig. Von den siebzehn Männern tauchten fünf überhaupt nicht auf. Sophie markierte diese auf der Liste gelb und vermerkte, dass dies verdächtig sei. Wer im Internet keine Spuren hinterlässt, ist entweder uralt oder lebt in einer anderen Welt. Oder aber er ist darauf bedacht, keine Spuren zu hinterlassen. Sophie und Carmen tippten auf letztere Variante.

Die restlichen Männer waren unauffällig normal, arbeiteten in der

Kommunikations- oder IT-Branche, hatten einen Facebook und/oder Twitter Account, posteten Ferienfotos und schienen nichts verbergen zu wollen. Dies konnte natürlich ebenso verdächtig sein. Trotzdem markierte sie Sophie mit grüner Farbe. Die beiden Frauen gingen davon aus, dass diese von Roger Jossi als Experten zugezogen worden waren.

Von den sieben Frauen waren drei nicht zu finden und vier harmlos. Allerdings recherchierten Carmen und Sophie bei den Frauen deutlich weniger intensiv.

«Und wer von den vierundzwanzig ist nun Daniele S.?», fragte Sophie.

«Daniele S.?»

«Daniele ist der Deckname des Hauptinformanten, den Roger in einer ersten Fassung seines Skandalartikels erwähnt hatte und in der letzten Fassung nicht mehr», erklärte Sophie. «Der Kronzeuge!»

«Pffff», machte Carmen. «Keine Ahnung. Vielleicht ist Daniele S. auch keiner von den vierundzwanzig beziehungsweise den siebzehn Männern. Vielleicht ist Daniele S. eine Frau. Könnte ja sein, dass Jossi für eine Frau einen männlichen Decknamen gewählt hat, um die Identität besser zu verschleiern.» Sie seufzte tief. «Ach, wir stecken fest.» Dann wollte sie noch einen Schluck ihres Caramel Macchiato nehmen, merkte aber, dass er eiskalt war, und verzog das Gesicht. Sie schielte in die Tasse von Sophie, sah, dass diese fast leer war, und fragte: «Willst auch noch einen?»

«Ja, gerne! Nein! Keinen Kaffee! Ich nehme ...» Sophie überlegte kurz, «... einen Chai Tea Latte.»

Carmen ergriff die beiden Tassen an den Henkeln, liess das Porzellan scheppern und ging davon.

Sophie loggte sich erneut auf Facebook ein, gab nochmals die Namen der Männer ein. Bei dreien fand sie jetzt mehrere Personen mit demselben Namen. Sie nahm sich die Mühe, nun auch diese zu durchforschen, und scrollte die Einträge im Schnelldurchlauf durch. Einer war offensichtlich ein Hobbykoch oder ein Gourmet, ein anderer schien stets in den Ferien zu sein, einer kommentierte das Weltgeschehen, einer postete Frauenfotos, einer ...

Sophie bekam einen Adrenalinstoss.
Sie starrte auf ein Foto.
Sie vergrösserte es.
Sie beugte sich ganz nahe zum Bildschirm, um jedes Detail zu checken.
Dass Carmen mit den Getränken zurückkam, nahm sie nicht wahr.

14

«Hast du etwas gefunden?», fragte Carmen, nachdem sie den Chai Tea Latte für Sophie und den Caffè Latte für sich abgestellt hatte.
Sophie zuckte zusammen und sagte: «Was?» So laut, dass die übrigen Gäste im Starbucks zu ihr rüberschauten. «Sorry, du hast mich erschreckt», entschuldigte sie sich sofort.

«Zeig, was hast du entdeckt?», drängte Carmen und stellte sich hinter Sophie, um besser auf den Bildschirm des Laptops zu sehen. Doch Sophie klickte das Foto, das sie eben noch so gefesselt hatte, blitzartig weg. Dies machte sie unbewusst, reflexartig. Wie früher, als manchmal plötzlich ihre Mutter in ihrem Zimmer stand und herauszufinden versuchte, auf welchen Seiten sie surfte oder mit welchen Typen sie gerade am Chatten war.

«Hey …», sagte Carmen erstaunt.

«Sorry, das war etwas Privates.»

«Oh, dann muss ich mich entschuldigen. Hast also doch einen Typen im Rennen?»

«Ach, mal schauen.»

Nein, Sophie hatte keinen Typen im Rennen. Ihre letzte Beziehung war gerade mal drei Monate her. Mit dem Studium und ihrem Job als Journalistin bei Telwebnews.ch hatte sie auch keine Zeit für Dates mit irgendwelchen Typen, die sie sowieso nach spätestens fünf Minuten langweilten. Carmen wusste das. Obwohl die beiden acht Jahre trennten und Carmen Sophies Chefin war, hatten sie ein fast schon vertrautes Verhältnis zueinander. Nicht gerade wie beste Freundinnen, aber es ging doch stark in diese Richtung.

«Komm, mir kannst du es ruhig sagen», insistierte Carmen. «Immerhin warst du auch die Erste, der ich von Christoph erzählt habe.»

Und das war genau Sophies Problem.

«Es ist aber nichts, Carmen», sagte Sophie bestimmt und schnappte sich den Tee. «Danke übrigens.»

Sophies Problem war, dass sie auf Facebook das Foto eines Mannes entdeckt hatte, der ein Clownkostüm trug und Trompete spielte. Sophie war sich sicher, dass es dasselbe Kostüm war, das auch Carmens Freund Christoph jeweils an der Fasnacht trug. Also waren beide in der gleichen Clique, beide in der Guggemuusig Negro Rhygass. Sophies Hauptproblem aber war, dass der Mann auf dem Facebook-Foto mit seinem Namen markiert war. Er hiess Ralf Moser. Genau dieser Name stand auch auf der Informantenliste des ermordeten Roger Jossi. Er gehörte damit zu den potenziellen Mördern. Und dass dieser Ralf Moser also ein Kollege von Carmens Freund war, der sich mit elektronischer Kriegsführung auskannte. Christoph hatte sich ja in der Tatnacht sehr seltsam benommen, weil er Jossis Story unbedingt verschwinden lassen wollte.

Carmen wollte mit ihrem Freund doch ein offenes Gespräch über all das führen …

Konnte sie ihr vertrauen?

Und warum war sie selbst gestern Abend von einem Typen verfolgt worden …?

Es gab zu viele Gründe, die Entdeckung dieses Fotos vorerst für sich zu behalten.

Die Einvernahme von Daniel Kehrli zog sich in die Länge. Nicht weil sich Kehrli als zäher Brocken herausstellte. Im Gegenteil: Kehrli machte gegenüber Kommissär Olivier Kaltbrunner einen regelrechten Seelenstriptease. Für Kaltbrunner war dies eines der äusserst seltenen Highlights in seinem Job. Nach über anderthalb Stunden war Olivier in einen Rausch geraten. Er bereute es, dass er diese Einvernahme nicht auf Video aufgenommen hatte, um sie später für Unterrichtszwecke verwenden zu können. Kaltbrunner wechselte immer wieder das Thema und brachte den armen Kerl völlig durcheinander. Jedenfalls war sich Olivier sicher, dass dies so war.

«Sie trafen Christoph also nach dem Match FCB gegen Bern um Mitternacht im Restaurant Wulggegratzer an der Heuwaage?»

«Ja. Nein. Ich weiss es nicht mehr!»

«Was jetzt?»

«Es kann auch früher oder später gewesen sein.»

«So, so.»

«Ich habe nicht auf die Uhr …»

«Ist gut», beruhigte Olivier Kaltbrunner. «Alles gut. Danach haben Sie ihre Frauen im Bücheli getroffen?»

«Ja.»

«Und Sie sind dann mit Ihrer Frau …» Kaltbrunner tat so, also würde er nach dem Namen von Kehrlis Frau suchen. Er wusste, dass sie Lina hiess, wollte seinem Gegenüber aber eine Chance geben, zu zeigen, wie sehr er daran interessiert war, der Polizei zu helfen.

«Lina», sagte Kehrli schnell. «Ich bin gegen 2 Uhr mit meiner Frau Lina nach Hause gegangen. Die genaue Minute weiss ich nicht mehr, aber es war jedenfalls vor 2 Uhr. Da bin ich mir sicher.»

Brav, dachte Kaltbrunner. Er ist wirklich sehr kooperativ. Er erwartet nun, dass ich ihn frage, warum er denn so genau wisse, dass es vor 2 Uhr gewesen war. Aber das will ich gar nicht wissen.

Kaltbrunner schmunzelte. «Und dann?», fragte er.

«Was meinen Sie?» Kehrli war einmal mehr irritiert.

«Was ist dann passiert?»

«Dann sind wir ins Bett.»

«Und?»

«Und was?»

«Haben Sie geschlafen oder …»

«Nein!»

«Okay. Sie haben also geschlafen oder auch nicht. Jedenfalls haben Sie nichts mehr von Christoph Leiser oder Carmen Soss gehört?»

«Nein.»

«Und die Sache mit dem Sexspielzeug? Den Handschellen?»

«Keine Ahnung. Ich habe mit Christoph nicht darüber …»

«Natürlich haben Sie mit ihm darüber gesprochen! So als Freunde. Er hat sie ihnen sicherlich gezeigt, die Handschellen, was? Herr Leiser wollte damit doch eine tolle Nacht …»

«Nein, er hat sie mir nicht gezeigt.» Kehrlis Stimme vibrierte. «Er hat es auch nur ganz kurz erwähnt. Ich erzählte ihm vom Fussballmatch!»

«Ist gut, Herr Kehrli. Ist gut.» Olivier Kaltbrunner tippte alles in das Protokoll.

Nun fragte der Kommissär, was Christoph Leiser mit der Baufirma HKL AG zu tun habe, bei der Kehrli arbeitete.

Sein Chef, also Herr Wyss, Vincent Wyss, sei ein Bekannter von Dr. Hohl, dem Chef von Christoph.

«So, so», murmelte Kaltbrunner und tippte dies in den PC.

«Und Christoph hat sich um unsere Computer gekümmert.»

«Und die Handschellen, hat er sie ihnen nun gezeigt oder nicht?», fragte Kaltbrunner erneut und wechselte damit das Thema einmal mehr abrupt.

«Nein.» Kehrli hüstelte. «Interessiert mich auch nicht. Lina und ich haben sowas nicht. Wir stehen nicht auf solche Praktiken, wenn Sie wissen, was ich meine. Wir haben ganz normalen Sex, also, was halt so als normal gilt.»

«Ja, ja, das tut nichts zur Sache. Machen Sie eigentlich Fasnacht?» Vom Thema Sex zur Fasnacht – Olivier war fast ein bisschen stolz auf diesen Themenwechsel und konnte sich ein Schmunzeln nicht verkneifen.

«Nein.»

«Nein?»

«Ich habe mal Fasnacht gemacht, ja. Vor Jahren.»

«Wo?»

«Bei den Kratzbyrschte.»

«Eine Gugge?»

«Ja.»

«Aber das ist lange her. Manchmal gehe ich als Vorträbler mit Lina mit.»

«Oh, ihre Frau macht auch Fasnacht?»

«Ja. Sie pfeift bei der Spale Clique.»

«Wow!» Kaltbrunner tippte alles in den Computer.

«Ja, sie pfeift gut.»

«So, so. Nun aber zu gestern Abend. Sie wollten Sophie Fretz also warnen und sind ihr deshalb bis in die Hammerstrasse gefolgt.»

«Ja.»

«Warum?»

«Ich wollte zuerst mit ihr telefonieren. Dann habe ich mich nicht getraut. Danach wartete ich …»

«Moment!», unterbrach Kaltbrunner und tippte seelenruhig sein Protokoll. «Waren Sie eigentlich nach dem Match betrunken?»

Der letzte Themenwechsel war zu viel für Daniel Kehrli. Er sackte auf seinem Stuhl zusammen und vergrub den Kopf in seinen Händen. Als er nach gut zwei Minuten zum Kommissär aufschaute, hatte er Tränen in den Augen.

Kaltbrunner legte seine goldene Brille auf den Tisch, jubilierte innerlich, stand auf und legte seine Hand auf Kehrlis rechte Schulter. «Wir sind gleich fertig», sagte er leise und gab sich Mühe, einen fürsorglichen Tonfall zu mimen.

«Ich wollte Sophie doch bloss warnen», wimmerte Kehrli. «Sie solle bloss die Hände von all diesem Zeug lassen, mit dem sich der Tote beschäftigt hatte. Ich weiss doch auch nicht. Ich hatte einfach ein mieses Gefühl. Da war doch etwas im Busch. Bitte, Herr Kaltbrunner, ich weiss nicht mehr, ich habe doch keine Ahnung, ich habe mit der ganzen Scheisse nichts zu tun, ich wollte …»

«Ist gut, ist gut, ist gut», wiederholte Kaltbrunner noch mehrere Male. «Ist gut.» Irgendwie war ihm der Kerl eine zu grosse Heulsuse. So heftig hatte er ihn ja nicht durch die Mangel gedreht. War wohl alles in Ordnung mit dem? Oder …

Kaltbrunner verwarf den Gedanken und beendete die Einvernahme.

Sophie verbrachte den Nachmittag an der Universität, was aber überhaupt nichts gebracht hatte. Sie konnte sich einfach nicht auf die Vorlesung konzentrieren. Um 16 Uhr machte sie sich auf den Weg nach Hause. Sie informierte ihre Eltern, dass sie nun wieder bei ihnen schlafen würde. Nachdem sie gestern in der Hammerstrasse von irgendeinem Typen verfolgt worden war, hatte sie beschlossen, wieder zu ihren Eltern und ihrer Hündin Stella zurückzukehren. Dort wäre sie letztlich sicherer.

Stella hatte eine Riesenfreude, wedelte, quietschte, stieg an ihr hoch und leckte ihre Hände. Und auch die Eltern waren erleichtert, ihre Tochter wieder bei sich zu haben.

Als die Eltern um 19.30 Uhr die Tagesschau im Fernsehen schauen wollten, entschuldigte sich Sophie. Sie gehe auf ihr Zimmer und lerne. Stella begleitete sie.

Sophie lernte nicht.

Sie recherchierte.

Und nach kurzer Zeit hatte sie einiges über Ralf Moser, den Mann, der das gleiche Fasnachtskostüm wie Carmens Freund Christoph trug, in Erfahrung gebracht, das sie sehr beunruhigte. Und zwar so heftig, dass sie Carmen anrief, um zu sagen, was Sache ist.

«... ja ... wer ...»

«Carmen?»

«... es ist etwas ...»

«Carmen, bist du es? Warum weinst du?»

«... es ist ...»

«Wo bist du? Ich komme!»

«Nein. Ich ...»

«Carmen?

«... ja? ...»

«Carmen?»

«Er ...»

«Ja?»

15

Thomas Gmünder hatte in seinem Leben als Kameramann viel erlebt. Als junger Mann war er Anfang der 90er-Jahre im Bosnienkrieg. Seinen grössten Coup landete er mit TV-Aufnahmen aus der belagerten Stadt Sarajevo. Er war in der Hauptverkehrsstrasse Zmaja od Bosne in einen Angriff von Heckenschützen geraten. Statt zu flüchten, hatte er seine Kamera auf die getroffenen Passanten gerichtet und auf den Auslöser gedrückt. An sein eigenes Leben hatte er in diesem Moment gar nicht gedacht. Er sah nur den Schrecken in den Gesichtern der Menschen, die nach hinten stürzenden Körper, die Blutlachen auf dem Boden. Er hatte nach oben geschwenkt und die Schützen gefilmt. Ihre Gesichter waren mit schwarzen Tüchern verhüllt.

Gmünders Bilder gingen um die Welt. Sie sorgten für Empörung, Entsetzen, Verzweiflung. Allerdings nicht für lange. Andere Reporter lieferten keine 24 Stunden später noch brutalere Bilder. Aufnahmen von Menschen, die durch Granaten förmlich explodierten.

So wurde Gmünder auch nicht reich mit seinen aufwühlenden Videoaufnahmen. Aber er konnte sich weitere Reisen in den Krieg finanzieren. Doch im Laufe der Jahre wollten die Fernsehstationen nichts mehr vom Krieg im ehemaligen Jugoslawien wissen. Gmünder wurde sich bewusst, dass er seinen Film aus der Sniper Alley, wie Sarajevos Strasse der Heckenschützen genannt wurde, nicht mehr toppen konnte. Oft musste er sich anhören, dass seine Bilder langweilig seien. Aufnahmen von alten Menschen vor zerbombten Häusern, die um ihre Söhne weinten, fanden keine Käufer in den TV-Stationen.

Gmünder verdiente danach lange Zeit sein Geld als Kameramann bei privaten Filmfirmen. Meistens musste er Werbe- und PR-Filme abdrehen, hin und wieder konnte er bei einer TV-Produktion als zweiter Kameramann fungieren. Oft war er aber arbeitslos oder lebte von schlecht bezahlten Assistenzeinsätzen für andere Kameraleute oder

Fotografen. Als er vor vier Jahren ein Angebot als Kameramann beim Regionalsender Telebasel bekam, nahm er den Job sofort an. Immerhin war er wieder Reporter, auch wenn seine Einsätze meistens unspektakulär waren. Danach hatte er sich jahrelang gesehnt. Und obwohl er so lange Zeit nichts mehr mit Journalismus zu tun gehabt hatte – seine Filmkamera hatte er immer dabei, wie damals, als er Reporter war. Denn Thomas Gmünder hatte gelernt: Du kannst der beste Kameramann der Welt sein, aber wenn du nicht zur richtigen Zeit am richtigen Ort bist oder die Kamera nicht dabei hast, nützt dir alles nichts.

Thomas Gmünder war am Nachmittag bei einem äusserst mühsamen Termin im Baumarkt Jumbo in Allschwil – er musste für das Gourmet-Magazin von Telebasel die neusten Grills filmen – und fuhr jetzt zurück in die Redaktion. Seit drei Tagen war er nun mit dieser Reportage beschäftigt und hatte von Grills, Gas, Kohle und selbst ernannten Grillmeister die Nase voll.

Als er durch die Spitzwaldstrasse fuhr, entdeckte er Carmen Soss, die nervös auf dem Trottoir hin und her lief und ins Handy sprach. Er kannte sie von Medienkonferenzen und Journalistenanlässen. Er winkte ihr zu, doch sie sah ihn nicht. Als er an ihr vorbeifuhr, bemerkte Thomas, dass sie nicht einfach nervös war, sondern richtig hysterisch, dass ihr Make-up völlig verschmiert und ihre Haare zerzaust waren.

Gmünder hielt an, schaltete die Pannenblinker ein und ging zu Carmen.

«Hey, was ist passiert …?», fragte er vorsichtig.

«Ja, also komm her, danke, Sophie …», sagte Carmen und nahm das Handy vom Ohr.

«Kann ich etwas für dich tun?», fragte Thomas. «Was ist denn …»

«Sorry, aber ich muss die Polizei rufen!» Carmen wählte die Notrufnummer.

«Was ist denn …»

«Mein Freund ist tot.»

«Was?!»

«Ja, er liegt in seiner Wohnung, alles voll Blut!» Carmen zeigte auf den gegenüberliegenden Wohnblock. Sie zitterte.

«Verdammte Scheisse, Carmen, das tut mir ...» Thomas legte seine Hand auf ihre Schulter. Sie war ganz kalt.

«Ja, hallo, hier Soss», sprach Carmen ins Telefon. «Mein Freund Christoph Leiser liegt tot in seiner Wohnung. Spitzwaldstrasse, Allschwil.»

Dann schrie Carmen immer wieder «Nein! Nein! Nein!», sackte zu Boden, verstummte und heulte nur noch.

Kurz darauf fuhr ein Bus der Linie 33 die gegenüberliegende Haltestelle an und einige Leute stiegen aus. Zwei Frauen schauten zu Carmen und Thomas, der sie zu trösten versuchte, und kamen zu ihnen. Sie fragten, was passiert sei, und boten ihre Hilfe an. Thomas erklärte, dass es offenbar einen Todesfall gäbe und die Polizei unterwegs sei. Darauf sagte eine der Passantinnen, eine rund 45-jährige Geschäftsfrau, Carmen solle mit in ihre Wohnung kommen und dort auf die Polizei warten. Sie zittere ja! Ein warmer Tee würde ihr sicher guttun.

Carmen war einverstanden und ging mit der Frau mit.

Thomas wusste nicht, was er tun sollte.

Er war zur richtigen Zeit am richtigen Ort.

Er ging zum Wohnblock, auf den Carmen gezeigt hatte.

Er checkte die Namen an den Klingeln. «Ch. Leiser» stand zuunterst.

«Parterre-Wohnung», flüsterte Thomas.

Er zog am Türgriff. Verschlossen.

«Parterre», flüsterte er erneut.

Er verliess das Entrée und spähte durch eine Hecke. Er sah, dass hinter dem Haus ein Garten war.

Wo war der Zugang zum Garten?, fragte er sich.

Er schaute um sich. Da, neben der Abfahrt zum Velokeller.

Na, dann mal los.

Thomas ging ein kurzes Stück über den Rasen, hüpfte über ein Blumenbeet und stand schliesslich auf dem Sitzplatz der Parterre-Wohnung. Ein grosser, teurer Holztisch, mit den dazu passenden Stühlen, beanspruchte fast den ganzen Platz. In einer Ecke stand ein grosser

Gasgrill der Marke Outdoorchef. Ein Spitzenprodukt – das hatte Thomas mittlerweile gelernt, schliesslich arbeitete er ja seit Tagen an dieser leidigen Grillreportage.

Es hatte eine breite Fensterfront. Keine Vorhänge.

Thomas ging näher.

Sehr nah.

Die Leiche lag auf dem weissen Boden in einer Blutlache. Es herrschte ein Durcheinander. Eine Lampe war umgefallen, mehrere Pflanzen lagen herum, Erde war verstreut, ein Sessel stand verkehrt herum da. Auf dem weissen Ledersofa waren grosse Blutspritzer zu sehen.

Thomas Gmünder fühlte nichts. Er war nicht nur zur richtigen Zeit am richtigen Ort. Er hatte auch seine Kamera dabei.

Er zurrte den Reissverschluss seiner Fotoweste auf. Eigentlich war es eine Fischerweste, mit vielen kleinen und grossen Taschen. Fotografen und Kameraleute benutzten gerne solche Westen, da sich darin Objektive, Blitzgeräte, Filter, Batterien und sonstiger Krimskrams gut verstauen liessen. Aus der linken Innentasche holte er seinen Mini-Camcorder hervor, presste die Linse ans Fenster und drückte «Record».

Da es Abend war und damit die Lichtverhältnisse ziemlich schlecht waren, überlegte sich Thomas, die professionelle TV-Kamera im Auto zu holen. Aber er verwarf den Gedanken sofort wieder. Bald würde die Polizei da sein, er hatte keine Zeit mehr. Zudem würde das zu viel Aufsehen erregen bei den Leuten auf der Strasse. Er konnte sich vorstellen, dass dort schon ein riesiger Menschenauflauf stattfand mit Gaffern.

Thomas unterbrach die Aufnahme, wechselte seinen Standort und stiess die Kameralinse nun gegen die Scheibe der Balkontüre.

Beinahe verlor er das Gleichgewicht, denn der Türflügel schwenkte nach innen.

Sollte er eintreten und Nahaufnahmen machen?, fragte er sich.

Nein. Einfach filmen! Er schwenkte den ganzen Raum ab, zoomte auf den Toten, auf das blutverschmierte Hemd, auf den Kopf. Eine grosse Wunde klaffte unter den Haaren hervor. Die Augen waren offen, Mund und Nase blutverschmiert. Die Nase war irgendwie krumm.

Thomas hielt einige Sekunden aufs Gesicht des Toten, dann schwenkte er langsam aufs Sofa und filmte die grossen Blutflecken. Er zoomte noch näher und sah, dass sich Blutbahnen gebildet hatten. Das Blut war wie Farbe nach unten gelaufen. Er zoomte weiter. Und obwohl das Bild nun sehr düster war, konnte er erkennen, dass die Blutstropfen am Ende der kleinen Bahnen noch leicht glänzten.

Das bedeutete, dass alles verdammt frisch war! Die Tat musste erst vor wenigen Minuten passiert sein.

Eiskalt lief es ihm den Rücken herunter. Was war passiert? Er filmte einen toten Mann, der Carmens Freund sein musste, und draussen hatte er Carmen getroffen, die völlig aufgelöst …? Hatte sie …?

Ihm wurde übel und etwas schwindlig. In Sarajevo war ihm nicht übel geworden. Jedenfalls nicht, als er gefilmt hatte. Dort hatte er völlig unbekannte Opfer und Täter aufgenommen. Er hatte keine Beziehung zu ihnen. Es waren Objekte, Filmobjekte. Schwindelanfälle und Übelkeit bekam er erst viel später. Erst, als er wieder zu Hause war.

Aber hier …

Thomas überlegte und filmte weiter.

Hatte Carmen Blut an ihren Kleidern?

Er wusste es nicht. Es war ihm zumindest nichts aufgefallen.

In der Ferne hörte er die Sirenen der Polizei. Es war Zeit, die Aufnahme abzubrechen und zurück auf die Strasse zu gehen.

Ein, zwei Sekunden noch, ein letzter Schwenk …

Plötzlich hörte er, wie es in einem Busch hinter ihm raschelte. Er erschrak und drehte sich blitzartig um, ohne aber die «Record»-Taste loszulassen. Das wäre das Letzte, was er tun würde. Instinktiv zoomte er in die Totale zurück, damit er eine Weitwinkelaufnahme machen konnte.

Er sah nichts. Wenigstens nichts Besonderes. Ein Stück Rasen. Eine grosse Hecke, Büsche. Dahinter andere Häuser. Ein Stück rot-blauer Abendhimmel.

War wohl ein Vogel, dachte Thomas. Oder eine Katze. Ein Igel.

Die Polizeisirene war nun schon sehr laut, sie kam immer näher.

Der ehemalige Kriegsreporter wollte gerade die «Record»-Taste loslassen.

Es raschelte erneut.

Und dann sah er es.

16

Thomas Gmünder hielt seine Kamera voll drauf. Die Gestalt rannte durch den Nachbarsgarten davon. Thomas zoomte. Doch dann war die schwarz gekleidete Person auch schon verschwunden.

Gmünder schaltete seine kleine Kamera aus, verstaute sie wieder in der Innentasche seiner Fischerweste und ging von Christoph Leisers Garten zurück auf die Strasse. Das Polizeiauto war mittlerweile angekommen. Zwei Beamte stiegen aus und kamen ihm entgegen. Thomas griff in seine rechte Gesässtasche, nahm sein Portemonnaie hervor und zückte den Presseausweis.

«Guten Abend», sagte er. «Gmünder von Telebasel. In der Parterrewohnung liegt ein Toter. Die Balkontüre ist offen. Sie können da hindurchgehen.» Thomas zeigte den Weg.

Die beiden Polizisten gingen mit schnellen Schritten in den Garten. Einer von ihnen kam bereits nach wenigen Sekunden zurück und sprach aufgeregt in sein Funkgerät.

Gmünder ging zu seinem Auto und holte die grosse TV-Kamera. Er begann sofort, Aufnahmen zu machen. Als er zum Wohnhaus zurückkam, wurde er von einem der Polizisten angewiesen, zurückzubleiben und nicht näher zu treten.

«Warum denn?», fragte Thomas.

«Das ist ein Tatort», sagte der Polizist barsch.

«Na und? Ich habe Ihnen immerhin die Leiche gezeigt!»

Der kleine Lautsprecher des Funkgeräts auf der Schulter des Polizisten plärrte. Der Beamte neigte den Kopf zur Seite, um den Funkspruch besser zu verstehen, und wies Thomas an, weiter zurückzugehen. Thomas konnte bloss hören, dass von einer «Sperrung» die Rede war.

«Zurück jetzt, sofort!», befahl der Polizist.

Thomas wollte ihm eigentlich mitteilen, dass er eine flüchtende Person gesehen hatte. Doch jetzt war er sauer, also liess er es bleiben. Er filmte noch einige Sekunden, dann ging er zurück zu seinem Auto und rief die Redaktion an. Er erzählte in kurzen Sätzen, worum es ging, und forderte einen Reporter an. Der Tatort liege an der Spitzwaldstrasse in Basel. Das könne nicht sein, antwortete der Produzent nach einer Weile, es gäbe keine Spitzwaldstrasse in Basel. Ob er nicht in Allschwil sei? Thomas nervte sich, sah dann aber, dass der Streifenwagen mit «Polizei Kanton Basel-Landschaft» angeschrieben war und schnauzte den Produzenten an: «Ja, Allschwil. Schick jetzt endlich einen Reporter!»

Innert Minuten füllte sich die Strasse beim Tatort mit Fahrzeugen. Erst fuhren mehrere Streifenwagen vor, danach zivile Polizeiautos, die nur am Blaulicht auf dem Dach als solche zu erkennen waren. Dann erschienen ein Einsatzfahrzeug der Basler Verkehrs-Betriebe, ein kleines Feuerwehrauto und weitere Polizeifahrzeuge. Die Strasse wurde mit rot-weissem Plastikband abgesperrt, die Passanten wurden zurückgedrängt.

Irgendwann kam ein junger Kerl keuchend zu Thomas und sagte, er sei der Reporter von Telebasel. Thomas hatte den Typen noch nie gesehen. Dieser stellte sich als Thorsten vor. Er habe erst vor drei Tagen als Stagiaire angefangen.

Thomas kochte innerlich vor Wut. Er rief erneut den Produzenten an und schrie ins Telefon, ob er eigentlich «einen an der Waffel» habe, ihm einen «Schulbuben» zu schicken. Einige der Passanten hörten das Gespräch mit und tauschten überraschte Blicke aus.

Thomas beruhigte sich erst wieder, als er einige Minuten später eine blonde, junge Frau in Jeans und grün-weissen Sneakers entdeckte, die gerade einem Polizisten ihren Ausweis zeigte und dann in Richtung von Thorsten ging. Thomas stellte sich dazwischen und begrüsste sie.

«Habt ihr Carmen gesehen?», fragte Sophie sofort.

«Ja», antwortete Thomas. «Also vorher, bevor hier das ganze Rösslispiel aufgefahren wurde. Jetzt habe ich sie schon länger nicht mehr gesehen. Sie ist mit jemandem mitgegangen. Ich bin übrigens Thomas von Tele...»

Sophie rannte zu einem Polizisten. Thomas hinterher. Sophie erklärte, dass sie eine Freundin von Carmen sei und mit ihr reden müsse. Der Polizist schickte sie zu einem weissen Kastenwagen, der nicht beschriftet war. Sophie spurtete zum Auto, Thomas ebenfalls. Eine Polizistin stand davor. Die Beamtin sprach gerade in den Funk. Thomas konnte aber nichts verstehen.

«Guten Abend», sagte die Polizistin freundlich. «Sie können nicht mit ihr reden.»

«Warum nicht?», mischte sich Thomas ein. «Sie ist doch nicht etwa eine Verdächtige?»

Die Polizistin verzog keine Miene.

«Hören Sie», sagte Thomas, «Carmen hat damit doch nichts zu tun. Ich habe den Täter wegrennen sehen!»

«Oh, mein Gott!», sagte Sophie.

Die Polizistin wandte sich ab und funkte erneut.

Sekunden später kamen zwei Polizisten auf Thomas zu, nahmen ihn zur Seite und stellten ihm viele Fragen: Was, wo, wie und wann er wen ganz genau gesehen habe.

Olivier Kaltbrunner hatte mit seiner Frau Pranee und Töchterchen Nazima zu Abend gegessen, Rösti mit Spiegeleiern. Das gab es oft. Zu oft, fand Olivier. Aber seine beiden Frauen mochten das so sehr. Pranee war längst eine meisterhafte Rösti-Köchin geworden. Besser als Olivier, obwohl er sich immer noch als «Rösti-Chef» bezeichnete. Umgekehrt kochte er mittlerweile auch ganz gut thailändisch.

Eigentlich hätte Olivier gerne TV geschaut. Doch dazu kam er nicht mehr. Die Einsatzzentrale rief ihn an und orientierte ihn darüber, dass in Allschwil ein Mord passiert sei. Das gehe ihn doch nichts an, antwortete er grantig. Er sei Kommissär in Basel-Stadt und nicht in Allschwil. Denn Allschwil liege schliesslich in Baselland. Ja, aber die Landschäftler haben um Unterstützung gebeten.

«Wieso das denn?», fragte Kaltbrunner.

«Der Tote heisst Christoph Leiser, du hättest …»

«Hoppla Schorsch!», sagte Kaltbrunner.

«Und es gebe eine Verdächtige, eine gewisse Frau Soss, Carmen

Soss. Die würdest du kennen, und sie wolle unbedingt mit dir reden.»

«So, so.»

Olivier Kaltbrunner machte sich auf den Weg.

«Zwei Tote, ein Mann auf der Flucht, eine Grossfahndung und mittendrin eine Journalistin, die an einer brandheissen Bespitzelungs-Story arbeitet», murmelte er, als er in seinem Opel Insignia vom Kleinbasel via Autobahn nach Allschwil fuhr. «Das kann ja heiter werden. Und dazu zwei Kantone, also zwei kantonale Staatsanwälte, möglicherweise sogar die Bundesanwaltschaft, Dutzende Juristen und sonstige Experten, Spezialisten und Klugscheisser ...», murmelte er weiter und schrie dann plötzlich: «So eine Kacke, goppeloni!»

Er hämmerte auf das Lenkrad.

Thomas Gmünder filmte noch zwei Stunden lang, begrüsste Fotografen und Journalistenkollegen und genoss es, Mann der ersten Stunde zu sein. Was er niemandem sagte: Dass er in den Garten eingedrungen war und durch die Fenster und die Balkontüre die Leiche gefilmt hatte. Auch der Polizei sagte er nichts von seinen Aufnahmen des Tatorts.

Kurz nach Mitternacht war er in der Redaktion, holte seinen Mini-Camcorder hervor und überspielte die Aufnahmen auf seinen Computer. Dann schaute er den Film dreimal hintereinander an und freute sich auf den Morgen. Seine Vorgesetzten würden ausflippen, wenn sie sähen, dass er den Tatort und die Leiche auf Film hatte! Als Einziger!

Beim vierten Mal Durchschauen des Materials fiel ihm die Stellung der Leiche auf. Er fand sie recht seltsam. Der Mann lag halb auf dem Rücken, halb auf der Seite, doch der Bauch ragte ein wenig in die Höhe. Es sah so aus, als würde er auf etwas liegen. Thomas spulte an die Stelle, an der der ganze Raum zu sehen war, dann zurück zur Grossaufnahme des Toten.

Wo waren eigentlich die Hände?, fragte sich Thomas. Sie mussten hinter dem Rücken sein. War das möglich?

Da die Leiche schräg mit dem Kopf gegen das Fenster auf dem Boden lag, waren die Hände aus diesem Winkel nicht zu sehen.

Thomas spulte an die Stelle, an der er den Standort und damit auch den Aufnahmewinkel gewechselt und die Balkontüre aufgestossen hatte. Beim Zoom vom blutverschmierten Gesicht mit den weit aufstehenden Augen und der gebrochenen Nase hinüber zum Sofa war nun in einer kurzen Sequenz ein Teil des Rückens zu erkennen.

Thomas vergrösserte diese Aufnahme und schaute sie sich mehrmals an.

«Oh, oh!», machte er leise und sagte dann: «Das ist ja der Hammer!»

17

Während sich die Medien nach dem Tod von Roger Jossi noch einigermassen zurückgehalten und den Fall mehrheitlich als «Rätselmord» abgehandelt hatten, wurden nun in allen Redaktionen des Landes Journalistinnen und Journalisten für den Online-Toten aufgeboten, die nach Basel reisen und sämtliche Details recherchieren sollten. Die Boulevardmedien sprachen bereits vom «unheimlichen Messermörder», der eine ganze Stadt in Angst und Schrecken versetze. Sowohl die Polizei als auch die Staatsanwaltschaft der Kantone Basel-Stadt und Basel-Landschaft wurden am Morgen nach der Bluttat in Allschwil mit Medienanfragen überhäuft. Das Schweizer Fernsehen kündigte an, in der Sendung «Schweiz aktuell» eine Live-Schaltung zu machen. Eine Reporterin würde direkt aus Allschwil berichten und mit möglichst vielen Nachbarn und Passanten reden wollen. Telebasel konnte als Lokalmatador, und dank dem Lucky-Punch von Kameramann Thomas Gmünder, der den Tatort als Erster und Einziger gefilmt hatte, mit exklusiven Bildern auftrumpfen. Gmünders bearbeiteter Film – die Leiche wurde stark verpixelt – konnte an jede Sendeanstalt verkauft werden. Telebasel würde im ganzen Land für Furore sorgen. Auf den Online-Portalen waren bereits am Mittag einige von Thomas Gmünders Bildern zu sehen.

Er selbst sass mit Reporter Thorsten, der am Vorabend ebenfalls zum Tatort gekommen war, und der Chefredaktion zusammen. Der Beitrag für die Abendsendung «7vor7» wurde besprochen. Die Redaktionsleiter wollten ein «ganz grosses Ding» fahren und die Exklusivität von Gmünders Aufnahmen «megamässig» verkaufen.

«Dass ich die Bilder exklusiv habe, ist übrigens noch nicht alles», sagte Gmünder plötzlich.

«Was meinst du damit?», fragte Redaktionsleiter Caspar Baumann.

«Ich habe noch was Exklusives!»

«Da sind wir aber gespannt.»

Gmünder lächelte, sagte aber nichts. Er kostete seinen Coup aus.

«Na los, sag schon», drängte Baumann, «hast du auch noch den Täter, wie er das Opfer ersticht? Du weisst doch, dass wir das nicht zeigen können. Wie oft muss ich dir das denn noch sagen?»

Alle lachten.

«Nein», antwortete Gmünder. «Schaut euch diese Sequenz mal ganz genau an!»

Er spulte seinen Film an die Stelle, die er sich in der Nacht so oft angesehen hatte. «Fällt euch etwas auf?»

Es fiel niemandem etwas auf. Deshalb spielte Gmünder die Szene mehrmals ab. Immer wieder waren das blutverschmierte Gesicht Christoph Leisers und dessen weit aufgerissene Augen zu sehen.

«Thomi, es reicht langsam», meinte Caspar Baumann. «Wir haben jetzt genug Blut gesehen. Und noch einmal: Solche Bilder zeigen wir nicht!»

«Darum geht es nicht», sagte Gmünder. «Schaut hier!» Er stoppte den Film, vergrösserte das Standbild, auf dem der Rücken des Toten zu sehen war. «Seht ihr das? Ich fragte mich, warum das Opfer so halb schräg liegt. Hier ist der Grund dafür zu sehen.»

«Ich sehe nichts», sagte Baumann.

Thomas vergrösserte den Ausschnitt noch mehr.

«Das sind ja Handschellen!», rief Baumann erstaunt.

Die Behörden waren zum Schluss gekommen, die Sache mit den Handschellen aus ermittlungstaktischen Gründen nicht zu veröffentlichen. Vor allem aber, um eine Panik zu verhindern. Es reichte, dass die Medien schon von einer «Stadt in Angst» sprachen. Der Fall war aber wirklich brutal: Die Untersuchungen am Tatort hatten ergeben, dass Christoph Leiser geschlagen, gefesselt und mit mehreren Messerstichen am ganzen Körper verletzt worden war. Vermutlich hatte er sich bis zuletzt gewehrt. Die Kommunikationsprofis der involvierten Behörden waren alle zum Schluss gekommen, dass Leisers Tod von den Medien so dargestellt werden könnte, als wäre ein rein zufällig ausgewähltes Opfer von einer blutrünstigen Bestie gefesselt und, in einem wahren Blutrausch, abgeschlachtet worden. Dies würde tatsächlich Angst und Schrecken verbreiten.

Dass ziemlich sicher kein Serienkiller, der aus reiner Mordgier tötete, am Werk war, beruhte auf den Erkenntnissen von Kommissär Olivier Kaltbrunner und seinem Team der basel-städtischen Polizei: Kaltbrunner informierte die Kollegen aus Baselland über sämtliche Ereignisse und Recherchen der letzten Tage. Er vermutete, dass die Morde mit einer Story zusammenhingen, an der der erste Tote, Journalist Roger Jossi, gearbeitet habe. Es gehe dabei um eine Bespitzelungsaktion von gigantischem Ausmass. Christoph Leiser sei darin involviert gewesen, er wisse allerdings noch nicht, in welcher Form. Er werde versuchen, über Leisers Freundin Carmen Soss und deren Journalistenkollegin Sophie Fretz mehr zu erfahren.

«Und die Handschellen stammen vermutlich aus einem Sexshop», beendete er seinen Vortrag. «Wohl aus dem Erotikladen auf der Autobahnraststätte Pratteln. Gekauft am Abend, als Jossi getötet wurde. Leiser wollte sich mit seiner Freundin Carmen auf spezielle Art vergnügen.»

Man kam zum Schluss, dass Carmen nicht zu den Hauptverdächtigen gehörte und sie aus der Untersuchungshaft zu entlassen sei. Ebenso entschied man, dass Olivier Kaltbrunner weiterhin den Mordfall Jossi und sämtliche Hintergründe dazu bearbeiten soll. Die Kollegen von der Landschaft würden den Mordfall Leiser untersuchen und sich auf die Fahndung nach der vom Tatort geflüchteten Person konzentrieren. Höchste Priorität habe zudem die Obduktion: Falls an Leisers Leiche Spuren eines Keramikküchenmessers gefunden würden, sei klar, dass es der gleiche Täter sein müsse, der schon Jossi mit einem solchen Messer erstochen hatte.

Olivier kam nun definitiv nicht mehr darum herum, sich in die Recherchen von Roger Jossi zur Bespitzelungsaffäre zu vertiefen. Eine Arbeit, die er überhaupt nicht mochte. Am Abend war ihm allerdings klar, dass die Lösung beider Mordfälle in dieser Geschichte steckte.

«Hier sind Leute am Werk, die alles machen, um eine Veröffentlichung zu verhindern», sagte er in einer letzten Besprechung dieses Tages zu seinem Team. «Es geht hier nicht nur um einen politischen Skandal, sondern auch um einen Haufen Geld.» Er nahm seine goldene Brille von der Nase und ergänzte: «Um Millionen, wenn nicht sogar um Milliarden!»

Kaltbrunner fuhr mit dem 30er-Bus nach Hause in die Erlenmatt. Er spielte kurz mit Tochter Nazima, dann rief seine Frau Pranee zum Essen. Olivier blickte auf die Uhr und sagte zu seiner Frau, er wolle noch kurz einen Beitrag auf Telebasel schauen. Er machte den Fernseher an und wartete auf die Schlagzeilen der Sendung «7vor7».

Es lief ihm kalt den Rücken hinunter.

«Allschwiler Messermörder hat sein Opfer mit Handschellen gefesselt und hingerichtet», lautete der Text zum Intro. Und der Moderator startete die Ansage mit den Worten: «Diese brutale Tat versetzt eine ganze Region in Angst und Schrecken.»

Na bitte, dachte Kaltbrunner. Vielen Dank!

Sophie und Carmen sassen mit deren Freundin Lina in Carmens Wohnung im Basler Gundeli-Quartier und schauten den gesamten Beitrag, obwohl Carmen zitterte, weinte und immer wieder fluchte. Sophie und Lina umarmten sie und reichten ihr regelmässig frische Taschentücher. Kaum war die Reportage zu Ende, klingelten Carmens iPhone und Sophies Handy gleichzeitig. Doch weder Sophie noch Carmen nahmen die Anrufe entgegen.

Um 20 Uhr erschienen zwei Polizisten und fragten, ob alles in Ordnung sei. Carmen wurde zwar nicht wirklich bewacht, doch Kommissär Kaltbrunner hatte in Auftrag gegeben, vor ihrem Haus regelmässig Kontrollen zu machen. Denn: Wenn die Bespitzelungsgeschichte Grund für die Morde war, wären auch Carmen und Sophie in Gefahr.

Carmen nahm ein starkes Schlafmittel ein und ging gegen 21 Uhr zu Bett. Lina legte sich bei ihr im Zimmer auf eine Matratze. Sophie richtete sich auf dem Sofa ein und fuhr ihren Laptop hoch. Sie loggte sich auf Facebook ein und suchte nach dem Namen Ralf Moser. Jenem Typen, der wie Christoph bei der Guggemuusig Negro Rhygass spielte und der auf der Informantenliste von Jossis Recherchen stand. Sophie hielt ihn für die Schlüsselfigur, sogar für den möglichen Mörder.

Ihre Gedanken kreisten.

Sie, die junge, noch unerfahrene Journalistin, könnte vielleicht einen ganz grossen Skandal aufdecken. Das würde ihr etliche Türen zu den grossen Medien öffnen, vielleicht sogar zu Radio oder Fernsehen. Sie spürte, dass sie kurz vor dem Durchbruch stand. Nur Mut, sagte sie sich, du weisst, dass es gefährlich ist. Jossi wusste das nicht, konnte es nicht wissen. Also: nur Mut!

Andererseits: War diese Story nicht eine Nummer zu gross für sie? Zu riskant? Tödlich?

Um 22.09 Uhr fällte sie einen Entscheid.

18

Olivier Kaltbrunner hatte nicht nur miserabel geschlafen, auch die ersten Minuten dieses Samstagmorgens waren katastrophal: Olivier stand vor der Nespresso-Maschine und musste feststellen, dass es keine Kapseln mehr hatte.

Der gesamte Haushalt lag eigentlich in der Verantwortung seiner Frau. Bis auf eine einzige Sache: die Kaffeekapseln. Da die Nespresso-Filialen in der Innenstadt lagen, hatten sich Pranee und Olivier darauf geeinigt, dass er die Kapseln jeweils auf dem Heimweg besorgen könne. Zudem war er der einzige der Familie, der Kaffee trank. Aber eben: Gestern Morgen hatte er noch daran gedacht, dann war er mit seinem Online-Toten und der neuen Leiche so beschäftigt gewesen, dass er den Rest seines Lebens vergass.

Der Fall war auch der Grund, warum er schlecht geschlafen hatte. Er befürchtete, dass entweder noch etwas passieren würde oder dass die Presse über die Polizei herfallen könnte. Oder beides.

Der Kommissär zog sich an und marschierte von der Erlenmatt zum Badischen Bahnhof. Dort holte er sich erst mal einen Kaffee. Danach ging er zum Zeitschriften- und Büchershop und kaufte mehrere regionale und nationale Zeitungen. Als die Verkäuferin 26.70 Franken von ihm haben wollte, zuckte er zusammen: Da er die Zeitungen normalerweise abonniert im Büro las, hatte er keine Ahnung, was die Blätter kosteten.

Als er an einem 20-Minuten-Kasten vorbeikam, stellte er erfreut fest, dass er leer war. Da am Samstag diese Gratiszeitung nicht erschien, konnte immerhin eine Redaktion weniger auf der Basler Polizei herumhacken.

Kaltbrunner stieg in den 30er-Bus und begann mit der Lektüre.

Er war überrascht. Negativ überrascht. Die Artikel waren noch schlimmer, als er befürchtet hatte.

Der Blick, die Basler Zeitung und die bz Basel berichteten nicht nur ausführlich über die Allschwiler Bluttat, sie brachten auch die Telebasel-Geschichte über die Handschellen und zeigten zudem Fotos von Christoph Leiser. Diese, so vermutete Kaltbrunner, hatten sie wohl aus dem Internet runtergeladen. Eines dieser Bilder war eine Aufnahme von der Fasnacht: Christoph Leiser als Clown der Negro Rhygass. Natürlich war das Gesicht aus rechtlichen Gründen leicht verpixelt.

Es wurde von einem «irren Messer-Mörder», der schon zwei Menschen getötet hatte, geschrieben. Und von einer Polizei, die völlig im Dunkeln tappe. Vor allem die städtische Polizei wurde an den Pranger gestellt: Sie sei total überfordert.

Die Basler Zeitung setzte noch einen drauf und zielte in einem separaten Artikel voll auf die Behörden. Die Polizei und die Staatsanwaltschaft Basel-Stadt seien unfähig, diesen Fall je zu lösen. Mehrere bürgerliche Politiker kamen zu Wort und sagten, dass dies das Resultat der jahrelangen «Kuscheljustiz» sei, die in Basel angewandt werde. Parkbussen würden en masse verteilt, aber um wirkliche Verbrecher würde man sich nicht kümmern. Die Prioritäten würden komplett falsch gesetzt. Linke Politiker zeigten sich schockiert. Aber dies sei ein ausserordentlicher Fall, deswegen könne man nicht das ganze System infrage stellen. Und es sei degoutant, solche Verbrechen für politische Zwecke zu nutzen.

Auch in der NZZ und dem Tages-Anzeiger kam die Polizei nicht besonders gut weg. Es sei äusserst erstaunlich, dass die Fahnder nach dem ersten Toten noch keine einzige Verhaftung vorgenommen hätten. Weder der Erste Staatsanwalt – verantwortlich für die Kriminalpolizei – noch der Polizeikommandant noch der Sicherheitsdirektor hätten dazu Stellung nehmen wollen.

Oha, dachte Kaltbrunner, die Medien haben also bereits beim Regierungsrat angeklopft. Da er wusste, dass dieser zur Hyperaktivität neigte, stellte er sich schon mal darauf ein, dass er bald mit Weisungen eingedeckt werden würde, die zwar keinen Sinn machten, aber unbedingt erfüllt werden mussten, um die interne Hierarchie nicht in Aufruhr zu bringen.

An der Haltestelle Steinenschanze stieg er aus dem Bus, warf die Zeitungen in den Mülleimer und schlenderte zu seinem Büro im Waaghof. Dort wurde er bereits von seinem Mitarbeiter Giorgio Tamine erwartet. Beide hatten ausgemacht, sich auch am Wochenende um 9 Uhr im Büro zu treffen, um sich über den aktuellen Ermittlungsstand der beiden Mordfälle zu informieren und nötigenfalls Massnahmen zu treffen.

«Hast du die Zeitungen gelesen?», fragte dieser sofort.

«Nein», log Olivier.

«Die machen uns fertig!»

«So, so», sagte der Kommissär nur und wechselte sofort das Thema: «Gibt es etwas Neues?»

«Ja. Pass auf ...» Giorgio schnappte sich einen Bürostuhl und rollte ans Pult zu Olivier. «Die Handschellen, also, die, mit denen ...»

«Ich weiss, mit denen Leiser gefesselt war.»

«Genau! Das sind keine echten, also keine solchen, wie wir sie haben, sondern aus einem Sexshop.»

«Okay. Aus dem auf der Autobahnraststätte?»

«Das ist unklar. Aber Leiser war an jenem Samstagabend, als er seinem Kumpel gesagt habe, er würde dahingehen, nicht dort. Das haben die Kollegen bei den Verkäuferinnen überprüft.»

«So, so.»

«Dann hat er in dieser Nacht vielleicht Roger Jossi getötet.»

«Hmmm, hmmm», machte Olivier. «Würde das zeitlich passen?»

«Na ja. Erst tötete er Jossi, dann tippte er den ‹Live-Ticker› zu Ende, raste anschliessend in die Stadt zu seinem Kumpel Kehrli und traf danach Carmen. Das würde schon ...»

«Okay», unterbrach Olivier. «Wurde Leiser wie Jossi mit einem Keramikmesser getötet?»

«Das konnte noch nicht festgestellt ...»

Giorgio Tamine stockte, weil plötzlich der Erste Staatsanwalt Hansruedi Fässler im Türrahmen stand. Giorgio und Olivier erhoben sich. Der Staatsanwalt gab beiden die Hand. Dann sagte er: «Ich sehe, Sie sind an der Arbeit. Sehr gut! Aber Sie wissen, dass nicht nur ich als Ihr Vorgesetzter, sondern auch der Regierungsrat Resultate erwartet.»

«Herr Fässler, ich weiss», sagte Olivier. «Die Medien werden einen regelrechten Shitstorm losbrechen. Aber wir sollten ruhig Blut bewahren.»

Tamine schaute Olivier mit grossen Augen an. Kaltbrunner lächelte ihn kurz an, um ihm zu bestätigen: Ja, ich habe die Zeitungen natürlich gelesen.

Der Staatsanwalt räusperte sich: «Sehe ich genauso. Aber erklären Sie das mal einem Politiker.»

Sophie verliess Carmens Wohnung um 9.23 Uhr, um beim Sutter Begg an der Güterstrasse Gipfeli und Brötchen zu kaufen. Nachdem sie am Abend zuvor Ralf Moser via Facebook eine Nachricht geschrieben hatte, mit der Aufforderung, sich zu melden, war ihr ziemlich mulmig zumute. Trotzdem hatte sie gut geschlafen. Angst, das Haus zu verlassen, hatte sie keine. Vielleicht war alles halb so schlimm und dieser Ralf war wirklich nur ein Kumpel von Christoph. Sophie hatte sowieso das Gefühl, dass sie, seit sie als Journalistin ihr Studium verdiente, hinter allem nur Böses und Hinterlistiges sah.

Sie überquerte die Strasse, achtete darauf, dass sie von niemandem überfahren wurde, und musste lächeln, weil sie sich mittlerweile für etwas paranoid hielt. Sie schaute zurück, sah aber niemanden, der ihr folgte. Auch keine Polizisten, die sie bewachen würden.

Beim Beck verlangte sie drei «Anggegipfeli und drei Schlumbi» und staunte, dass die Verkäuferin wusste, was sie meinte. Entweder war sie gut ausgebildet oder tatsächlich eine Baslerin. Als die Dame fragte, ob Sophie eine «Gugge» haben möchte, war klar, es musste eine echte Einheimische sein.

Sophie nahm die Papiertüte und ging zurück zu Carmens Wohnung.

Lina öffnete die Türe und sagte, dass Carmen wach sei. Sie bedankte sich bei Sophie für die Buttergipfeli und die Brötchen und rief zu Carmen ins Schlafzimmer, ob sie auch Lust auf Frühstück habe.

«Ja», antwortete Carmen. «Ich brauche unbedingt was zu essen.» Sie stand da, sah ziemlich zerzaust aus, umarmte erst ihre Freundin Lina, dann Sophie. «Danke, dass ihr da seid.»

Während Lina und Carmen in der Küche mit Geschirr klapperten, holte Sophie ihr Handy hervor und klickte auf Facebook.

Sie hatte eine Nachricht erhalten.

Von Ralf Moser.

19

Carmen und Lina sassen am Frühstückstisch und assen die Brötchen, die Sophie eingekauft hatte.

«Kommst du?», fragte Lina.

Sophie hörte sie nur von Weitem, sie starrte noch immer auf ihr Handy.

«Sophie?»

Die junge Journalistin zuckte zusammen: «Ja?»

«Wollte dich nicht erschrecken. Frühstückst du mit uns?»

«Ähm, ich weiss nicht ...»

«Was ist denn los?», fragte Carmen. «Du bist ganz bleich.»

«Nichts, es ist nur ...»

«Ja?»

«Nichts, aber ich habe gar keinen Hunger. Ich sollte jetzt gehen ...»

«Sophie, du zitterst ja.»

Das bemerkte Sophie erst jetzt. Es ging ihr wirklich nicht gut. Doch hier sitzen und mit Carmen und Lina frühstücken konnte sie auch nicht: «Ich muss raus.»

«Okay», sagte Carmen, stand auf und umarmte sie. «Danke, dass du da warst heute Nacht. Ich werde Christophs Tod schon irgendwie verkraften.»

Sophie antwortete nicht. Sie nahm ihre Sachen und verliess die Wohnung.

Olivier Kaltbrunner und Giorgio Tamine sassen am kleinen Konferenztisch in Kaltbrunners Büro und studierten die Unterlagen zur Bespitzelungsstory von Roger Jossi. Weil Olivier nicht gerne am Bildschirm solche Dinge las, hatte Tamine alles ausgedruckt, was ein etwa acht Zentimeter hoher Papierstapel ergeben hatte. Alles in allem waren es wohl an die 700 Seiten. Kaltbrunner war mittlerweile davon überzeugt, in diesem Blätterberg die Lösung zu den Mordfällen zu finden. Oder zumindest die so sehnsüchtig erwartete heisse Spur.

Die beiden Ermittler lasen, machten Notizen, blätterten.

Manchmal besprachen sie kurz die Zusammenhänge.

Dann lasen sie weiter, schrieben etwas auf ihre Notizblöcke und blätterten weiter.

Herzhafte Ausrufe wie «Da schau mal!» oder «Hoppla!» oder «Das gibt es ja nicht!» blieben aus. Olivier wünschte sich, dass Giorgio endlich mal etwas in diese Richtung sagen würde. Aber es kam nichts.

Lesen, notieren, blättern.

Um 15.26 Uhr sagte Olivier Kaltbrunner: «Aus, fertig, Ende. Das kotzt mich an. Wir lesen hier eine abenteuerliche Story über illegalen Datentransfer, über abgehörte und ausspionierte Bürger und Firmen, was alles eine Riesensauerei ist. Dagegen sind die amerikanischen Schlapphüte die reinsten Amateure. Aber für unseren Fall hilft uns das nicht weiter.»

«Ja, das ist so», bestätigte Giorgio, was Olivier gerade nervte.

«Verdammt», murrte Olivier seinen Kollegen an.

«Was ist los?»

«Vergiss es, ruf die Baselbieter Kollegen an und frag, ob sie was Neues haben.»

Tamine schnappte sich das Telefon auf Oliviers Pult, was diesen erneut ärgerte: «Könntest du bitte dein eigenes Telefon benutzen?!»

Giorgio legte den Hörer auf und murmelte beim Hinausgehen: «Ist ja gut, meine Güte, bleib mal locker ...»

«Ich bin locker», rief Olivier ihm nach.

Der Kommissär tigerte in seinem Büro herum, nahm seine goldene Brille ab, setzte sie wieder auf und schaute immer wieder auf die Papierstapel. Aus dem einen waren drei geworden: Olivier und Giorgio hatten versucht, ein System in ihre Recherche zu bringen. Aber ob das Sortieren in wichtige und unwichtige Seiten irgendeinen Sinn machte, war sich Olivier nicht sicher.

Tamine kam zurück und meldete: «Nichts. Keine Spur. Der Flüchtige, den der Kameramann gesehen haben will, ist unauffindbar. Keine

Hinweise. Null. Nichts. Nada. Niente. Zero …»

«Ist gut, verdammt nochmal!», schrie Olivier.

Sophie war von Carmens Wohnung an der Thiersteinerallee in Basel bis nach Muttenz spaziert. Dort nahm sie das Tram bis nach Pratteln. Kaum zu Hause angekommen, trank sie nur einen Schluck Wasser, sagte ihren Eltern kurz Hallo, zog die Trekkingschuhe an und verabschiedete sich zusammen mit Stella gleich wieder. Nun war sie auf dem Weg Richtung Ruine Schauenburg.

Es war ein herrlicher Tag. Aber das nahm Sophie nicht wirklich wahr. Sie war in ihre Gedanken vertieft. Stella nutzte die Unaufmerksamkeit ihrer Meisterin aus und genoss es, ihre eigenen Wege zu gehen.

«Zum letzten Mal», murmelte Sophie vor sich hin. «Was soll ich tun? Okay, der Typ hat mir geantwortet. Er will mich treffen …» Sie blieb stehen und sagte dann laut: «Gut, das kann er haben!» Ein älteres Wanderpaar schaute irritiert und sagte: «Grüezi.»

Sophie zückte ihr Handy und liess sich über die Nummer 1811 mit Telebasel verbinden. Dort verlangte sie Thomas Gmünder.

«Sophie! Hallo! Wie geht es Carmen?»

«Ganz gut soweit. Ich könnte deine Hilfe gebrauchen.»

«Ach ja? Wobei?»

«Bei einer Recherche. Ich möchte jemanden treffen. Aber nicht alleine.»

«Okay. Aber du weisst schon, dass ich für Telebasel arbeite und nicht für eure Telwebblöd-Seite.»

«Telwebnews.ch heisst das, okay?»

«Warum nimmst du nicht Carmen mit?»

«Einfach so.»

«Na ja … worum geht es denn?»

«Sag erst Ja oder Nein.»

«Du hast Schiss vor diesem Termin, richtig?»

«Ha, ha», machte Sophie.

«Es hat was mit dem Mord zu tun! Oder noch besser: Mit beiden Morden. Du weisst mehr als alle anderen …»

«Bist du dabei oder nicht?»

«Natürlich bin ich dabei. Wann? Wo?»

Olivier Kaltbrunner marschierte von seinem Büro über die Heuwaage und reihte sich am Anfang der Steinenvorstadt in die Masse der Samstag-Shopper ein. An der Bücheli-Bar blieb er stehen und überlegte, was sich hier vor einer Woche abgespielt hatte. Er stellte sich vor, wie Carmen und Lina auf ihre beiden Männer Christoph und Daniel gewartet und irgendwelche Long Drinks getrunken hatten und fröhlich waren. In welcher Verfassung war Christoph? Statt am Fussballspiel – wo war er? Konnte er einen Menschen töten und danach ausgehen und Spass haben? Nach all den Jahren bei der Kripo waren das immer noch die grossen Rätsel, die den Kommissär in philosophischen Momenten beschäftigten.

Kaltbrunner schlenderte weiter durch Basels «Kinostrasse», erinnerte sich an seine Jugendzeit, in der er gerne ab und zu an einer Schlägerei teilgenommen hatte, die hier meistens nach FCB-Matches mit den Fans ausgetragen wurden. Er war eigentlich nie ein eifriger Fussballanhänger, aber für eine kleine, saubere Rauferei war er schon zu haben gewesen. Lange her, sinnierte Kaltbrunner: Zum Glück wurde ich nie erwischt, sonst hätte ich wohl nie Polizist werden können. Na und? Dann hätte ich eben etwas anderes ...

Er verscheuchte diesen Gedanken, ging zum Barfüsserplatz und bekam Lust, im Braunen Mutz etwas zu trinken. Als er jedoch das Lokal betrat und sah, dass viele Leute drin waren, kehrte er gleich wieder um. Das Restaurant war ihm zu voll und vor allem zu laut.

Es war nicht sein Tag.

Kaltbrunner ging durch die Gerbergasse zum Marktplatz. Es kam gerade ein 11er-Tram. Er überlegte einen Moment, ob er hineinspringen und bis zur Johanniterbrücke fahren sollte, um dort in «seinen» 30er-Bus umsteigen zu können. Aber irgendwie hatte er es nicht eilig, nach Hause zu kommen. Er war zu frustriert. Also schlenderte er weiter durch die Eisengasse zur Schifflände.

Plötzlich rief jemand: «Hey, Oli!»

Kaltbrunner drehte sich nach links um und blickte in das Gesicht eines rund 40-jährigen Mannes. Oliviers Gedächtnis rotierte. Ergebnislos. «Ach, hallo», sagte er, «wie geht es?»

«Gut, und dir? Hast wohl viel um die Ohren, was?»

«Wie wir alle.»

«Bist undercover unterwegs?», fragte der andere und lachte.

«Immer», antwortete Olivier und versuchte immer noch, den Typen einzureihen und herauszufinden, woher er ihn wohl kannte. Er trug Jeans und ein rosa Hemd, war frisch rasiert, hatte kurze, blonde Haare, gepflegte, sehr weisse Zähne. Olivier kannte viele Menschen in Basel. Aber was hatte er mit dem hier zu tun? Kannten sie sich von der Arbeit, der Fasnacht, oder war der Blonde gar ein alter Schulkamerad?

Der Typ legte Olivier die Hand auf die Schulter: «Du, ich habe gerade mit ein paar Kollegen im Adler abgemacht, kommst du mit?»

«Im Adler ...», wiederholte Olivier. Wenn der Typ sich im Restaurant Adler mit Kollegen traf, dann kannten sie sich wohl von der Fasnacht. Im Kostüm sehen die Menschen anders aus, sagte sich Olivier. Zudem trinken wir da alle gerne ein Gläschen oder zwei oder drei ...

«Weisst du, die Sache mit Christoph geht uns allen sehr nahe.»

«Klar.»

Christoph. Wenn er Christoph Leiser meinte, dann war der Kerl wohl ein Negro-Bueb, also ein Cliquenkamerad des Toten.

«Ich weiss nicht ...», wehrte Olivier ab.

Er sei doch bei der Ohregribler-Gugge, hatte der Blonde gemeint, und demnach mit der Negro-Rhygass befreundet. Olivier liess sich überreden.

Sie marschierten über die Mittlere Brücke, bogen beim Uhrengeschäft Christ links in die Ochsengasse ein und betraten kurz darauf den Adler.

Auch diese Beiz war gut besetzt. Und der Lärm war noch stärker. Na ja, sagte sich Olivier, lang bleibe ich sowieso nicht. Er ging zu den beiden grossen Tischen ganz hinten bei der Theke, an denen mehrere Negro- und Ohregribler-Mitglieder sassen: «Sali zämme!» Sein Gruss wurde zwar erwidert, doch Olivier merkte sofort, dass irgendetwas nicht stimmte. Die Männer verstummten, schauten ihn nur kurz an und starrten dann auf den Tisch oder in ihre Gläser.

Franz, ein Ohregribler-Kollege, stand auf und kam zu Olivier: «Du hast Nerven», flüsterte er ihm zu. «Getraust dich, hierherzukommen.»

«Was ist denn los?»

«Hast du die Zeitungen nicht gelesen?»

«Doch, aber ...»

Jetzt kapierte Olivier, was los war. Die machten ihn verantwortlich für Christophs Tod!

Franz drängte ihn langsam zum Ausgang.

«Mensch, Oli, was soll das?», fragte Franz, als sie auf der Strasse standen.

«Macht mal halblang! Ihr glaubt doch nicht, was in den Zeitungen steht? Das ist doch völliger ...»

«Vergiss es, Oli, lass ihnen Zeit, das wird schon wieder.»

«Im Übrigen wollte ich gar nicht herkommen, aber dieser Blonde da hat mich mitgeschleppt. Das ist doch auch ein Negro?»

«Welcher Blonde?»

«Na der, der mit mir hereingekommen ist.»

«Das war doch kein Negro», meinte Franz. «Oder er ist neu dabei.»

«Jedenfalls kannte er mich.»

«Warte mal», sagte Franz und ging zurück ins Lokal.

Nach einigen Minuten kam er zurück: «Der trägt so ein rosarotes Hemd?»

«Ja.»

«Der steht jetzt an der Theke und quatscht mit der Serviertochter.»

«Franz, der hat mich bei der Schifflände angehauen und so getan, als würden wir uns bestens kennen. Also, wer ist der Typ?»

«Mensch, Oli ...», sagte Franz nur und zog den Kommissär am Ärmel Richtung Kaserne.

20

«Nun sag schon», drängte Olivier seinen Cliquenkumpel.

«Ich habe ihn ohne Kostüm auch erst auf den zweiten Blick erkannt», sagte Franz. «Der ist erst seit Kurzem Negro-Mitglied. Er heisst Ralf Moser.»

«So, so», antwortete Olivier, nahm seine goldene Brille von der Nase und schaute Franz an. «Muss ich den kennen?»

«Würde ich meinen, in deiner Position.»

«Ich bin ein gewöhnlicher Polizist.»

«Oje ...», sagte Franz und legte Olivier eine Hand auf die Schulter. Eine unangenehme Angewohnheit, wie Olivier fand. «Ralf handelt mit Liegenschaften. Arbeitet bei ‹Duprais Immobilien und Partner›. Er ist dort in der Geschäftsleitung.»

«So, so.»

«Gibt sich nicht mit Einfamilienhäuschen ab. Nur Villen, Geschäftsliegenschaften und so. Macht einen Haufen Geld. Hat noch Pferde, glaube ich.»

«So, so. Und was macht so ein Kerl bei der Negro Rhygass?»

«Fasnacht.»

«Passt der nicht eher in einen noblen Stammverein als in eine Guggemuusig?»

«Ach, der wollte unbedingt in die Negro.»

«Quasi um die Basis zum Volk nicht zu verlieren?»

«Blödmann», sagte Franz, lachte und tätschelte Olivier. «Er pfeift.»

«Oh, ein Piccolo-Spieler. Na dann. Und warum haut der mich auf der Strasse einfach an?»

«Frag ihn! Vermutlich weil er dich erkannte. Aber wie gesagt, Oli, im Moment sind die Negro-Buebe nicht gut auf dich zu sprechen. Komm, wir nehmen noch einen.»

«Wo?»

«Im Schiefe.»

Nach gut einer Stunde im Restaurant Zum schiefen Eck stand der Kommissär auf und verabschiedete sich. Er hatte Franz kaum mehr zugehört. Dieser Ralf Moser kreiste ihm im Kopf herum.

Bereits um 9.12 Uhr am Sonntagmorgen schrieb Sophie via WhatsApp an Thomas Gmünder, dass er den Termin um 14 Uhr nicht vergessen solle. Da der Kollege von Telebasel bis 10 Uhr nicht antwortete, schrieb sie ihm erneut: «Hey, lass mich nicht sitzen!»

Um 10.37 Uhr meldete sich Thomas endlich: «Keine Panik. Werde da sein.»

Um 11 Uhr verabschiedete sich Sophie von ihren Eltern und fuhr mit dem Tram in die Stadt. Sie kaufte sich sämtliche Sonntagszeitungen, setzte sich ins Café Huguenin und las die Artikel über die beiden Basler Tötungsdelikte. Sie erfuhr einige private Details ihres Journalistenkollegen Roger Jossi und über Carmens Freund Christoph Leiser. Über Jossi berichtete ein ehemaliger Arbeitskollege aus Bern: Roger sei ein feiner Kerl gewesen und ein sehr engagierter, mutiger Journalist. In einem anderen Blatt wurde seine Scheidung durchgekaut, die offenbar ziemlich hässlich gewesen sei.

Über Christoph Leiser sprachen Cliquenkollegen der Negro Rhygass und seines früheren Vereins, der VKB. «Stöffeli», wie ihn einer nannte, sei ein ganz lieber Kerl gewesen, ein guter Freund, auf den immer Verlass gewesen sei.

«Tsss», machte Sophie und nippte an ihrem Milchkaffee.

Die Sonntagsblätter waren sich einig, dass Jossi und Leiser vom gleichen Täter getötet worden seien, allerdings ohne irgendwelche Beweise oder Indizien zu liefern. Wie schon in den Samstagszeitungen kam auch in den Sonntagsausgaben die Polizei schlecht weg. Die Regierung ebenso. Es sei seit Jahren bekannt, dass in Basel ein Sicherheitsproblem bestehe, passieren würde aber nichts. Dies wurde natürlich von den offiziellen Sprechern dementiert und mit Gegenargumenten belegt.

Um 13 Uhr verliess die junge Journalistin das Lokal und ging durch die Falknerstrasse in Richtung Marktplatz. Bei der Buchhandlung

Thalia blieb sie stehen und kontrollierte im Spiegelbild des grossen Schaufensters ihr Outfit: Sie trug ein eng anliegendes Shirt, eine Jeansjacke darüber, einen kurzen Rock und blumige Sandalen mit halbhohem Korkabsatz. Ihre Haare hatte sie offen. Sie wollte dezent sexy wirken – nicht zu offenherzig, aber schon sehr weiblich.

«Da bist du ja endlich», rief Thomas Gmünder, als Sophie mit ihrem Chai Tea Latte den ersten Stock des Starbucks am Claraplatz betrat. «Du siehst toll aus!»

Sophie war es ein bisschen peinlich. Sie hoffte, dass sich Thomas nichts darauf einbildete, dass sie ihn gebeten hatte, sie zu diesem Termin mit Ralf Moser zu begleiten. Sophie war ausschliesslich an seiner Erfahrung in Krisensituationen interessiert. Moser war für Sophie immerhin ein potenzieller Mörder. Oder einer, der auf alle Fälle Dreck am Stecken hatte. Mit Thomas an ihrer Seite könnte ihr nichts passieren.

Als sie einen Schluck Tee nehmen wollte, merkte Sophie jedoch, dass sie zitterte.

Ralf Moser erschien um Punkt 14 Uhr mit einem Espresso in der Hand in der ersten Etage des Starbucks, schaute sich kurz um, kam dann schwungvoll auf Sophie und Thomas zu, lächelte breit und sagte: «Sie müssen Frau Fretz sein!?»

Seine kurzen, blonden Haare waren leicht geliert, er war frisch rasiert, duftete nach einem herben After Shave und trug ein hellblaues Hemd.

Sophie war irritiert. Die blauen Augen, das Lächeln und die schneeweissen Zähne, ja, das ganze Erscheinungsbild passte nicht zu einem Doppelmörder. Sie spürte, dass sie noch nervöser wurde.

Reiss dich zusammen, reiss dich zusammen, sagte sie sich.

Nachdem Sophie ihren Kollegen vorgestellt und man etliche Nettigkeiten ausgetauscht hatte, kam sie auf den ermordeten Christoph Leiser zu sprechen.

Moser reagierte heftig. Er liess sich in den Stuhl fallen, vergrub mit beiden Händen sein Gesicht und sagte lange Zeit nichts.

Sophie und Thomas schauten sich an. War diese Reaktion gespielt?

Plötzlich fuhr Moser auf, setzte sich auf seinem Stuhl kerzengerade hin und sagte: «Entschuldigen Sie. Ich werde die Polizei einklagen. Und alles Mögliche mobilisieren, damit diese Schlamperei in Basel endlich aufhört!»

Darauf begann er, mit Thomas heftig über Basels Polizei und Politik zu diskutieren. Sophie gewann den Eindruck, dass Ralf Moser ziemlich bürgerlich dachte und einflussreiche Freunde hatte. Jedenfalls erwähnte er mehrere Politiker von dieser und jener Partei und nannte sie stets beim Vornamen. Trotzdem: Sophie bekam nicht das Gefühl, dass er ein Kotzbrocken sei. Er sah zwar aus wie ein Angeber, aber er strahlte auch irgendetwas äusserst Charmantes aus. Vielleicht liegt es auch nur an seinem After Shave, dachte Sophie.

«Nun, Frau Fretz, Herr Gmünder, Sie haben mich nicht kontaktiert, weil ich so ein netter Mensch bin. Sie wollen etwas über die Recherche von Roger Jossi wissen, oder?»

Sophie war perplex. «Ja ...»

«Keine Sorge», sagte Ralf Moser, «ich bin kein Hellseher! Ich habe mich aber nach ihrer, sagen wir mal, etwas unerwarteten und ungewöhnlichen Facebook-Anfrage ein bisschen erkundigt, wer Sie sind und was Sie wohl von mir wollen. Da Sie, wie Jossi, bei Telwebnews.ch arbeiten, war mir klar, dass Sie sich für diese Story interessieren. Leider kam Herr Jossi nicht mehr dazu, sie zu veröffentlichen.»

«Genau, darum geht es, ich möchte Rogers Recherche zu Ende bringen. Aber vorher muss ich kurz auf die Toilette.»

Sophie stand auf und eilte zum WC. Sie schaute sich im Spiegel an. Sie sah gut aus. Aber sie fühlte sich elend.

Was passiert da draussen? Wer ist dieser Kerl? Warum redet der so offen? Der Kerl tut so, als würde es hier um eine nette, kleine Story gehen, nicht um einen Skandal erster Güte! Was hat dieser Charmebolzen vor?

Gut, sagte sie sich, der Typ ist clever. Macht auf obersympathisch und geht in die Offensive. Das ist Taktik. Aber Achtung, ich bin cleverer, als du denkst, mein Freund!

Sie wusch sich die Hände. Dann ging sie zurück an den Tisch.

«Herr Moser», sagt Sophie resolut. «Sie sind Roger Jossis Hauptinformant zu dieser ganzen Bespitzelungsaffäre. Er hat sie in zwei ersten Fassungen unter dem Decknamen Daniele S. zitiert. In seiner letzten Fassung taucht Daniele S. nicht mehr auf. Kurz darauf wird Roger ermordet. Erklären Sie mir das! Haben Sie Ihre Informationen zurückgezogen? Haben Sie Roger unter Druck gesetzt? Haben Sie ...»

Sophie hielt inne.

Ralf Moser starrte sie an.

Sophie spürte den Pulsschlag in ihren Schläfen.

Sekunde um Sekunde verging.

Mosers blaue Augen machten Sophie ganz verrückt.

Aber sie durfte nicht wegsehen.

Sie konnte nicht wegsehen.

21

«Aber Frau Fretz», sagte Moser plötzlich ganz ruhig, «das glauben Sie nicht wirklich, oder?»
Doch. Genau das glaubte sie. Eigentlich. Bis jetzt. Oder bis vor einigen Minuten. Oder ganz genau bis zu jenem Zeitpunkt, als Ralf Moser mit einer Espresso-Tasse in der Hand zu ihr und Thomas an den Tisch gekommen war.

Sophie suchte nach Worten.

«Wir sind nicht die Polizei», sprang Thomas Gmünder ein. «Wir sind an der Story interessiert.»

Sophie hatte ihm kurz vor dem Treffen mit Ralf Moser die Eckdaten der Bespitzelungsaffäre erklärt, ohne allerdings ins Detail zu gehen. Sie wollte damit verhindern, dass Thomas ihr die Story klauen und bei Telebasel bringen würde. Thomas hatte ihr mehrfach versichert, dass er sich an die Spielregeln halten würde, aber natürlich an der Geschichte interessiert sei, um einen Fernsehbeitrag realisieren zu können.

Ralf Moser trank seinen Espresso aus. «Ich bin jetzt wirklich sehr irritiert», sagte er dann. «Sie halten mich also tatsächlich ...» Er hielt einen Moment inne. «Jetzt verstehe ich auch, warum Sie mich so seltsam kurz angebunden via Facebook angeschrieben haben», fuhr er fort. «Ihnen geht es gar nicht um den Skandal! Sie hoffen, dass Sie einen Mord oder einen Doppelmord aufklären können. Ich bin ehrlich gesagt fassungslos!»

«Nein, nein!», versuchte sich Sophie zu wehren.

«Und ob! Sagen Sie mal, Frau Fretz, Herr Gmünder, wissen Sie eigentlich, wer ich bin?»

«Wer sind Sie?», fragte Sophie forsch.

«Sie haben tatsächlich keine Ahnung. Ich glaub es nicht! Ich Idiot!»

Der smarte, galante Mann verwandelte sich in einen arroganten Kerl, fand Sophie: Er verliert die Contenance, er wird nervös, er ist also doch ein Kotzbrocken! Und vermutlich der Mörder von Roger Jossi!

«Sie sind wohl Amateur-Journalisten», wetterte Ralf Moser nun ungeniert. Die anderen Gäste blickten bereits zu ihnen rüber.

«Es tut mir leid, Herr Moser, wenn ich Sie …»

«Also gut, Frau Fretz», sagte Moser nun wieder freundlich und charmant. «Ich erkläre es Ihnen: Ich bin Immobilienmakler und ziemlich erfolgreich. Ich kenne die wichtigsten Entscheidungsträger aus Politik und Wirtschaft. Zudem bin ich in diversen Vereinen aktiv …»

«Zum Beispiel in der Negro Rhygass», unterbrach Sophie.

«Genau. Dann wissen Sie ja wenigstens etwas.»

«Das fand ich auf Facebook.»

«Oh, ich verstehe. Sie hatten bisher keine Ahnung über alle Zusammenhänge! Sie haben einfach ein Foto gesehen und dann angefangen zu kombinieren?»

Sophie fühlte sich ertappt und lächelte verlegen.

«Na gut. Ja, ich bin in der Negro. Und ich spiele Piccolo. Und das ist für mich das Maximum. Ich darf Ihnen auch gleich sagen, dass ich Kommissär Kaltbrunner von der Fasnacht her kenne!»

«Oh …», machte Sophie nur.

«Sehen Sie, alles bestens. So! Und wenn Sie jetzt noch an der Story interessiert sind, melden Sie sich bei mir. Ich wünsche Ihnen einen schönen Sonntag.»

Ralf Moser zückte seine Visitenkarte aus der Brusttasche seines hellblauen Hemdes und legte sie auf den Tisch. Er lächelte, reichte Sophie und Thomas die Hand und ging davon.

«Uiuiui», sagte Thomas zu Sophie. «Da haben wir jemanden mächtig böse gemacht.»

«Tsss», antwortete Sophie. «Das war einfach nur ober-mega-peinlich für uns. Also für mich. Du hast mit dem Ganzen ja nichts zu tun.»

«Du glaubst der Flachzange doch nicht?!»

«Warum nicht? Wenn er den Kommissär kennt …»

«Vergiss es, Sophie! Dieser Kerl ist mit allen Wassern gewaschen. Zeig mal seine Karte!»

Sophie gab sie ihm. Thomas las vor: «‹Ralf D. Moser› – oha, nicht schlecht, Ralf D. – ‹Duprais Immobilien und Partner, geschäftsführender Partner›.»

«Na und?»

«Denen gehört die halbe Stadt.»

«Und ich Huhn glaube, er ist ein Mörder.»

«Ist er vielleicht auch.»

«Du spinnst!»

«Ralf D. Moser, pass auf, Thomas C. Gmünder wird dich entlarven!»

«Thomas C.? Für was steht das C.?»

«Vergiss es. Konzentrier dich auf die Recherche. Melde dich und mach mit ihm ab. Gleich morgen. Dann werden wir ja sehen!»

«Meinst du?»

«Ja. Ein Kerl, der ein hellblaues Hemd trägt, hat ein schlechtes Gewissen.»

«Du hast eine Macke», sagte Sophie, lächelte und gab ihm mit dem Ellbogen einen leichten Stoss.

Carmen war am Sonntagnachmittag bei Lina und Daniel zu Besuch an der Strassburgerallee. Die beiden Frauen sassen auf der Terrasse. Die Sonne schien, es war warm. Vom nahe gelegenen Kannenfeldpark war fröhliches Kindergeschrei zu hören. Daniel hockte in der düsteren Stube und schaute sich im Fernsehen das Fussballspiel Luzern gegen Basel an.

Lina hatte ihrer Freundin einige Beruhigungstabletten gegeben, die aber nicht viel nützten. Carmen weinte immer wieder. Da sie erst seit Kurzem mit Christoph zusammen gewesen war, kannte sie weder seine Familie noch weitere enge Freunde ausser Daniel. Im Prinzip war sie seine Geliebte, ob es für sie eine Zukunft gegeben hätte oder nicht – diesen Punkt hatten sie nicht erreicht.

Lina nahm Carmen immer wieder in den Arm und rief Daniel zu, er solle neue Taschentücher bringen. Dies tat er meistens wortlos, mit grimmigem Gesicht. Er war unrasiert, seine Haare waren verstrubelt.

«Er nimmt den Tod seines Freundes recht cool», sagte Carmen, nachdem Daniel sich wieder vor den Fernseher gesetzt hatte.

«Nein, da täuschst du dich», erwiderte Lina. «Das ist typisch Dani: Er frisst alles in sich hinein. Schau ihn dir doch an! Er ist ein Häufchen Elend.»

Sie schwiegen eine Weile.

Dann rief Lina ins Wohnzimmer: «Dani, wie viel steht es?»

«Wie?», kam zurück.

«Ist Basel in Führung?»

«Was?»

«Ob Basel ein Tor geschossen hat?!»

«Ach so. Nein.»

«Dann ist immer noch null zu null?»

«Hä?»

«Siehst du», flüsterte Lina Carmen zu. «Der bekommt gar nichts mit.»

Nazima hüpfte von Gehege zu Gehege, plapperte drauflos, strahlte und kicherte. Sie hatte eine Riesenfreude am sonntäglichen Ausflug mit ihren Eltern. Während Pranee sich bemühte, ihrer Tochter hin und wieder etwas über die Tiere in den Langen Erlen zu erzählen, tappte Olivier mehr oder weniger einfach mit und versteckte sich hinter seiner Sonnenbrille.

Er dachte nach.

Auch beim anschliessenden Glace-Essen im Restaurant war Olivier nicht ansprechbar.

Um 17 Uhr bezahlte er und sagte, es wäre Zeit, nach Hause zu gehen. Nazima wollte aber unbedingt noch aufs Karussell, also liess Olivier auch dies über sich ergehen.

«Du bist völlig abwesend», sagte Pranee zu ihrem Mann, während Nazima ihre Runden drehte und winkte.

«Ja, ich weiss. Tut mir leid.»

«Was beschäftigt dich?»

«Du, Pranee, ist es okay, wenn ich noch kurz ins Büro fahre?»

«Es ist Sonn…»

«Ich weiss. Ich muss unbedingt etwas nachschauen, sonst kriege ich keine Ruhe.»

35 Minuten später war Kommissär Kaltbrunner im Büro. Er setzte sich an den Konferenztisch, auf dem die drei Papierstapel mit den Dokumenten über die Bespitzelungsstory des Online-Toten lagen. Er begann zu blättern. Nach gut 20 Minuten fand er die Namensliste von Jossis Informanten.

«Wusste ichs doch!», rief er erleichtert. «Ralf Moser!»

Olivier Kaltbrunner hatte die letzten 24 Stunden praktisch einzig und alleine damit verbracht, nachzudenken, wie, wo und warum ihm der Name Ralf Moser etwas sagte, obwohl er den Kerl noch nie gesehen und auch nicht gewusst hatte, dass dieser offenbar ein wichtiger Immobilienmakler war. Seit ihm sein Kumpel Franz den Namen mitgeteilt hatte, rotierte es in seinem Hirn. Jetzt endlich war ihm der Zusammenhang klar geworden.

Er fuhr den Computer hoch, um mehr über Ralf Moser herauszufinden. Er loggte sich in den Polizeiserver ein.

Ralf Moser wohnte in Aesch und besass neben einem Lamborghini einen schwarzen Range Rover Discovery 4.

«Hoppla Schorsch!», sagte Olivier laut und blätterte nun in den Papieren der Ablage «Online-Toter». Er zog das Protokoll des BVB-Chauffeurs hervor, der in der Mordnacht den Täter gesehen haben wollte und von einem Raser überholt worden war. Der Buschauffeur hatte von einem Discovery 4 gesprochen!

«Hoppla Schorsch!», wiederholte Olivier und holte nun das Mäppchen mit den Unterlagen zum Mordanschlag auf Carmen Soss und Sophie Fretz hervor, die von einem Autofahrer attackiert worden waren.

«Hoppla Schorsch!», sagte Olivier Kaltbrunner zum dritten Mal. «Dieser Anschlag wurde mit einem schwarzen Range Rover Discovery verübt!»

Olivier Kaltbrunner stand auf, nahm die Brille ab, rieb sich die Augen und ging auf und ab.

Alles passte!

Aber warum spricht der Kerl mich an und schleppt mich zu seinen Negro-Kollegen in den Adler?

Will er mich verarschen und mir zeigen, dass mich alle hassen und für Christophs Tod verantwortlich machen? Ist das sein Erfolg? Fühlt er sich so mächtig, dass er selbst einen Mord kaschieren kann?

Und was hat der Kerl überhaupt mit der Bespitzelungsaffäre zu tun?

Viele Fragen.

«Fakten, mein Lieber, Fakten», redete sich Olivier ein. «Aber: Was passt, das passt! Und bei Ralf Moser passt viel. Zu viel!»

Innert drei Minuten hatte er im Kopf sowohl einen Plan A als auch einen Plan B ausgearbeitet.

22

«Wann gibt es zu essen?», rief Daniel Kehrli aus dem Wohnzimmer.
«Hast du denn Hunger?», fragte Lina.

Sie erhielt keine Antwort.

Lina nahm Carmens Hände, drückte sie leicht, schaute ihrer Freundin in die Augen: «Was kann ich für dich tun, meine Süsse?»

«Nichts ... glaube ich ...», meinte Carmen und begann gleich wieder zu weinen.

Plötzlich stand Daniel auf dem Balkon: «Mann, jetzt hör mal mit der Heulerei auf! So lange seid ihr ja nicht zusammen gewesen. Man könnte ja meinen ...»

«Dani, bitte!», ging Lina dazwischen.

«Ist doch wahr. Sie waren gerade mal einige Wochen ein Paar!»

«Monate!», erwiderte Lina. «Einige Monate!»

«Na und? Für Christoph war das sowieso nicht so ...»

Lina und Carmen schauten Daniel mit grossen Augen an.

Carmen stand auf: «Was willst du damit andeuten?»

«Nichts», sagte Daniel kleinlaut.

«Na los, sag schon!»

«Nein, nichts.» Daniel wandte sich ab und wollte zurück ins Wohnzimmer.

«Stopp!», sagte Carmen. «Was willst du damit sagen? Für Christoph war ich bloss ein Flirt? Eine Affäre? Eine Sexgespielin?»

«Nein, das wollte ich nicht sagen.»

«Was dann?»

«Ja, was wolltest du sagen?», doppelte Lina nach.

«Ach, lasst mich in Ruhe», murrte Daniel, ging in die Küche und holte sich ein Bier.

«Lina, was meint Daniel damit?», wollte Carmen nun von Lina wissen.

«Keine Ahnung. Er meint das sicher nicht so. Er ist einfach verzweifelt.»

«Verzweifelt? So ein Scheiss! Der hat sie doch nicht mehr alle!»

«Carmen, Süsse, hör nicht auf ihn.»

«Was weisst du eigentlich darüber?»

«Warum? Was meinst du?»

«Na? War ich Christophs Sexhäschen? Eine Guggenmusik-Hure? Die doofe deutsche Schlampe?»

«Carmen!», sagte Lina, stand auf und nahm sie in die Arme. «Mach dich nicht verrückt!»

«Ich mache mich nicht verrückt», schimpfte Carmen und befreite sich aus Linas Armen. «Ich bin schon verrückt. Und wie! Ihr habt mich alle angelogen! Du solltest dich wirklich schämen, Lina. Du bist eine tolle Freundin! Ihr habt euch wohl schlapp gelacht, dass ich mit Christoph in die Pfanne gestiegen bin! Hat er erzählt, wie toll ich im Bett bin?»

«Carmen, bitte. Carmen!» Lina versuchte verzweifelt, die Situation zu retten.

Doch Carmen packte ihre Tasche und verliess die Wohnung.

Lina wollte ihr hinterhereilen. Doch Daniel hielt seine Frau zurück.

Sophie sass zu Hause in Pratteln und starrte seit gut einer halben Stunde in ihren Laptop. Sie versuchte, eine Mail an Ralf Moser zu schreiben. Darin wollte sie sich einerseits für ihren und Thomas Gmünders heutigen Auftritt im Starbucks entschuldigen und ihn bitten, ihr die Informationen zur skandalösen Abhöraktion zu geben. Andererseits wollte Sophie ihm durch die Blume mitteilen, dass sie ihn nach wie vor verdächtigte, doch etwas mit den Morden an ihrem Arbeitskollegen Roger Jossi wie auch an Christoph Leiser zu tun zu haben. Allerdings tat sie sich schwer mit der Formulierung. Sie wollte den Kerl aus der Reserve locken!

Nach einer weiteren halben Stunde war sie einigermassen zufrieden und schickte die Mail ab. Sophie machte eine abendliche Runde mit Hündin Stella und checkte danach nochmals ihr Mail-Konto.

Ralf D. Moser hatte bereits geantwortet: «Okay. Wir treffen uns heute Abend um 21 Uhr an der Einfahrt von der Hauptstrasse zur Mühlemattstrasse in Münchenstein, Nähe Bruckgut. Dort kann man parken und mit dem Hund spazieren gehen. Der Ort liegt an der Birs. Ich übergebe Ihnen dann alle Unterlagen. Mein Name muss aber anonym bleiben.»

«Ich werde da sein», schrieb Sophie zurück, ohne zu überlegen.

Erst danach schaute sie nach, wo der Treffpunkt war. Ihr wurde mulmig zumute. Der Ort war ziemlich einsam, obwohl die Hauptstrasse, die Autobahn, die Tramlinie und die Eisenbahn in der Nähe lagen. Sophie googelte weiter und hoffte, Fotos zu finden. Doch es gab nur Bilder des Bruckguts und der Eisenbahnbrücke. Sophie erinnerte sich, in der Schulzeit schon mal etwas über diese Brücke gehört zu haben. Jetzt las sie im Web, wie geschichtsträchtig dieses Viadukt wirklich war: Die Brücke wurde ursprünglich von Alexandre Gustav Eiffel, dem Erbauer des berühmten Eiffelturms in Paris, konstruiert, stürzte aber am 14. Juni 1891 unter der Last eines Zugs ein. Acht Menschen waren dabei zu Tode gekommen.

«Ein netter Ort», flüsterte Sophie und rief ihren Reporterkollegen Thomas Gmünder an. Er war sofort bereit, sie wieder zu begleiten.

Olivier Kaltbrunner war nach Hause gefahren, hatte seiner Frau erklärt, dass er nochmals mit dem Auto kurz weg müsse, und war nun bereits kurz vor Aesch. Das Navigationsgerät in seinem Opel Insignia Kombi lotste ihn durch den Ort in Richtung Pfeffingen. Schliesslich gelangte er in die Einfamilienhaus-Zone und erreichte sein Ziel: Kaltbrunner stand vor einem modernen, grosszügigen Haus mit Garten nahe dem Waldrand.

Er parkte seinen Wagen in der Einfahrt zur Doppelgarage. Wie gerne hätte er jetzt in diese Garage geschaut und den schwarzen Range Rover Discovery 4 kontrolliert! Kaltbrunner war sich sicher, dass dieses Auto vorne arg beschädigt sein müsste, weil Ralf Moser damit die beiden Journalistinnen Sophie Fretz und Carmen Soss attackierte und in eine Mauer gedonnert war. Das könnte er anhand der Spuren beweisen. Aber war es auch das Auto, das der Buschauffeur nach dem Mord an Jossi gesehen hatte?

Dass sich Olivier Kaltbrunner ziemlich unüberlegt für seinen Plan B entschieden hatte – sofort zu Ralf Moser zu fahren und erst noch alleine –, kam ihm nun äusserst dämlich vor. Nicht einmal der Umstand, dass er einen Tatverdächtigen alleine besuchte, würde grossen Ärger geben, sondern auch, dass er als städtischer Kommissär im Territorium seiner Landschäftlerkollegen ermittelte. Aber jetzt gab es kein Zurück mehr. Wahrscheinlich hatte ihn Ralf Moser ja bereits gesehen.

Olivier Kaltbrunner stieg aus.

Ich werde Ralf einen rein privaten Besuch abstatten, sagte er sich. Schliesslich ist er ja ein Guggen-Kollege, auch wenn er in der Negro Rhygass ist und ich bei den Ohregribler, das spielt doch keine Rolle!

Er ging die paar Stufen hinauf zur massiven, roten Haustüre und drückte den Klingelknopf.

Mit dem Dingdong fing ein Hund zu bellen an. Dem Klang nach müsste es ein grosser Hund sein.

«Was mach ich Trottel da eigentlich?», flüsterte Olivier und merkte, dass er seine Waffe nicht dabei hatte.

Das Gebell kam näher. Der Hund war jetzt direkt hinter der Haustüre.

Dann hörte Olivier Schritte und eine Frauenstimme, die sagte: «Lasso, hör auf! Sitz!»

Das Gebell verstummte.

Wenigstens das, sagte sich Olivier und war etwas erleichtert.

Dann wurde die Türe geöffnet.

Olivier erblickte eine grosse, schlanke Frau mit langen, dunklen Haaren und grossen, dunklen Augen. Sie lächelte. Die Frau hielt den Schäferhund am Halsband. Dieser hechelte und wedelte.

«Guten Abend», sagte die Frau, schaute zum Hund, dann wieder zu Olivier. «Lasso macht nichts. Kann ich Ihnen helfen?»

Vor lauter Starren hatte Olivier die Grenze zur Peinlichkeit längst überschritten.

«Bitte?», sagte die Frau.

«Oh, entschuldigen Sie», stotterte Olivier. «Ich bin Olivier Kaltbrunner, ein Fasnachtskollege von Ralf. Sie sind seine Frau?»

«Ja, ich bin Alessia.»

Was für ein Name!, dachte Olivier, riss sich aber zusammen und sagte: «Ich bin Olivier. Freut mich. Ist Ralf auch da? Ich sollte kurz mit ihm ...»

«Komm doch erst mal rein, Olivier», sagte Alessia und hielt die Türe auf. Olivier schlich am Hund vorbei, der ihn kurz beschnupperte und dann ins Haus hinein trottete.

«Das ist übrigens Lasso», sagte Alessia und schloss die Türe. «Darf ich vorangehen?»

Alessia führte Olivier durch die grosse Wohnstube hinaus in den Garten. Erst ging Olivier neben ihr, dann hinter ihr, seine Augen stets auf sie gerichtet. Er schätzte sie auf etwa 35 und registrierte ihre gute Figur. Sie trug eine weisse, leicht durchsichtige Bluse, darunter ein sehr teurer Spitzen-BH – das vermutete Olivier jedenfalls –, einen beigen Jupe und weisse Sandalen mit Metallabsatz. Ihre Haare tanzten bei jedem Schritt auf ihrem Rücken.

«Ich habe mir gerade ein Cüpli gegönnt, möchtest du auch eines?», fragte Alessia, als sie im Garten ankamen. «Mein Mann ist leider nicht da. Er sollte aber bald kommen. Er ging noch in den Stall zu unseren Pferden. Ich bin zwar die Reiterin, aber er liebt unsere Pferde auch. Er kann bei ihnen abschalten und ausspannen. Setz dich doch.»

Olivier wurde immer unwohler in seiner Haut. Er setzte sich auf einen äusserst bequem aussehenden Gartenstuhl, der garantiert nicht aus einem gewöhnlichen Einkaufszentrum stammte. Olivier plumpste hinein. Ja, der Stuhl sah nicht nur bequem aus, er war es auch. Olivier fühlte sich allerdings verdammt klein darin.

Ich sitze ganz schön im Schlammassel, dachte er.

Alessia rauschte ins Haus und kam nach rund einer Minute mit einem Champagnerglas zurück, nahm die Veuve-Clicquot-Flasche aus dem Eiskübel, liess den aufgesetzten Verschluss aufschnappen und schenkte Olivier ein.

«Zum Wohl», sagte sie und lächelte.

«Prost!», antwortete Olivier und versuchte aufzustehen, was aber nicht auf Anhieb gelang, da der Stuhl ganz offensichtlich zum Sitzen und nicht zum Aufstehen konstruiert war.

«Bleib nur», sagte Alessia, lächelte erneut und sagte: «Ich ruf Ralf an, er soll sich beeilen.»

«Nein, nein», sagte Olivier. «Nicht nötig. Ist er mit dem Range Rover zum Stall gefahren?»

Alessia kicherte: «Nein, bei diesem schönen Wetter kurvt der Herr mit seinem Spielzeug herum.» Alessia meinte damit wohl den Lamborghini.

«Dann steht der Rover also in der Garage?»

«Ja», sagte Alessia und schaute Olivier mit ihren grossen Augen an.

«Dürfte ich mal nachschauen? Ich habe mein ...», Olivier stockte und suchte nach irgendeinem Vorwand. «Also, es ist so, deswegen bin ich ja gekommen, ich ...»

«Ja?»

«Ähm, Ralf hat mich gestern Abend mit dem Range Rover nach Hause gefahren, da habe ich wahrscheinlich mein Handy verloren, und nun bin ich da und wollte kurz ...»

Olivier hoffte, dass Alessia diese Lüge schluckte.

Sie warf ihren Kopf in den Nacken, schüttelte die Haare und lächelte Olivier an.

Der Kommissär wäre am liebsten im Boden versunken.

23

Alessia sagte: «Ralf war doch gestern gar nicht mit dem Auto in der Stadt.»

«Ach ja?», meinte Olivier und fügte ein sehr langsames «seltsam» hinzu, um möglichst erstaunt zu klingen.

«Habt ihr wohl zu viel ...» Alessia machte eine eindeutige Handbewegung zum Mund.

«Gebechert, meinst du?»

Alessia lächelte den Kommissär wieder an. Olivier wurde nervös. Es war ihm klar, dass es ein Riesenfehler gewesen war, hierherzukommen, um auf diese fadenscheinige Tour irgendwelche Infos über Ralf Moser herauszufinden. Zudem sass er einer Frau gegenüber, die schamlos mit ihm flirtete. Und ihm gefiel es auch noch. Alessia entzückte ihn.

Scheisse!, dachte er, sagte aber: «Scheint wirklich so, dass ich zu viel getrunken habe, wenn ich nicht einmal mehr weiss, wer mich nach Hause gebracht hat. Das ist mir jetzt ziemlich peinlich.»

«Ach, kein Problem», erwiderte Alessia, hob ihr Glas und prostete ihm zu. Sie stand auf und schenkte gleich nochmals ein. Dabei kam sie mit ihren Beinen ziemlich nahe an Olivier. Alessia duftete nach Sonnencreme. Als sie sich wieder setzte, rutschte ihr Jupe über die Knie nach oben. Olivier konnte nicht anders, als auf ihre schlanken, gebräunten Beine zu starren. Vermutlich hatte sie sich absichtlich so hingesetzt, dass der Rock ganz kurz wurde, dachte Olivier.

Der Kommissär beschloss, die Sache abzubrechen.

Aber nicht einmal das gelang ihm.

Er sagte zwar, er wolle gehen, doch Alessia meinte, er solle warten, bis Ralf käme. Er müsse jeden Augenblick da sein.

So sprachen sie über dies und das. Reinster Small Talk. Das Gespräch führte eindeutig Alessia. Olivier konnte nur antworten und Stichworte fürs nächste Thema liefern. Ihm wurde schnell bewusst, dass Alessia in einer anderen Liga spielte als er. Sie war zwar eine schöne, intelligente und witzige Frau, aber wahrscheinlich unsäglich anstrengend. Er stellte sich vor, wie Alessia mit Ralf von Party zu Party eilte, immer toll aussehend, strahlend, glücklich. Er malte sich sogar aus, dass sie jeweils spätestens auf der Heimreise im Lamborghini ihrem Ehemann eine Standpauke halten würde, weil er sich nicht «comme il faut» verhalten hatte.

Vielleicht hielt sie die Benimm-Predigt auch im Range Rover.

Ein Gedanke, der ihn gleich wieder ärgerte. Er wollte endlich diesen verdammten Rover sehen! Immerhin war er vermutlich eine Tatwaffe, mit der Carmen Soss und Sophie Fretz umgebracht werden sollten.

Als Ralf schliesslich nach Hause kam, registrierte der erfahrene Kommissär zwei Dinge. Erstens war Ralf nicht sonderlich erstaunt, dass er, Olivier, hier war. Zweitens bemerkte er bei Alessia eine Veränderung: Sie küsste Ralf zwar und lächelte, aber es wirkte gekünstelt. Der Charme, den sie gegenüber Olivier ausgestrahlt hatte, war weg.

Da ist etwas im Busch, dachte Olivier.

Nach einer weiteren Runde Small Talk sagte Ralf schliesslich: «Oli, ich weiss, weshalb du gekommen bist. Ja, du bist sicherlich sauer auf mich, aber du musst …»

«Wieso soll er denn sauer sein?», mischte sich Alessia ein. «Er dachte doch nur, er habe sein …»

Olivier fixierte mit seinen Augen Alessia und freute sich, dass sie ihn offenbar verstand.

«… er habe etwas falsch verstanden. Ach, ihr Guggen-Männer! Ihr seid auch nicht gerade einfach.»

«Ich habe ihn gestern vor den Freunden der Negro Rhygass und den Ohregribler blossgestellt. Er habe als Kommissär versagt und deshalb habe Christoph sterben müssen. Das war blöd von mir. Sorry!»

Olivier schwieg.

«Können wir das Ganze vergessen?»

«Ja, klar», sagte Olivier.

«Guggen-Ehrenwort?»

«Jepp!»

«Männer!», seufzte Alessia. «Guggen-Ehrenwort. So ein Blödsinn!»

Ralf ging ins Haus. Olivier versuchte aufzustehen, brauchte aber drei Anläufe, um sich von diesem tiefen, bequemen, aber unpraktischen Gartenstuhl zu befreien. Alessia umarmte ihn, küsste ihn rechts-links-rechts und flüsterte: «Du bist mir eine Erklärung schuldig, mein Lieber.»

Dann drückte sie ihm einen Kuss auf die Lippen.

Sie schmeckte nach Champagner, aber vor allem nach Sonne und Sex. Sex pur. Sex und Sünde. Jedenfalls für Olivier. Ganz anders als seine Frau. Alessia roch einfach nach Erotik. Guter, teurer, leidenschaftlicher Erotik. Vielleicht sogar ein bisschen schmutzig.

Scheisse!, dachte Olivier und trat ins Haus.

Ralf brachte ihn zur Türe.

«Ich bin noch nie in einem … Zeigst du mir kurz den Lamborghini?», fragte Olivier und versuchte, sich ganz auf seinen Fall zu konzentrieren. Allerdings: Eine Frau wie Alessia in einem Lamborghini – gibt es irgendetwas Betörenderes für einen normalen Mann auf dieser Welt?, fragte sich Olivier.

Ralf holte den Schlüssel und liess den Kommissär auf den Fahrerplatz: «Willst du eine Runde drehen?»

«Nein, nein, ich will nichts kaputt machen.»

«Ach, du bist doch Polizist. Tatüütataaaa!» Ralf lachte schallend und liess seine weissen Zähne blitzen.

«Lass gut sein. Ist der Range Rover nicht viel praktischer?» Olivier hoffte noch immer, einen Blick als Privatmann und nicht als Fahnder auf das Auto werfen zu können.

«Der Range Rover gehört meiner Frau. Damit fahre ich höchst selten.»

Ausser du willst Frauen zu Tode fahren und Leute erstechen, dachte Olivier. «Kann ich mal den Unterschied testen, ich sass auch noch nie in einem Range Rover.»

Ralf lachte und sagte: «Suchst du ein neues Auto? Kannst du dir solch teure Teile überhaupt leisten?»

Arschloch, dachte Olivier.

«Sorry, der Range ist in der Werkstatt.»

«Wo?», fragte Olivier, ohne zu überlegen, und merkte sofort, dass nun der Kommissär mit ihm durchgegangen war.

Ralf schaute ihn mit leicht zugekniffenen Augen an: «Was willst du wirklich, Oli? Du schnüffelst hier doch nicht etwa herum? Das würde dir mächtig Ärger einbringen.»

«Hey, Ralf, alles klar, wollte mit dir wirklich nur die Sache von gestern im Restaurant Adler klären. Ciao!»

Carmen sass zu Hause am Esstisch und trank einen schweren Burgunder. Dass sie für Christoph nur ein Flirt gewesen sein sollte, wie sein Freund Daniel behauptete, konnte sie einfach nicht glauben.

Hatten sie sich nicht gesagt, dass sie sich liebten?

Hatten sie nicht von gemeinsamen Ferien geträumt?

Hatten sie nicht Zukunftspläne geschmiedet?

Hatte sich Christoph nicht gefreut, als sie über Kinder sprachen?

Als die Flasche leer war, hatten nicht nur die Antworten an Wichtigkeit verloren, sondern auch die Fragen.

Sophie und Thomas trafen sich um 20.30 Uhr auf dem Parkplatz des Restaurants Hofmatt, das in der Nähe des vereinbarten Treffpunkts mit Ralf D. Moser lag. Thomas Gmünder hatte dies vorgeschlagen, damit sie zusammen den geheimnisvollen Ort inspizieren und Fluchtwege festlegen konnten. Sie fuhren auf die Hauptstrasse, über die Brücke neben der berühmten Eiffel-Eisenbahnbrücke und bogen gleich links in die Mühlemattstrasse ein. Rechts das von Moser erwähnte Bruckgut, links Wald und die Birs.

«Prima, dann kann er unsere Leichen gleich in den Fluss werfen», sagte Thomas.

Sophie boxte ihn in die Rippen.

Thomas fuhr rechts an einen Maschendrahtzaun. «Pass auf», sagte er. «Hier warten wir, bis er kommt. Wenn er vor uns parken will, ziehen wir vor. Er muss hinter uns bleiben. Okay?»

«Okay», bestätigte Sophie, obwohl sie nicht verstand, warum dies wichtig sein könnte.

«Weil wir eventuell mit Vollgas abrauschen müssen», erklärte Thomas, weil er bemerkte, dass Sophie nicht im Bild war.

Thomas drückte aufs Gas. Sein alter Mitsubishi Pajero heulte auf und stotterte davon.

«Findest du nicht, du übertreibst ein bisschen?», meinte Sophie.

«Moment! Der Kerl ist möglicherweise ein Doppelmörder!»

Er bremste, legte den Rückwärtsgang ein und hielt wieder am Zaun an. Er machte den Motor aus. «Wir bleiben im Auto. Er soll zu uns kommen. Er soll mit mir sprechen und seine Infos übergeben. Erst dann redest du mit ihm für weitere Infos et cetera. Klar?»

«Klar, Chef.»

«Und wenn alles okay ist, wenn er also wirklich nur ein Informant ist, frage ich ihn, ob ich die Szene filmen darf, so, dass man ihn nicht erkennt.»

Sophie war einverstanden.

Sie hockten im Pajero und warteten. Zum Glück war es noch hell. Zum Glück waren noch Spaziergänger mit Hunden unterwegs. Zum Glück fuhren ab und zu Autos vorbei.

Um 21 Uhr vibrierte Sophies Handy. Ralf D. Moser hatte eine SMS geschickt, dass es später werde.

Es wurde später und dunkler.

Um 21.43 Uhr erhielt Sophie erneut eine SMS: Es werde noch später.

Irgendwann war es stockfinster. Keine Menschen, keine Hunde, keine Autos.

«Hast du Angst?», flüsterte Thomas.

«Nein, wovor?», sagte Sophie.

«Tja ...»

Um 22.12 Uhr rollte ihnen ein Wagen aus dem Wald entgegen. Er hielt an. Nach rund einer Minute fuhr der Wagen langsam rückwärts. Der Autofahrer wendete, brauchte wegen der schmalen Strasse mehrere Anläufe dazu, und verschwand schliesslich.

«Da stimmt doch etwas nicht», meinte Thomas leise.

«Was denkst du?»

«Keine Ahnung. Aber da geht irgendetwas ab.»

«Sollen wir abhauen?», fragte Sophie.

«Gehts noch? Jetzt wird es erst richtig spannend.»

Sie schwiegen eine Weile.

«Hast du jetzt Angst?», fragte Thomas, der ehemalige Kriegsreporter, erneut.

«Ja, verdammt, ich habe eine Scheissangst. Komm, wir gehen.»

«Nichts da! Das ziehen wir jetzt durch.»

Um 22.41 Uhr bog von der Hauptstrasse her ein grosser, dunkler Wagen mit hellen Lichtern in die Mühlemattstrasse ein und fuhr langsam hinter Thomas Mitsubishi. Erst gingen die Lichter aus, dann der Motor.

Sophie hatte schweissnasse Hände.

Sie ergriff Thomas Arm und krallte sich fest.

24

Die Türe öffnete sich. Ein grosser Hund sprang heraus, beschnupperte die Umgebung und kam dann zu Thomas Gmünders Auto.

Sophie krallte sich noch tiefer in Thomas Arm.

Dann stieg eine Person aus dem Wagen.

Thomas starrte angestrengt in den Rückspiegel. Sophie schaute nach hinten.

«Das ist er nicht», flüsterte Sophie. «Der ist ja nicht blond.»

Nein, die Person war nicht blond. Sie hatte dunkle, lange Haare und war eine Frau. Das konnten Sophie und Thomas nun deutlich erkennen, weil die Person auf ihr Auto zukam.

«Lasso, Fuss!», befahl die Frau.

Der Hund gehorchte, die Frau nahm ihn an die Leine.

Thomas liess das Fenster hinunter, blickte nach hinten zur Frau und deren Hund und fragte: «Suchen Sie jemanden?»

«Ja, Sophie Fretz.»

«Die ist hier. Sie sitzt neben mir.»

«Und wer sind Sie?»

«Thomas Gmünder, Kameramann bei Telebasel, aber ich bin hier nur Begleitung.»

«Fernsehen?»

«Ich bin eher privat hier. Wer sind Sie? Wo ist Herr Moser?»

«Wollen Sie nicht aussteigen?», fragte die Frau.

«Haben Sie die Unterlagen?», entgegnete Thomas.

«Hören Sie, wir sind nicht in einem Agentenroman. Ich bin Alessia Moser. Ich bin hier, weil mein Mann krank wurde. Er muss irgendetwas Schlechtes gegessen haben. Also, können wir vernünftig reden?»

Thomas und Sophie schauten sich kurz an, nickten und stiegen aus. Sie gingen zu Alessia und ihrem Hund. Dieser schnupperte äusserst interessiert. Alessia hielt ihn zurück.

«Ja, ich habe die Daten.»

Sie griff in ihre Tasche, holte eine CD heraus und übergab sie Sophie.

«Danke», stammelte diese.

«Grüsse von meinem Mann. Sie sollten die Story möglichst schnell veröffentlichen. Er hat auch schon einige Politiker informiert, die ganz scharf darauf sind, Kapital daraus zu schlagen. Also machen Sie vorwärts und vergessen Sie, dass Sie jemals mich oder Ralf getroffen haben.»

«Klar», sagte Sophie.

«Darf ich noch ein paar Aufnahmen von der Übergabe machen, natürlich ohne dass man Sie er…»

«Nein, gute Nacht.»

Alessia Moser liess ihren Hund ins Auto springen, setzte sich ans Steuer, fuhr rückwärts und wendete.

Sophie fiel auf, dass der Wagen vorne stark beschädigt war.

Am Montagmorgen rief Olivier Kaltbrunner sofort seinen Mitarbeiter Giorgio Tamine zu sich.

«Was hat die Suche nach dem Range Rover ergeben?»

«Wir haben nicht wirklich intensiv gesucht. Du hast ja gesagt, dass es äusserst fraglich ist, ob die Zeugenaussage des Busfahrers …»

«Ja, ja, ich weiss. Aber jetzt ist es so: Ich vermute, dass dieses Auto einem gewissen Ralf. D. Moser gehört beziehungsweise seiner Frau Alessia.»

«Ralf Moser? Dem Ralf Moser?»

«Ja, dem Immobilienhai!»

«Huch!», machte Tamine. «Der hat aber ziemlich gute Beziehungen zu Politik und Wirtschaft.»

«Na und? Er kann trotzdem jemanden umbringen.»

Olivier erklärte Giorgio Tamine, wie er überhaupt auf Ralf Moser gekommen war. Seinen sonntäglichen Besuch bei Ralf und seiner attraktiven Ehefrau Alessia erwähnte er allerdings nicht. Er drehte die Geschichte so, dass Giorgio den Eindruck bekommen musste, Olivier würde Ralf Moser schon lange kennen, weil sie zusammen Fasnacht machen würden.

Giorgio Tamine schluckte diese Version, ohne Fragen zu stellen. Olivier war erleichtert. Vorerst. Denn Ralf würde nicht zögern, ihn bei Bedarf bei seinen Vorgesetzten anzuschwärzen und möglicherweise auch Politiker und Journalisten auf ihn zu hetzen. Denn für Olivier war klar, dass Ralf wusste, weswegen er ihn am Sonntag besucht hatte: Sicherlich nicht um die Vorwürfe, Olivier habe als Kommissär versagt, zu klären. Sondern um zu recherchieren.

«Also», sagte Olivier zu seinem Mitarbeiter: «Möglicherweise steht der schwarze Range Rover Discovery irgendwo in einer Garage oder einer Karosserie-Werkstatt und wird gerade repariert. Wir müssen das klären. Oder die Kollegen von der Landschaft!»

Um 10 Uhr gab es ein Meeting, an dem Kaltbrunners gesamtes Team sowie Staatsanwalt Hansruedi Fässler teilnahmen. Anwesend waren auch zwei Fahnder der Polizei Basel-Landschaft, die ihre Kollegen von der Stadt über den Stand der Ermittlungen im Mordfall Christoph Leiser aufklärten. Da der Tatort in Allschwil und somit im Kanton Basel-Landschaft lag, waren sie für diesen Fall zuständig. Der Fahnder, der rapportierte, hiess Xavier Held: «Christoph Leiser musste die Täterschaft gekannt haben, da er sie höchstwahrscheinlich hereingelassen hat», begann er zu referieren. «Es gibt keine Einbruchspuren. Die Handschellen stammen aus einem Erotikladen, genaue Herkunft noch unbekannt. Es muss ein Kampf stattgefunden haben, die Spurensicherung hat aber noch keine verwertbaren DNA …»

«Was ist mit der Tatwaffe?», ging Olivier Kaltbrunner dazwischen, was ein leises Murren der anwesenden Kollegen provozierte.

«Vermutlich ein Keramikmesser», sagte Xavier Held. «Dies meint die Gerichtsmedizinerin.»

«Bingo!», rief Olivier Kaltbrunner. «Ein und derselbe Täter!»

«Täterschaft», korrigierte Xavier Held. «Könnte auch eine Frau sein.»

Klugscheisser! Streber! Wixer!, dachte Olivier, sagte aber: «Natürlich, ein und dieselbe Täterschaft. Dann lasst uns den Kerl oder die Kerlin …», Olivier blickte lächelnd zu Xavier Held, «… schnappen!»

Darauf informierte er ausführlich über den Stand der Ermittlungen. Seiner Ermittlungen. Immer wieder schaute er zu Staatsanwalt Hansruedi Fässler und stellte erfreut fest, dass dieser schweigend dasass und entspannt wirkte. Also hatte er offenbar noch keinen Anruf des Regierungsrats beziehungsweise von Ralf Moser erhalten.

Als Kaltbrunner langsam zum Schluss seines Vortrags kam und den Namen Ralf Moser immer häufiger erwähnte, bemerkte er, dass Fässler auf seinem Stuhl herumzurutschen begann.

«Herr Kaltbrunner», sagte der Staatsanwalt schliesslich. «Ich habe schon richtig verstanden, dass wir uns nach wie vor auf der Vermutungsebene befinden, also nicht auf jener der Beweisführung. Oder?»

«Richtig.»

«Ist es denn sinnvoll, ausgerechnet einen relativ prominenten Bürger ins Visier zu nehmen, der unter anderem gute Verbindungen zu den Medien hat?»

«Nicht wir nehmen Herrn Moser ins Visier. Das hat er quasi selbst getan.»

«Ich möchte beliebt machen, dass Sie sich erst mit diesen Journalistinnen befassen», meinte der Staatsanwalt. «Wenn diese Bespitzelungsstory erscheint, dürfte das für Aufregung sorgen. Ich frage mich, ob wir dann unter diesen suboptimalen Voraussetzungen noch in Ruhe unsere Mordfälle aufklären können.»

«Das verstehe ich, ehrlich gesagt, nicht ganz», erwiderte Olivier. Die geschwollene Ausdrucksweise seines Chefs ging ihm schon lange auf den Geist.

«Kaltbrunner», sagte Fässler resolut. «Denken Sie einmal logisch: Ralf Moser liefert doch keine geheimen Informationen und bringt gleichzeitig ausgerechnet jene Leute um, die diese Informationen verwerten wollen!»

Im Konferenzraum herrschte Schweigen.

«Ja, das klingt auf den ersten Blick absurd», sagte Kaltbrunner. «Aber: Erstens wissen wir nicht, um welche Informationen es sich tatsächlich handelt. Zweitens: Was Christoph Leiser mit der Story zu tun hatte, ausser dass er der Freund der Chefin des ersten Toten war, wissen wir auch nicht. Und drittens: Der Range Rover Discovery unseres Herrn Moser oder seiner Frau Alessia ist die einzig heisse Spur.»

«Gut», meinte Staatsanwalt Fässler und sagte an die Kollegen aus dem Kanton Basel-Landschaft gewandt: «Könnt ihr überprüfen, ob der Wagen tatsächlich beschädigt ist oder war und ob er in einer Werkstatt ist oder zu Hause in der Garage steht?»

Xavier Held nickte und kritzelte in seinen Notizblock.

Kaltbrunner fragte sich, ob man eine solch einfache Aufgabe tatsächlich vergessen konnte.

Um Punkt 12 Uhr war Sophie in der Redaktion von Telwebnews.ch. Es war für sie immer noch unangenehm, jenen Raum zu betreten, in dem sie den toten Kollegen Roger Jossi gefunden hatte. Sie hatte das Bild gleich wieder vor sich, wie Roger auf dem Rücken am Boden lag, in einer grossen Blutlache, Augen und Mund weit aufgesperrt. Und sie erinnerte sich an einen komischen Geruch, den sie nichts und niemandem zuteilen konnte. Vermutlich war es der Tod, der so roch, denn Jossi war der erste Tote, den Sophie je gesehen und gerochen hatte.

Neben zwei Kollegen, die an ihren Computern sassen und schrieben, war auch Carmen anwesend, was Sophie sehr erstaunte.

Sie ging zu ihr. Carmen stand auf und umarmte Sophie.

«Warum arbeitest du?», fragte Sophie leise.

«Weil es besser ist. Ich brauche Ablenkung.»

«Kann ich verstehen. Wie geht es dir denn?»

«Ganz okay. Ich muss unbedingt mit dir reden.»

«Ja, ich mit dir auch.»

«Du hast Spätschicht, nicht wahr?»

«Ja.»

«Gut, dann reden wir, wenn die Kollegen Feierabend gemacht haben.»

Carmen drückte Sophie nochmals an sich, dann wandte sie sich wieder ihrer Arbeit zu. Sophie ging an ihren Arbeitsplatz und richtete sich ein.

Nachdem der PC hochgefahren war, informierte sie sich zuerst über die laufenden Aktualitäten und las dann die diversen Mitteilungen und Memos ihres Arbeitgebers Telwebcom, des Mutterkonzerns. Es waren einige Jubelnachrichten dabei, beispielsweise, dass der Telekommunikationsriese wieder neue Grosskunden habe gewinnen können und dass sich die Wirtschaftslage deutlich verbessert habe, was die Geschäftsleitung optimistisch stimme, obwohl nach wie vor grosse Anstrengungen der gesamten Belegschaft vonnöten seien …

Dann griff Sophie in ihre Tasche und holte die CD hervor, die sie in der Nacht von Alessia Moser erhalten hatte. Sie überlegte, ob sie einen kurzen Blick auf den Inhalt werfen sollte.

Nach dem Treffen hatte sie noch lange mit Thomas über die Übergabe geredet. Thomas hatte grosse Zweifel an der Version, dass Ralf Moser plötzlich krank geworden wäre. Und warum dieser seltsame Treffpunkt? Warum war das Auto von Alessia Moser beschädigt? War es der Wagen, mit dem Sophie und Carmen attackiert worden waren? Sie hatten lange gerätselt, aber keine schlüssigen Antworten gefunden. Als Sophie endlich zu Hause war, war sie zu müde, um die CD noch anzuschauen, denn sie erwartete eine Unmenge an Daten, die sie in stundenlanger Kleinarbeit auswerten müsste.

Da sie erst um 14 Uhr ans Newsdesk musste, um das Online-Portal mit Meldungen zu füttern, legte sie die CD in den Computer ein.

Das Laufwerk begann zu surren, Sekunden später erschien die Maske mit dem Inhalt der CD. Sehr zum Erstaunen von Sophie war nur gerade eine einzige Datei darauf. Und erst noch eine Datei, die in einem Programm erstellt worden war, das Sophie noch nie gesehen hatte. Aber sie war keine IT-Spezialistin, deshalb klickte sie einfach mal drauf.

Dann wurde der Bildschirm schwarz.

Das hatte Sophie nicht erwartet.

Sie wuschelte sich nervös die Haare.

In ihrem Kopf hämmerte der Puls.

«Scheisse», flüsterte sie.

25

«Scheisse», wiederholte Sophie flüsternd. Der Bildschirm war immer noch schwarz. Schliesslich rüttelte sie am Bildschirm, was natürlich nichts brachte.

«Scheisse!», sagte sie dann laut.

Plötzlich ertönte ein hämisches Lachen aus dem Lautsprecher.

Dann erschien auf dem Monitor ein Kobold mit Cowboyhut und einem Revolver in der Hand.

«Bumm, bumm, bumm», krächzte der Kobold und lachte wieder. Aus dem Revolver stiegen kleine schwarze Wölkchen auf.

«Bumm, bumm, bumm.»

Mittlerweile blickten Sophies Chefin Carmen und die anderen Kollegen zu ihr herüber.

«Ach, zu blöd», sagte Sophie und kicherte. «Ein Freund hat mir einen Clip geschickt.»

«Bumm, bumm, bumm! Hähä, hä, hä!», machte der Kobold immer wieder.

«Lass sehen!», rief Carmen.

Sophie tippte auf dem Computer herum.

«Bumm, bumm, bumm! Hähä, hä, hä!»

Schliesslich würgte Sophie den Kobold ab, indem sie das Stromkabel des PCs aus der Dose riss.

«Was ist los?», fragte Carmen, die nun neben ihr stand.

«Sicher ist sicher», antwortete Sophie. «Da war sicher ein Virus drin.»

Sie wartete, bis Carmen wieder an ihren Platz zurückgegangen war, dann steckte sie das Kabel ein, schaltete den Computer wieder an und liess die CD ausspucken. Sie verstaute sie in ihrer Tasche.

Angespannt wartete sie, bis der Rechner hochgefahren war. Anscheinend hatte die CD von Alessia Moser im Computer nichts zerstört.

Zumindest nichts, was ihr direkt aufgefallen wäre.

Einige Minuten später verliess sie das Büro an der Kanonengasse, ging um den Häuserblock an die Schanzenstrasse und betrat das Studio von Telebasel. Sie verlangte Thomas Gmünder. Dieser kam zwei Minuten später im Laufschritt.

«Und?», fragte der Kameramann aufgeregt. «Was ist drauf?»

«Nichts.»

«Was nichts? Eine leere CD?»

«Nicht ganz.»

«Na?»

«Es ist eine Comicfigur drauf. Ein Cowboyzwerg mit einem Revolver.»

«Witzbolde, diese Mosers», kommentierte Thomas trocken. «Und sonst?»

«Der Zwerg schiesst und lacht!», sagte Sophie und merkte plötzlich, dass sie zitterte.

«Ach, wie lustig», meinte Thomas.

«Das ist nicht lustig, verdammt nochmal», schrie Sophie.

«Sorry», sagte Thomas. «Wie empfindlich bist du denn?»

«Ich habe Angst!»

«Was?», fragte Thomas erstaunt. «Angst? Wovor? Vor einer Comicfigur? Spinnst du jetzt total?»

«Der Zwerg schiesst auf mich, du Idiot. Kapierst du die Message nicht?»

Thomas gab einige Sekunden keinen Mucks von sich.

«Thomas?»

«Ja … ich überlege …»

«Was gibt es denn da zu überlegen?»

«Du glaubst nicht an einen Scherz?»

«Hast du das Gefühl, Ralf oder Alessia Moser machen solche Scherze?»

«Nicht wirklich … Wie macht der Cowboy nochmal?»

«Bumm, bumm, bumm», imitierte Sophie die Krächzstimme des

Kobolds. «Hähä, hä, hä. Bumm, bumm, bumm. Hähä, hä ...»

«Du meinst wirklich ...»

«Ich gehe zur Polizei.»

«Was sagt Carmen dazu?»

«Die weiss von nichts. Die hat genug mit Christophs Tod zu tun. Immerhin war er ihr Freund.»

«Wenn wir jetzt zur Polizei gehen, ist unsere geile Abhörstory tot!», sagte Thomas.

«Nicht unbedingt ...»

Um 15.03 Uhr betraten Sophie Fretz und Thomas Gmünder, der sich kurzfristig von einem Einsatz für Telebasel abgemeldet hatte, den Waaghof an der Heuwaage. Kommissär Olivier Kaltbrunner holte die beiden beim Eingang ab und führte sie in sein Büro.

«Kaffee? Wasser?», fragte er.

«Danke, nichts», antwortete Sophie.

«Ein Kaffee wäre toll», meinte Thomas.

Olivier ging zu seinem Telefon und rief Giorgio Tamine an. Er bestellte zwei Kaffees und ein Wasser.

«Also, es geht um Folgendes», begann Sophie.

«Warten Sie einen Augenblick», bat Olivier. «Mein Mitarbeiter sollte auch dabei sein, wenn das Ihnen recht ist.»

Es vergingen einige Minuten. Thomas füllte diese Zeit mit Small Talk, fragte den Kommissär über dieses und jenes aus, was Sophie ärgerte. Sie war nervös.

Endlich kam Tamine mit den beiden Kaffees und einer Eptinger-Flasche, die er unter den Arm geklemmt hatte. Olivier Kaltbrunner stellte Giorgio seinen Gästen vor.

«Also, Sie haben Infos zum Fall Online-Toter?»

«Ja», sagte Sophie. «Ich möchte allerdings etwas klarstellen.»

«Klarstellen?», fragte Giorgio Tamine.

«Ja. Wir sind Journalisten und recherchieren an einer Story. Wenn wir Ihnen nun Infos herausgeben, die für Sie wichtig sein könnten, müssen Sie uns garantieren, dass Sie unsere Recherche nicht behindern, sondern unterstützen.»

Thomas nickte und lächelte Sophie an. Sophie sah kurz zu ihm und war sich sicher, dass er ihr diesen Schachzug nicht zugetraut hatte.

«Moment mal», sagte Giorgio Tamine. «Sie sind hier, um eine Aussage zu machen. Wir Kommissäre verhandeln eigentlich nicht mit unseren ...»

«Ist gut», ging Olivier Kaltbrunner dazwischen.

«Also habe ich Ihr Wort?», fragte Sophie.

«Frau Fretz, ich denke nicht, dass Sie viel mehr wissen als wir. Ich gehe davon aus, dass Sie die Bespitzelungsstory weiterrecherchieren, an der der tote Roger Jossi gearbeitet hat. Mittlerweile haben unsere IT-Spezialisten die Daten aus den PCs von Telwebnews wiederherstellen können. Diese Story ist zwar wirklich brisant, steht aber nicht im Mittelpunkt unserer Arbeit. Wir haben zwei Mordfälle aufzuklären.»

«Schön und gut, Herr Kaltbrunner», mischte sich nun Thomas ein. «Aber wir wissen garantiert mehr als Sie. Und diese Story geben wir sicher nicht aus der Hand. Wenn Sie nicht kooperieren, können wir dieses Gespräch gleich beenden.»

Idiot, dachte Sophie, versuchte aber zu lächeln.

«Tja ...», sagte Olivier und schwieg danach eine Weile.

Alle schwiegen.

Giorgio Tamine starrte gespannt auf seinen Chef.

«Also gut», sagte Kaltbrunner schliesslich. «Fangen wir an.»

Sophie referierte über eine Viertelstunde lang. Sie erzählte von ihren Recherchen und dem ersten Treffen mit Ralf Moser im Starbucks am Claraplatz.

Kommissär Kaltbrunner nahm seine goldene Brille von der Nase, murmelte ab und zu «so, so» oder «hmmm, hmmm», und setzte die Brille wieder auf.

Sophie beendete ihren Vortrag mit der detaillierten Schilderung des nächtlichen Treffens an der Birs mit Alessia Moser und dem skurrilen Inhalt der CD.

«Haben Sie die CD dabei?», fragte Giorgio Tamine.

«Ja.»

«Dürfen wir sie sehen?»

«Nein, noch nicht», meinte Thomas Gmünder.

«Also wirklich, wie sollen wir das ...»

«Was ist Ihnen aufgefallen an diesem Treffen an der Birs?», unterbrach Kaltbrunner.

«Nichts weiter. Frau Moser hatte ihren Hund dabei.»

«Lasso?»

«Kann sein.»

Giorgio Tamine schaute zu seinem Chef. Sophie registrierte, dass der Assistent offenbar erstaunt war, dass Kaltbrunner den Namen des Hundes wusste.

«Was ist Ihnen sonst noch aufgefallen?», fragte Olivier weiter. «Wie kam Alessia Moser zum Treffpunkt?»

«Mit dem Auto», antwortete Sophie.

«Marke, Farbe?»

«Ein dunkles, grosses ...»

«Es war ein Range Rover. Neues, edles Modell», erklärte Thomas.

«Hmmm, so, so», machte Olivier. «Ist Ihnen an diesem Auto etwas aufgefallen?»

«Ja, es war vorne stark beschädigt», sagte Sophie.

Der Kommissär machte noch einmal «so, so», nahm seine Brille ab und sagte zu Giorgio, er solle die Baselbieter Kollegen fragen, ob sie das Auto schon gefunden haben: «Du rufst bitte von deinem Büro aus an. Danke.»

Nachdem Tamine weg war, sagte Olivier: «Okay. Sie haben mein Wort. Ich denke, Sie leben sehr gefährlich. Wir müssen sofort etwas unternehmen. Ralf D. Moser ist der Hauptverdächtige in beiden Mordfällen. Sie gehen jetzt nach Hause und verhalten sich still. Ich muss Sie dringend bitten, nicht weiter zu recherchieren. Geben Sie uns die CD und lassen Sie Alessia und Ralf Moser im Glauben, Sie hätten die Warnung verstanden. Ralf Moser hat vermutlich schon einmal versucht, Sie zu töten. Mit dem Range Rover. Ich kläre ab, ob Sie Polizeischutz bekommen können.»

Sophie kramte die CD mit dem Kobold aus ihrer Tasche und gab sie Kaltbrunner.

«Und die Story?», fragte Thomas.

«Sie kriegen Ihre Story. Das garantiere ...»

Tamine kam zurück und richtete aus, dass das Auto noch nicht gefunden worden sei. Und dass weder Ralf noch Alessia Moser zu Hause in Aesch seien.

«Okay», sagte Olivier und stand auf. «Wir müssen los. Frau Fretz, Herr Gmünder, ich danke Ihnen. Wir werden Sie auf dem Laufenden halten. Passen Sie auf sich auf. Und informieren Sie uns, sobald Sie erneut Drohungen erhalten oder sonst etwas passiert. Ich werde zwei Kollegen von der uniformierten Polizei bestellen, die Sie nach Hause bringen und sich dort kurz umsehen. Wir müssen mit allem rechnen. Ist das okay für Sie?»

«Wir sollten ein Protokoll erstellen», warf Giorgio Tamine ein.

«Das hat Zeit», sagte Olivier barsch, und an Sophie und Thomas gerichtet: «Ist es okay?»

«Und wir haben wirklich Ihr ...», wollte Thomas fragen.

«Wort? Ja!», brachte Olivier den Satz zu Ende.

Zehn Minuten später gingen Olivier Kaltbrunner und Giorgio Tamine mit schnellen Schritten über die Heuwaage und den Klosterberg hinauf. Kaltbrunner geriet wieder einmal ins Keuchen und schwor sich ein weiteres Mal, endlich mit irgendeiner sportlichen Betätigung zu beginnen. Als sie am Club Atlantis vorbeikamen, waren seine Sportgedanken aber bereits verflogen. Zu gerne erinnerte er sich an seine Jugendzeit, als im Atlantis die Post abgegangen war und er mehr als einmal sturzbetrunken aus dem Lokal getorkelt war.

Schliesslich erreichten sie die Elisabethenstrasse, bogen rechts ab, passierten die Haltestelle des 2er-Trams und erreichten das Büro von Duprais Immobilien und Partner.

Eine blutjunge, äusserst gut aussehende Blondine sass am Empfang. Die beiden Kommissäre gingen an ihre Theke und baten, mit Ralf D. Moser sprechen zu können.

«Er ist Geschäftsleitungsmitglied», sagte die Frau etwas schnippisch. Sie hatte, wie Olivier nun sehen konnte, viel zu viel Schminke aufgetragen, um einige Pickel zu kaschieren.

«Ja, Ralf D. Moser von der Geschäftsleitung. Es ist sehr dringend. Ich bin Olivier Kaltbrunner und das ist Herr Giorgio Tamine. Ralf kennt mich.»

Die Blondine schrieb die Namen auf: «Ist es denn etwas …»

«Frau …», Olivier nahm die goldene Brille ab und schaute auf das Namensschild, das auf der Theke stand. «Frau Barakovich. Es ist sehr dringend, sehr wichtig, und Herr Moser wird genauso dringend mit uns sprechen wollen, wie wir mit ihm.»

Olivier wollte vermeiden, gleich mit dem Kripo-Ausweis zu winken, um Frau Barakovich nicht zu verwirren. Er schätzte sie als Plaudertasche ein. Es würde keine fünf Minuten dauern, bis sämtliche Mitarbeitenden von Duprais Immobilien wüssten, dass zwei Kommissäre im Haus seien.

«Gut. Ich rufe ihn an. Nehmen Sie doch kurz Platz.»

Olivier und Giorgio gingen zur übergrossen Ledersofa-Landschaft und setzten sich. Olivier sah, dass Frau Barakovich mehrere Telefonate tätigte, schliesslich mit jemandem etwas länger sprach, dann den Hörer auflegte, aufstand und hinter ihrer Theke hervorkam. Sie hatte sehr dünne, gebräunte Beine und trug ein knielanges, dunkelblaues Kleid. Olivier und Giorgio standen auf.

«Es tut mir leid», begann Frau Barakovich. «Herr Moser …» Sie stockte.

«Ja?»

26

«Herr Moser hatte einen schlimmen Autounfall», sagte Frau Barakovich schliesslich.

«Einen Unfall? Ist er verletzt?», wollte Kommissär Kaltbrunner wissen.

«Ich weiss es nicht, man hat mir …»

«Rufen Sie sofort jemanden an, der mir Auskunft geben kann.» Olivier zückte nun seinen Ausweis der Staatsanwaltschaft. «Es geht um eine dringende Befragung durch das Kriminalkommissariat.»

Die junge Frau Barakovich starrte Olivier an. Einen echten Kommissär hatte sie wohl noch nie gesehen, dachte Olivier. Sie zog ihr dunkelblaues Kleid ein Stück nach unten, ging zurück hinter die Theke und telefonierte erneut.

Olivier schaute zu seinem Kollegen Giorgio und stellte erfreut fest, dass dieser am Handy war und sich vermutlich in der Zentrale über die Unfälle der letzten Stunden erkundigte.

«Was für ein Wagen …», sagte Giorgio. «Nein. Wir suchen den Fahrer eines Lamborghini. … Nichts … aha …»

«Frag nach dem Range Rover Discovery, vielleicht war Ralf ja mit dem Auto seiner Frau …»

«Hey, habt ihr was mit einem Range Rover?»

In diesem Moment trat ein mindestens 1,95 Meter grosser Mann mit dunklem, schütterem Haar in die Eingangshalle. Er trug ein weisses Hemd, dessen Ärmel er zurückgekrempelt hatte. Der Mann kam mit riesigen Schritten auf Olivier zu.

«Guten Tag. Duprais, Frédéric Duprais. Sie haben Informationen über Ralf?»

«Guten Tag, ich bin Kommissär Kaltbrunner. Nein, ich habe keine …»

«Kommissär?», fragte Frédéric Duprais. «Wie darf ich das verstehen?»

«Das ist eine komplizierte Geschichte. Können wir uns ungestört unterhalten?»

«Natürlich. Kommen Sie in mein Büro.»

«Das ist übrigens ...» Olivier schaute zu Giorgio Tamine. Dieser war immer noch am Handy, hielt aber den Daumen nach oben.

«Einen Moment, bitte», sagte Olivier zu Duprais und ging zu Tamine.

«Selbstunfall mit einem schwarzen Range Rover Discovery, eingelöst auf Frau Alessia Moser», flüsterte Tamine Oli ins Ohr. «Passiert beim Joggeli, Fahrer schwer verletzt. Ungefähr um dreizehnhundert.»

Trotz jahrelangem Polizei- und Militärdienst: Oli konnte sich mit den dienstlichen Zeitangaben seines Kollegen einfach nicht anfreunden. Dreizehnhundert, das hiess für ihn einfach 13 Uhr.

«Nein, vermutlich vierzehnhundert», korrigierte Tamine.

«Gut, kümmere dich darum, frag nach, ob der Fahrer vernehmungsfähig ist, verfüge eine Festnahme.»

«Was? Ich ... alleine?»

«Ja. Gib mir Bescheid.»

Olivier liess seinen Kollegen stehen und eilte Frédéric Duprais hinterher. Dieser nahm die Treppe und übersprang jeweils drei Stufen. Oli schaffte nur zwei, keuchte und hoffte, Duprais' Büro sei im ersten Stock.

Es war im fünften.

Sophie Fretz sass im Büro von Telbwebnews.ch an der Kanonengasse am Newsdesk und durchforschte die schweizerischen und internationalen Agenturen nach Pressemeldungen. Sie achtete auch darauf, was andere Online-Medien wie 20minuten.ch, blick.ch, newsnetz.ch oder watson.ch veröffentlichten, und richtete sich etwas danach. Sie war noch eine unerfahrene Journalistin und fühlte sich auch so. Deshalb mochte sie es gar nicht, wenn sie am Newsdesk sitzen, Meldungen redigieren und aufschalten musste. Sie recherchierte lieber eigene Beiträge.

Doch eigentlich war Sophie in diesem Moment froh, dass sie sich auf diese Arbeit konzentrieren konnte. Dadurch war sie abgelenkt. Nach ihrem Meeting mit Kommissär Kaltbrunner war sie einerseits erleichtert gewesen, anderseits noch beunruhigter als vorher. Dass sie nach Hause gehen würde, und erst noch mit Polizeischutz, wie es Kaltbrunner angeboten hatte, hatte Sophie abgelehnt. Eigentlich wäre sie froh darum gewesen. Aber weil Thomas so dezidiert abgelehnt hatte, hatte sie sich keine Blösse geben und vor Thomas als Angsthase dastehen wollen.

Nachdem die Arbeitskollegen gegangen waren, kam Carmen zu ihr, kauerte sich zu ihr und legte den Arm um Sophies Schulter. «Na, alles klar?», fragte sie.

Sophie nickte: «Und bei dir?» Da Carmen so nahe bei ihr war, konnte sie ihr Parfüm riechen. Es roch angenehm, unaufdringlich. Schon mehrmals hatte sie Carmen fragen wollen, welche Marke sie benutzte. Aber sie hatte sich nie getraut. Es war ihr bisher immer zu intim vorgekommen.

«Ich fange mich auf», sagte Carmen. «Es tut gut, wieder zu arbeiten. Sonst dreht es den ganzen Tag im Kopf.»

«Hast du Kontakt mit Christophs Familie und Freunden? Wer organisiert die Beerdigung?»

«Seine Eltern. Nein, ich habe eigentlich keinen Kontakt. Ich war ja nur ein Flirt für Christoph, eine Bettgeschichte.»

«Was erzählst du da?» Sophie war schockiert. «Eine Bettgeschichte? So ein Blödsinn!»

«Daniel sagt das.»

«Daniel Kehrli? Christophs Kumpel? Linas Mann? Hat der sie nicht mehr alle?»

«Er muss es ja wissen. Immerhin war er Christophs bester Freund.»

«Und was sagt Lina?»

«Nichts. Ich meide den Kontakt. Er tut mir momentan nicht so gut.»

«Verstehe ich.»

Carmen stand auf und holte am benachbarten Arbeitsplatz den Stuhl. Sophie atmete noch einmal Carmens Duft tief ein. Er hatte so etwas Beruhigendes, Liebliches.

«Was hat eigentlich deine Recherche heute Nachmittag ergeben?», wollte Carmen wissen, nachdem sie sich verkehrt herum auf den Stuhl gesetzt hatte, sodass die Rückenlehne nun vorne war. Sophie hatte Carmen erzählt, sie würde sich mit jemandem treffen, wegen einer Polit-Geschichte. Dass sie bei der Polizei gewesen war, hatte sie Carmen nicht gesagt.

«Ach, ich weiss nicht ...» Sophie zögerte. Sie hatte sich auf diese Frage dummerweise nicht vorbereitet. «Also, der will wegen so einer Quartiersache einen Vorstoss im Parlament machen.» Eine bessere Lüge fiel ihr nicht ein.

«Oh, das ist aber sehr lokal. Wir sind ein nationales Medium.»

«Ja, das habe ich ihm auch gesagt. Er mailt mir den Vorstoss, sobald er ihn geschrieben hat.»

Carmen fragte nicht weiter.

Sophie wandte sich wieder ihrer Arbeit zu.

«Was machen wir mit der Bespitzelungsstory?», fragte Carmen plötzlich.

Sophie überlegte einen Moment, ob sie Carmen über alles informieren sollte, entschied sich aber dagegen: «Ich habe nicht viel machen können. Aber ich bleibe dran.»

«Gut, ich denke, wir sollten die Story so bald wie möglich raushauen.»

«Ja, wenn wir alle Fakten haben.»

Carmen verabschiedete sich kurz darauf mit einem Küsschen auf die Wange. Sophie war alleine und kontrollierte, ob die Türe zur Redaktion verschlossen war. Sie hatte ein mulmiges Gefühl. Was, wenn Kommissär Kaltbrunner recht hatte und sie tatsächlich in Gefahr war? Sie wollte nicht so wie ihr Kollege Roger Jossi enden.

Warum hatte Ralf D. Moser beziehungsweise seine Frau Alessia ihr diese Kobold-CD statt der Disk mit den Geheimdaten gegeben? Sophie konnte kaum glauben, dass Moser ein Mörder sein sollte. War dieser nette Typ hier in der Redaktion und hat Roger Jossi erstochen? Tut er nur so, als wolle er die Affäre aufdecken, um herauszufinden, wer daran recherchiert?

Das wäre eiskalt. Sophie erschauderte bei diesem Gedanken. Gut,

Moser konnte auch arrogant und herablassend sein. Vielleicht sogar eiskalt. Sonst hätte er kaum eine solche Karriere gemacht.

Sie schrieb zwei Meldungen für das Online-Portal. Dann überlegte sie, wie sie die Abhörstory auch ohne die entscheidenden Fakten veröffentlichen könnte. Sie wusste ja alles: Ihr Arbeitgeber Telwebcom leitete Mails und Handygespräche von zigtausend Leuten und Firmen illegal an den Nachrichtendienst weiter und erhielt dafür grosszügige Konditionen bei der Vergabe von Konzessionen und konnte im harten Wettbewerb auf Unterstützung der Behörden zählen. Aber die eindeutigen Transferdaten oder eine eidesstattliche Erklärung eines Whistleblowers fehlten. Für wen arbeitete Moser, ausser für Duprais Immobilien? Für Telwebcom? Für den Nachrichtendienst?

Sophie war überfordert.

Es war kurz vor 20 Uhr. Der Verkehrslärm draussen wurde immer weniger. Nur die vorbeifahrenden Busse waren zu hören. Ab und zu ein Sanitätswagen, der vom oder zum Universitätsspital raste.

Sophie horchte angestrengt. Im Gebäude war es ruhig. Nur das monotone Geräusch der Druckmaschinen in den unteren Stockwerken war zu hören.

Dann ging sie zur Türe und kontrollierte erneut, ob sie verschlossen war. Sollte sie auch nachsehen, ob die Haustüre, die nach dem Einbruch und dem Mord an Jossi notdürftig repariert, aber noch nicht ersetzt worden war, zugefallen war? Sie hatte kürzlich offen gestanden, hatte ein Kollege berichtet. Sophie ging vom ersten Stock einige Stufen hinunter und sah dann, dass sie geschlossen war.

Sophie atmete tief durch, schaute auf ihr Handy: Ja, sie hatte Empfang. Dann ging sie zurück in die Redaktion auf die Toilette. Auch von hier aus könnte sie telefonieren, falls sie sich einschliessen und Alarm schlagen müsste …

Um 20.30 Uhr beendete Olivier Kaltbrunner die offizielle Befragung von Frédéric Duprais. Der Mehrheitsaktionär von Duprais Immobilien und Partner war erst um 19 Uhr in den Waaghof gekommen, um das Gespräch vom Nachmittag zu protokollieren. Duprais lobte seinen Partner Ralf D. Moser in den höchsten Tönen. Warum dieser mit seinem Range Rover beim St. Jakob-Stadion in eine Mauer gerast war und nun mit lebensgefährlichen Verletzungen im Universitätsspital lag, konnte er sich nicht erklären. Kaltbrunner hatte zwar den Verdacht, dass Ralf den beim Anschlag auf Sophie Fretz und Carmen Soss beschädigten Wagen nun richtig ramponieren wollte, um den Schaden zu kaschieren. Doch dies erwähnte er natürlich nicht gegenüber Duprais. Er sagte auch nicht, dass er Ralf D. Moser für einen mutmasslichen Doppelmörder hielt. Er fragte verschlüsselt. Das war seine grösste Stärke: Aus den Leuten Informationen herauszukitzeln. Doch Duprais' Antworten bestätigten Kaltbrunners Verdacht in keinster Weise. Ralf D. Moser musste entweder ein perfekter Schauspieler oder tatsächlich unschuldig sein. Oder Duprais log faustdick.

Olivier Kaltbrunner war verwirrt und enttäuscht. Nun hoffte er auf die Techniker: Diese würden ihm sicherlich morgen sagen können, ob der Range Rover schon vor dem Unfall beschädigt gewesen war. Wenn ja, dann wäre Moser dran. Falls er die Nacht überhaupt überleben würde.

Olivier verliess zusammen mit Duprais das Büro und ging mit ihm zur Heuwaage. Dabei erzählte der gross gewachsene Immobilienhändler, dass er Ralf seit der gemeinsamen Zeit beim Militär kenne.

«In welcher Truppen waren Sie?»

«Das darf ich nicht sagen.»

«Oh.»

«Nein, Quatsch, früher war das hochgeheim.»

«Ach ja? Was denn?»

«Funkerpionier. Elektronische Kriegsführung, Sie verstehen, Feinde abhören und solche Sachen.»

Duprais lachte.

Kaltbrunner schluckte. Abhören und solche Sachen …

Kaum war Duprais gegangen, kramte Olivier Kaltbrunner sein Handy hervor und wählte die Nummer von Sophie Fretz.

Sie nahm den Anruf nicht entgegen.

Auch Thomas Gmünder antwortete nicht.

Schliesslich rief er Giorgio Tamine an: «Wo sind diese Journalisten Fretz und Gmünder?», fragte er nervös.

«Keine Ahnung», antwortete Tamine. Er klang so, als hätte er geschlafen.

«Was, keine Ahnung?»

«Ich weiss es nicht.»

«Giorgio!», brüllte Kaltbrunner. Ein Liebespaar, das gerade vorbeiging, schaute ihn erschrocken an. Olivier war immer noch bei der Heuwaage, stand jetzt vor dem Restaurant Wulggegratzer.

«Ja, beide wollten keinen Polizeischutz oder Begleitung oder ...»

«Und das erfahre ich erst jetzt?»

«Na ja ...»

«Scheisse! Wo bist du?»

«Zu Hause.»

«Okay. Komm her! Kanonengasse. Telwebnews. Bin auch gleich dort.»

Sophie sprach seit rund einer Stunde am Handy mit Thomas Gmünder. Beide hatten die Anrufe einer «unbekannten Nummer» ignoriert, denn sie waren mitten in einer Auslegeordnung, wie sie ihre Story noch retten könnten. Die Möglichkeit, dass sie selbst abgehört und sogar geortet werden könnten, hatten sie nicht beachtet.

Erst als Sophie Geräusche im Bürogebäude hörte, wurde ihr das schlagartig bewusst.

«Verdammt», flüsterte sie. «Verdammt!»

«Was ist?»

«Unsere Handys! Wir werden sicherlich abgehört. Und ich glaube, da ist jemand.»

«Ist die Bürotüre unten nicht verschlossen?»

«Keine Ahnung. Nein. Weiss es nicht. Ich kontrolliere das doch nicht immer.»

«Dann sind es sicher Mitarbeiter der Druckerei.»

«Nein, die sind längst alle weg.»

«Laufen die Druckmaschinen?»

«Ja, aber da ist sonst nie jemand im Treppenhaus oder im Lift ...»

«Vielleicht ist es ein Nachtwächter.»

«Nein, das gibt es hier nicht.»

«Dann macht der Chef eben einen Kontrollgang ...»

«Nein!»

«Scheisse», sagte nun auch Thomas flüsternd.

«Was soll ich tun?» Sophie getraute sich kaum mehr zu sprechen.

«Pass auf», sagte Thomas ganz leise. Sophie musste ihr Handy ans Ohr pressen, um ihn überhaupt noch verstehen zu können. «Du sagst nichts mehr, hältst aber die Verbindung aufrecht, damit ich jederzeit höre, was bei dir vor sich geht. Ich komme sofort zu dir.»

Sophie antwortete nicht, sie nickte nur. Sie hörte, wie Thomas eine Türe schloss, anschliessend Schritte, Keuchen, dann eine zuschlagende Autotüre.

«Ich bin im Auto», meldete Thomas.

Sophie überlegte, ob sie sich in die Toilette einschliessen sollte. Doch sie wagte es nicht. Bloss keinen Lärm machen! Sie presste das Telefon gegen ihre Brust, um die Geräusche im Haus hören zu können. War unten die Eingangstüre wirklich verschlossen oder doch nur angelehnt gewesen? Scheisse, fluchte Sophie innerlich.

Es war still.

Ein Bus brauste vorbei.

Sophie atmete durch. Sie war froh, ein so normales, unverdächtiges Geräusch zu hören.

Wahrscheinlich bildete sie sich alles nur ein.

Dann klopfte es an der Türe.

27

Sophie wagte kaum zu atmen.

Sie sah vor sich, wie Roger Jossi da lag. Genau da, wo sie jetzt sass. Er lag in seinem Blut. Mit offenen Augen. Die Augen starrten sie an. Verzweifelt. Um Hilfe bittend. Herzzerreissend. Nein, sie konnte sich nicht erinnern, ob Jossi sie wirklich angestarrt hatte. Aber jetzt, vor ihrem inneren Auge, mit dieser fürchterlichen Angst im Nacken, da tat er es.

Sophie lief es kalt den Rücken herunter.

Sie zog ihre Schuhe aus und wollte auf die Toilette schleichen, um sich einzuschliessen.

Es klopfte erneut an der Türe.

«Frau Fretz? Sind Sie da?»

Es war die Stimme des Kommissärs. Oder nicht?

Sophie schwieg.

«Frau Fretz, hier ist Kommissär Olivier Kaltbrunner. Geht es Ihnen gut? Die Tore und die Türe unten waren offen.»

Sollte sie antworten?

War es tatsächlich der Kommissär?

«Polizei Kanton Basel-Stadt», meldete sich nun eine andere Stimme. «Wenn Sie sich nicht melden, gehen wir davon aus, dass Sie sich nicht melden können. Dann werden wir die Türe aufbrechen.»

«Ja, ich bin da», meldete sich Sophie. «Ich ... sind Sie wirklich ...»

«Sie waren heute Nachmittag bei mir im Waaghof. Sie und Ihr Kollege Thomas Gmünder von Telebasel. Sie brauchen keine Angst zu haben. Sie können die Türe öffnen.»

Sophie schwitzte. Sie ging barfuss zur Tür, schloss auf und öffnete sie.

Dann begann alles um sie herum zu wanken. Sophie torkelte. Spürte eine Hand an ihrem Oberarm. Sie sah die goldene Brille und das nette, rundliche Gesicht des Kommissärs. Sie hörte seine Stimme: «Wir sind da, Sophie, wir sind da!»

Dann liess sie sich gehen.

«Sophie, Sophie!»

Thomas Gmünder schrie im Treppenhaus immer wieder ihren Namen. Und als er in der Türe stand und im ersten Augenblick nur Polizisten sah, erstarrte er vor Schreck. Er war zu spät gekommen. Der Mörder hatte schon zugeschlagen. Sophie war tot.

Kommissär Kaltbrunner kam auf ihn zu und reichte ihm die Hand.

«Sie hat ... mit mir telefoniert ...», stotterte Thomas. «Jetzt ... ist sie ...?»

«Frau Fretz geht es gut. Es ist nichts passiert. Kommen Sie.»

Thomas Gmünder fiel ein Stein vom Herzen.

Und gleich noch einer, als er Sophie erblickte. Sie war zwar etwas bleich, aber sie lebte. Er nahm sie in seine Arme. «Ich hatte so eine Scheissangst», flüsterte er.

Er spürte, wie ihr Herz pochte. Wie sie noch immer zitterte. Wie zerbrechlich sie doch war!

Plötzlich sah er die Bilder des Krieges vor sich. Er sah die Bomben, das Blut, die Leichen. Und er sah sich selbst als Kameramann im Bosnienkrieg.

Angst hatte er gehabt. Aber es war niemals diese intensive Angst, die er in den letzten Minuten erlebt hatte. Er hatte zum ersten Mal Angst um jemanden anders als um sich gehabt.

Um eine Frau.

Um Sophie.

Olivier Kaltbrunner konnte in dieser Nacht lange nicht einschlafen. Er hatte veranlasst, dass Sophie Fretz mit einem Polizeiauto nach Hause gefahren wurde. Da Thomas Gmünder mit dem eigenen Wagen zur Kanonengasse gekommen war, liess er ihn mit einem Polizeifahrzeug eskortieren. Er selbst und Giorgio Tamine wurden durch einen weiteren Einsatzwagen zu ihren Wohnungen chauffiert. Sie hatten nicht viel gesprochen während der Fahrt. Auf Giorgios Frage, warum er plötzlich wegen Sophie Fretz und Thomas Gmünder ein mulmiges Gefühl bekommen habe, ihnen könnte etwas zustossen, hatte Olivier nur geantwortet, dass es in der Polizeiarbeit eben manchmal auf Gefühle ankomme. Giorgio hatte daraufhin genickt, geschwiegen und zum Fenster hinausgeschaut. Olivier war sich nicht sicher, ob Giorgio kapierte, was er damit meinte. Er würde es ihm vielleicht später einmal erklären.

Kaltbrunner lag im Bett neben seiner Frau Pranee und dachte darüber nach, warum ihn der Satz von Ralf Mosers Chef, Frédéric Duprais, er sei zusammen mit Ralf im Militär in der elektronischen Kriegsführung tätig gewesen, in solch einen Alarmzustand versetzt hatte. Natürlich hatte elektronische Kriegsführung mit dem Abhören und Abfangen von Daten zu tun, aber das müsste ja nicht heissen, dass solche Leute dies auch im zivilen Leben machen würden.

Aber es könnte sein.

Oder nicht?

Es wird so sein, sagte er sich, morgen werde ich es herausfinden.

Kurz darauf schlief er ein.

Doch bereits um 8.05 Uhr musste er feststellen, dass es nicht ganz so einfach war, dies herauszufinden. Er sass in der Sofalandschaft des Eingangsbereichs von Duprais Immobilien und Partner. Frau Barakovich, die heute einen wesentlich kürzeren Jupe trug als gestern – was Olivier durchaus erfreute –, hatte ihm einen Espresso serviert. Er müsse einige Minuten warten, hatte sie lächelnd gemeint und ihm ihre schlanken, braun gebrannten Beine absichtlich lange, so erschien es Olivier, präsentiert. Als sie wieder hinter der Empfangstheke sass, nahm er die Basler Zeitung vom Salontisch und blätterte sie durch. Die Schlagzeile «Polizei steckt in der Sackgasse – einmal mehr» nahm er zur Kenntnis, doch er zwang sich, den Artikel nicht zu lesen. Er legte deshalb die Zeitung weg, schaute zu Frau Barakovich und fragte sich, was sie wohl hinter ihrer Theke machen würde. Arbeitete sie? Und wenn ja, was?

Olivier wurde in seinem Rätselspiel unterbrochen, als der fast zwei Meter grosse Frédéric Duprais in die Halle stürmte. Olivier stand auf. Duprais schüttelte ihm mit seiner Pranke die Hand und erklärte:

«Sorry, dass ich Sie warten lassen muss, aber ich habe einen Kunden. Es geht nicht anders. Der kam extra aus New York hierher und …» – «Kein Problem», sagte Olivier ruhig. «Ich warte. Ich brauche nur eine Viertelstunde.»

«Okay, dann kann ich Sie bald irgendwo dazwischenschieben. Ihre Arbeit geht schliesslich um Leben und Tod. Ich rufe sie gleich.»

Nachdem Duprais abgerauscht war, setzte sich Olivier wieder hin und fragte sich, ob Duprais seine letzte Bemerkung ernst gemeint oder ob er sich über ihn lustig gemacht hatte. Aber diese Frage war für ihn im Moment ebenso unlösbar wie jene, was Frau Barakovich hinter der Theke ganz genau machte.

Um 8.55 Uhr kam ihm in den Sinn, dass um 9 Uhr – um neunhundert, wie Giorgio Tamine sagen würde – das tägliche Meeting mit Staatsanwalt Hansruedi Fässler und den Kollegen von der Kripo Baselland stattfand. Er angelte sein Handy hervor und rief Giorgio Tamine an. Er teilte ihm mit, dass er an der Sitzung nicht teilnehmen würde, da er eine sehr wichtige Sache zu überprüfen habe. Tamine solle ihn entschuldigen und vertreten.

Um 9.15 Uhr servierte ihm Frau Barakovich den zweiten Kaffee.

Um 9.36 Uhr rief Giorgio an und lieferte neue Fakten: Der Range Rover, mit dem Ralf D. Moser gegen die Mauer gefahren sei, sei eindeutig schon vor diesem Unfall beschädigt gewesen. Deshalb habe der Staatsanwalt einen Haftbefehl gegen Ralf D. Moser ausgestellt. Hiermit könne bewiesen werden, dass mit diesem Wagen der Mordanschlag auf Sophie Fretz und Carmen Soss verübt worden sei. Und da alle Zeugen von einem männlichen Fahrer gesprochen hätten, käme die Eigentümerin, Ralfs Frau Alessia, für die Tat nicht infrage. Moser befinde sich immer noch im Koma, er werde nun aber bewacht.

Die Baselbieter Kollegen hätten darüber informiert, dass Christoph Leiser tatsächlich, wie Roger Jossi, mit einem Keramikmesser erstochen worden sei. Und dass er die Täterschaft eindeutig gekannt haben musste, weil er ihr die Türe aufgemacht habe. Dies habe man anhand des Spurenbilds rekonstruieren können.

Und der Staatsanwalt, Hansruedi Fässler, sei sehr erbost gewesen, dass er, Olivier Kaltbrunner, nicht an diesem Meeting teilgenommen habe.

«Und sonst?», fragte Olivier.

«Wenig. Über das Opfer, also Christoph Leiser, wissen wir ja bereits das meiste. Neu für mich war lediglich, dass er im Militär Leutnant war.»

«In welcher Truppe?»

«Funker. Funkerpionier.»

«Elektronische Kriegsführung?»

«Wie bitte?»

«Vergiss es.»

Um 10.11 Uhr sass Olivier Kaltbrunner endlich bei Frédéric Duprais im Büro. Dieser entschuldigte sich dreimal dafür, dass er ihn so lange habe warten lassen, und erklärte ausführlich und äusserst langfädig, warum. Olivier interessierte es nicht im Geringsten. Er dachte nur daran, dass von den 15 Minuten, in die Duprais ihn «dazwischenschieben» wollte, nun bereits mindestens 10 Minuten vergangen waren.

«Sie haben gestern kurz erwähnt, dass Sie und Ralf D. Moser bei der elektronischen Kriegsführung Dienst geleistet haben», fragte schliesslich Kommissär Kaltbrunner.

«Ja, EKF.»

«EKF, aha. Abhören und solche Sachen, nicht wahr?»

«Genau. Aber was hat das mit Ralfs Unfall zu tun?»

«Nichts direkt. Es geht um eine andere Sache, in die Ralf Moser involviert ist.»

«Ach ja?»

«Um einen Abhör- und Bespitzelungsskandal.»

«Und was hat dies mit Ralfs Unfall zu tun?»

Olivier ging nicht darauf ein: «Kennen Sie Christoph Leiser? Ist er ein Armeekamerad?»

«Ja, ich kannte ihn. Er wurde doch getötet, oder …»

«Das wissen Sie?»

Duprais schwieg eine Weile. Dann sagte er: «Lieber Herr Kaltbrunner, können wir nicht offen reden?»

Olivier fühlte sich ertappt. Er nahm die Brille ab, putzte sie mit seinem Hemd und setzte sie wieder auf.

Dann redeten sie offen.

Eine halbe Stunde lang. Ohne Termindruck. Ohne Tonaufnahme. Und ohne Protokoll. Eine höchst unübliche und fragwürdige Ermittlungsart, die eigentlich nur in Krimis dargestellt wurde, aber eigentlich nicht der Realität entsprach. Das war sich Olivier natürlich bewusst. Doch es ging nicht anders. Er musste diesem Frédéric Duprais vertrauen.

Plötzlich stand Duprais auf, ging zum schweren Holzschrank hinter seinem Arbeitsplatz und öffnete ihn. Es kam ein Tresor zum Vorschein. Duprais öffnete auch diesen. Mit einem Zahlencode. Er nahm einen Stapel Papiere heraus, ging hinaus und kam ohne Dokumente zurück.

«Mit dem, was Sie gleich bekommen werden, können Sie machen, was Sie wollen. Allerdings haben Sie die Papiere nicht von mir bekommen. Aber das wird wohl keine Rolle mehr spielen. Fassen Sie den oder die Mörder. Und sorgen Sie dafür, dass das alles endlich aufhört. Und glauben Sie mir: Ralf ist auf der Seite der Guten.»

«Wie meinen …»

«Vielen Dank, Herr Kaltbrunner. Sie können die Dokumente bei Frau Barakovich in Empfang nehmen. Jetzt müssen Sie mich entschuldigen.»

Der Hüne stand auf, reichte Olivier die Hand.

«Viel Glück», sagte Duprais.

Olivier sagte nichts.

Als er unten bei Frau Barakovich angekommen war, musste er rund fünf Minuten warten. Dann übergab sie ihm eine noch warme Kopie der Akten aus Duprais' Tresor.

Olivier bedankte sich und hatte zumindest eine Frage gelöst: Frau Barakovich erledigte also irgendwelche einfachen Büroarbeiten für Frédéric Duprais.

Er ging den Klosterberg hinunter und wagte es, einen Blick auf die Blätter zu werfen.

Er musste stehen bleiben und genauer hingucken.

Dann ging er mit schnellen Schritten weiter, hinunter zur Steinenvorstadt und dort in die Bücheli-Lounge. Hier hatten Carmen und Lina in der Mordnacht nach dem Match ihre Männer Christoph und Daniel getroffen. Olivier erinnerte sich, wie er die Aussagen nach der Bluttat an Roger Jossi protokolliert hatte.

Er bestellte sich einen Cappuccino und vertiefte sich in die Papiere.

Um 11.58 Uhr verliess er das Bücheli. In seinem Kopf drehte sich alles. Viele neue Fakten, noch mehr neue Fragen.

Sicher war nur eines: Er musste von vorne anfangen.

28

Zurück in seinem Büro im Waaghof, rief Olivier Kaltbrunner als erste Amtshandlung seines Neustarts im Fall Online-Toter Giorgio Tamine zu sich.

«Setz dich!», befahl er barsch und nahm die goldene Brille von der Nase. «Wir haben zwei Tote, einen Abhörskandal, zwei Journalistinnen und einen Journalisten, einen Hauptverdächtigen, dessen Frau und noch ein bisschen Beigemüse, stimmts?»

«Genau!»

«Hmmm, so, so», grummelte Kaltbrunner.

«Der Fall steht kurz vor der Aufklärung», meinte Giorgio. «Ralf Moser muss nur noch plaudern.»

«Und was ist sein Motiv? Eine Story verhindern? Tut aber so, als wollte er, dass sie unbedingt in den Medien erscheint?»

«Also, der Typ ist ja nicht blöd. Das ist Taktik. Er ist clever. Oder er ...»

«Nein, er ist nicht blöd», unterbrach Kaltbrunner. «Aber vielleicht sind wir es.»

«Bitte?»

«Wir haben das Beigemüse vergessen.»

«Das Beigemüse?»

«Ja, eben, alle anderen Personen.»

«Haben wir nicht.»

«Ja, aber ich habe mich zu sehr auf diesen Ralf konzentriert.»

«Ach, die Sache ist doch ...»

«Gegessen? Vergiss es.»

Olivier Kaltbrunner zog seine Brille wieder an und ging zu seinem Pult: «Giorgio, kannst du mir mal bitte die Protokolle der Fussballfans zeigen?»

«Welche Protokolle?» Giorgio schaute seinen Chef mit grossen Augen an.

«Die, die bestätigt haben, wer in der Mordnacht am Fussballspiel war. Christoph Leiser oder sein Kumpel Daniel Kehrli. Oder beide. Oder keiner von beiden.»

«Aber Olivier …» Giorgio starrte noch immer.

«Was?»

«Wirst du dement? Das ist doch geklärt. Christoph Leiser war nicht dort. Der kaufte im Sexshop Handschellen für seine Freundin Carmen Soss. Mit denen wurde er dann selbst gefesselt und erstochen.»

«Nein, nein, nein», widersprach Olivier. «Dass er die Handschellen in jener Nacht gekauft haben soll, hat uns Kehrli gesagt. Was aber nicht stimmt.»

«Jedenfalls war Daniel Kehrli alleine am Match.»

«Ja, sagt er. Und ich habe gesagt, wir überprüfen das.»

«Aha.»

«Du willst sagen, dass dies nicht gemacht wurde?»

«Olivier …»

Der Kommissär ärgerte sich masslos über diesen misslungenen Neustart. Deshalb setzte er nun voll und ganz auf seine zweite Tat: Er liess Sophie Fretz mit einem Polizeiwagen zu Hause abholen und zur Einvernahme bringen. Giorgio Tamine brachte Sophie zu Olivier und fragte ihn, wo er die Sitzung abhalten wolle.

«Hier», antwortete Olivier. «Alleine.»

«Bitte?»

«Ich erkläre es dir später.»

Nachdem Giorgio die Türe geschlossen hatte, legte er die Akten, die er vor wenigen Stunden von Frédéric Duprais erhalten hatte, vor Sophie auf den Tisch: «Hier ist Ihre Story», sagte er. «Ich gebe Ihnen und Ihrem Kollegen Thomas Gmünder von Telebasel bis morgen Abend Zeit. Dann muss sie veröffentlicht sein. Wenn nicht, blase ich die ganze Sache ab.»

«Was wird das? Woher haben Sie diese Unterlagen?»

«Frau Fretz, das spielt keine Rolle. Ich denke, diese Unterlagen waren an einem Ort, den jemand als Back-up, als Tresor oder Lebensversicherung auserkoren hat. Sie wollen die Story, ich will den oder die Mörder.»

«Die Story soll den Mörder auffliegen lassen?»

«Genau!»

«Und wie soll das gehen?»

«Überlassen Sie das mir.»

«Ist das nicht irgendwie unüblich? Also, ich bin erst seit Kurzem im Journalismus tätig, aber von einem solchen Deal habe ich noch nie ...»

«Das lernen Sie sicherlich noch, Frau Fretz. Natürlich ist es nicht wirklich üblich, aber ...» Er nahm einen Stuhl und rückte ziemlich dicht an Sophie heran. «Helfen Sie mir, diesen Kerl zu fassen. Sie haben die Story dafür.»

«Kann da nicht etwas schiefgehen?»

«Bei der Polizeiarbeit kann immer etwas schiefgehen. Das ist in Ihrem Geschäft doch auch so, oder?»

Olivier schwieg und zeigte mit seinem Finger auf die Dokumente.

Sophie begann zu lesen.

Olivier stand auf und tigerte im Büro herum.

Nach fünf Minuten schaute Sophie zum ersten Mal auf.

«Und?», fragte Olivier sofort.

«Unglaublich.»

«Sind Sie dabei?»

«Ja, ich denke ...»

«Gut, danke. Bringen Sie die Story aber nicht auf Telwebnews.ch, sondern direkt auf Telebasel. Bei Telwebnews.ch werden Sie wohl sowieso nicht mehr lange arbeiten ...»

«Nein ...»

«Eben. Soll ich den Chef von Telebasel informieren?», fragte Olivier Kaltbrunner.

Sophie wunderte sich darüber und fragte sich, wie stark Medien, Polizei, Politik und Wirtschaft miteinander verfilzt waren. «Nein, das klären wir selbst», sagte sie schliesslich.

«Unsere Leute werden immer in Ihrer Nähe sein. Ihnen kann nichts passieren. Ihre Reportage muss morgen Abend in der Newssendung

‹7vor7› ausgestrahlt werden. Dann beginnt der Showdown. Wir werden bereit sein, versprochen!»

Hätte Sophie nicht Sandalen mit halbhohen Korkabsätzen getragen, wäre sie vom Waaghof den Auberg hinauf zum Studio von Telebasel gerannt. Es schossen ihr so viele Gedanken durch den Kopf, dass sie ein zünftiges Durcheinander bekam und keine Ahnung hatte, wo sie mit dieser Story anfangen sollte. Ob Beschützer der Polizei hinter ihr waren, interessierte sie nicht im Geringsten.

Sie hatte keine Angst mehr.

Sophie war erleichtert, dass Thomas Gmünder im Studio und nicht auf Reportage war. Sie erzählte ihm in kurzen Sätzen, worum es ging. Danach eilte sie im Schlepptau von Thomas ins Büro des Chefredaktors. Dieser holte seine Stellvertreterin dazu. Eine halbe Stunde später verliessen Sophie und Thomas das Studio, fuhren zu Sophie nach Pratteln, holten den Laptop mit den Storyversionen des ermordeten Roger Jossi und rasten zurück nach Basel, zur Kanonengasse. Gmünder fuhr durch das offene Tor der Druckerei direkt in den Hof vor die Eingangstüre von Telwebnews.ch. Thomas holte die Kamera aus dem Heck und sagte: «Los, auf in die Schlacht!» Ein Mann in einem Überkleid der Druckerei schrie, dass er hier nicht parken dürfe, doch Thomas interessierte das nicht.

Sie gingen in die Redaktion und baten Carmen Soss, Sophies Chefin oder baldige Ex-Chefin, zu einem Gespräch. Thomas fragte, ob er filmen dürfe.

Carmen lehnte ab. Sie bat die beiden in ein kleines, muffiges Sitzungszimmer.

«Sophie, was ist los? Was soll das?»

«Carmen, was weisst du?»

«Was soll ich worüber wissen?»

«Über den Abhörskandal von Telwebcom, deinem Arbeitgeber?

«Sophie, ich dachte, wir seien Freundinnen …»

«Ach, sind wir das?»

«Sophie …»

«Hast du Christoph getötet?»
«Was?!»
«Und Roger?»

Weder Giorgio Tamine noch Staatsanwalt Hansruedi Fässler waren von Olivier Kaltbrunners Plan begeistert. Da er aber bereits in vollem Gang war, blieb ihnen nichts anderes übrig, als den Kommissär zu unterstützen. Auch die Kollegen der Kapo Baselland wurden eingeweiht. Der für den Fall zuständige Xavier Held fühlte sich übergangen und stellte sich quer. Erst durch die Intervention von Hansruedi Fässler erklärte sich Held bereit, mit seinem Team mitzuarbeiten. Er kündigte aber ein Nachspiel an. Auf dienstlicher wie auch auf politischer Ebene. Er müsse sich nicht von den städtischen Kollegen bevormunden lassen, meinte er. Noch sei die Kantonsfusion der beiden Basel nur eine Idee, keinesfalls eine beschlossene Sache. Und genau dieses Beispiel zeige, dass die Städter im Falle einer Fusion die Landschäftler überrollen würden.

Olivier Kaltbrunner war es egal.

Er hatte andere Sorgen.

Um 16.09 Uhr bekam er von den Beamten, die Sophie Fretz und Thomas Gmünder im Auge behielten, die Mitteilung, dass die beiden das Gebäude von Telwebnews.ch an der Kanonengasse verlassen hätten und nun im Studio von Telebasel seien.

Olivier war zufrieden.

Seine Figuren machten das, was er für sie vorgesehen hatte.

Dies änderte sich allerdings um 18.33 Uhr.

Kaltbrunner erhielt einen Anruf des Kollegen aus dem Unispital, der den schwer verletzten Ralf D. Moser bewachte.

Das Gespräch dauerte 13 Sekunden.

«Verdammte Scheisse!», wetterte Kaltbrunner danach.

29

Olivier Kaltbrunner rannte aus seinem Büro, quer über die Heuwaage. Dabei wurde er beinahe von einem 6er-Tram, das den Auberg hinunterfuhr, erfasst. Die Wagenführerin bremste und klingelte Sturm. Olivier entschuldigte sich kurz, indem er den linken Arm hob und lächelte, rannte dann die Treppe hoch zum Heuwaage-Viadukt, schlängelte sich durch den Verkehr der vierspurigen Strasse und versuchte, den 30er-Bus zu erwischen, der gerade an der Haltestelle stand. Das schaffte er tatsächlich, was ihn freute. Es war immerhin ein kleiner Erfolg an diesem bisher wenig erfolgreichen Tag.

Am Spalentor sah Kaltbrunner, dass gleich hinter dem 30er- der 33er-Bus kam, der ihn direkt zum Uni-Spital fahren würde. Olivier registrierte auch dies als deutliches Zeichen, dass der Tag letztlich doch noch auf der positiven Bilanzseite abgebucht werden konnte.

Um Punkt 19 Uhr betrat er das Universitätsspital.

Der Kollege, mit dem er kurz zuvor telefoniert hatte, klärte ihn nochmals darüber auf, dass Ralf D. Moser aufgewacht sei und nach ihm, Olivier, gefragt habe. Er solle herkommen, weil er ein Geständnis ablegen wolle. Mehr habe er nicht gesagt. Olivier liess den behandelnden Arzt rufen. Es würde einige Minuten dauern, sagte ihm ein anderer Arzt.

Olivier ging im Flur auf und ab. Hie und da eilte eine Krankenschwester oder ein Pfleger vorbei, die ihn grüssten. Er murmelte «Guete Oobe», war mit seinen Gedanken allerdings ganz woanders. Falls Ralf Moser tatsächlich ein Geständnis ablegen wollte, dann wäre der Fall gelöst. Dann wäre sein Plan mit Sophie und Thomas und der Abhörstory für die Katz. Dann müsste er sich später den Vorwurf gefallen lassen, einer Journalistin vertrauliche Polizeiinformationen weitergegeben zu haben. Das würde ein Verfahren gegen ihn auslösen. Und wohl mit einem …

Olivier wurde leicht schwindlig. Die gesamte Polizei des Kantons Basel-Stadt würde durch den Kakao gezogen. Ein neuer Shitstorm würde auf sie niederprasseln. Und er könnte sich kaum noch bei seinen Fasnachtskollegen zeigen. Und was sollte er tun? Privatdetektiv werden? Auf einer Kreuzung stehen und den Verkehr regeln?

Er versuchte, Sophie Fretz zu erreichen, doch sie nahm den Anruf nicht entgegen.

Um 19.29 Uhr erschien Burto Mesic, der sich als leitender Arzt vorstellte. Kaltbrunner zeigte ihm seinen Dienstausweis.

«Ist Ralf Moser voll vernehmungsfähig?», wollte Olivier wissen.

«Nein, er hat lediglich nach Ihnen gefragt, um ein Geständnis …»

«Ja, ja, das weiss ich schon», sagte Olivier gereizt. «Wie geht es ihm? Was hat er?»

«Das darf ich Ihnen nicht sagen, Herr Kaltenbrunner», sagte der Arzt in gepflegtem Hochdeutsch.

«Kaltbrunner», korrigierte Olivier. «Nicht Kaltenbrunner. Warum dürfen Sie mir das nicht sagen?»

«Arztgeheimnis.»

«So ein Quatsch. Dieser Kerl da drinnen hat zwei Menschen getötet. Da können Sie Ihr beschissenes Arztgeheimnis rauchen, weil wir sein ganzes Leben bis zu seiner Zeugung offenlegen werden, damit ihn ein Richter für die nächsten 20 Jahre in den Knast schicken kann.»

Dr. Burto Mesic starrte Olivier an.

Olivier nahm seine goldene Brille ab, rieb sich die Augen, setzte die Brille wieder auf und sagte: «Entschuldigen Sie, war nicht so gemeint. Zu wenig Schlaf, Sie verstehen?»

«Ja, kenne ich.»

«Also?»

«Kommen Sie.»

Dr. Burto Mesic führte Olivier Kaltbrunner ins Krankenzimmer von Ralf D. Moser. Dieser hing an Schläuchen und Sonden. Olivier ging zu ihm hin und legte seine Hand auf Ralfs Schulter: «Hey, Guggeduubeli, was baust Du für eine Scheisse?»

«Ich komme in ein paar Minuten zurück», sagte der Arzt und schloss die Türe.

«Also, was gibts?», fragte Olivier.

«Ich habe diesen Reporter und Christoph getötet. Sie wollten das Projekt ‹Tim› in der Zeitung veröffentlichen.»

«Tim? Was bedeutet das?»

«Telefon, Information, Mail.»

«Hmmm, so, so», machte Olivier. Er fand den Namen «Tim» für einen solchen Lauschangriff zwar dämlich, wunderte sich aber nicht wirklich darüber, da diese Bezeichnung von Armeeangehörigen beziehungsweise von Ex-Militärs kreiert worden war. Ralf, sein Chef und Christoph waren ja alle bei der elektronischen Kriegsführung.

«Warum Christoph?», wollte Olivier Kaltbrunner nach einer Weile wissen. «Wollte er wirklich, dass seine Freundin Carmen diese Story veröffentlicht?»

«Nein. Er sollte genau das verhindern. Aber dann ...»

«Was?»

Ralf Moser schlief ein. Oder fiel ins Koma. Kaltbrunner kniff ihn in den Arm. Ralf öffnete die Augen.

«Die beiden Frauen habe ich mit dem Rover an...» Ralf röchelte.

«Angegriffen», machte Olivier den Satz fertig. «Okay.»

«Hilfst ... du ... mir?»

«Ich kann dir nicht helfen. Das kann nur dein Anwalt. Wenn überhaupt. Aber wenn du zwei Menschen umgebracht hast und zudem zwei weitere töten wolltest, sieht es sehr schlecht für dich aus. Da kann ich nichts machen.»

Ralf D. Moser sagte nichts.

«Woher hattest du das Messer?»

«Zuhause ge... nommen ...»

«Aha.»

«Gutes Messer, was?»

«Ja.»

«Stahl. Edelstahl. Metzgermesser?», fragte Olivier, um Ralf D. Moser zu testen. Dass die Tatwaffe ein Keramikmesser gewesen war, war noch nirgends veröffentlicht worden.

«Nein. Ker... ker...»

«Wie?»

«Ker... amik.»

«Keramik. So, so.»

«Ja. Ker...»

Dann flog die Türe auf und Alessia stürmte herein. Sie trug einen kurzen Jeansrock und halbhohe Riemchensandalen. Meinte Olivier. Erst als sie bei ihrem Mann am Bett stand und sich zu ihm hinunterbeugte, sah Oli, dass es kein Rock, sondern ziemlich kurze Hosen waren. Oli starrte auf ihren Po. Als er es bemerkte, zwang er sich, auf Alessias Kopf zu schauen.

«Was machst du mit ihm?», fragte Alessia Olivier.

«Nichts. Ich habe ihn nur besucht. Als Gugge-Freund.»

«Ach was. Du bist Schugger. Du bist immer Schugger. Du kennst keine Gefühle.»

«Ich geh dann mal.»

«Ja, besser so.»

«Tschüss, Ralf, wir sprechen uns noch, okay?»

Der Rotwein tat gut. Carmen trank schon ihr drittes Glas. Das beruhigte sie.

Sie sass in Linas Küche und erzählte von ihrem «absurden» Gespräch mit Sophie. Jedenfalls nannte sie es so.

Sie berichtete von ihrer Diskussion auf der Redaktion mit Sophie. Und von deren Kollegen Thomas Gmünder von Telebasel. Sie hätten jetzt alle Fakten zur Abhörstory beisammen und wollten wissen, was sie, die Chefredaktorin von Telwebnews.ch, wisse. Ob sie sogar in die Mordpläne eingeweiht gewesen sei.

«Die spinnen», sagte Carmen immer wieder. «Die spinnen komplett!»

Ihre Freundin Lina nahm sie in den Arm, tröstete sie. «Nein. Das muss alles ein grosses Missverständnis sein.»

Doch es half nichts. Carmen verstand nichts mehr. Erst der Mord an ihrem Mitarbeiter Roger Jossi. Dann die Attacke auf sie und Sophie. Danach der Mord an ihrem Freund Christoph Leiser. Was hatte dies alles zu bedeuten? Und warum wurde sie plötzlich von Sophie und diesem Gmünder vom Fernsehen der Mittäterschaft verdächtigt?

Carmen weinte.

Sie trank.

Lina füllte das Glas wieder auf und sagte: «Bleib die nächste Zeit bei uns.»

«Nein, das geht ...»

«Keine Widerrede», unterbrach Lina. «Du bleibst, bis das alles ausgestanden ist.»

Carmen flüsterte «okay» und trank weiter.

«Ey, was geht denn hier ab?», wollte Daniel, Linas Mann, wissen, als er zu den beiden Frauen auf den Balkon trat. Er hatte, als Carmen gekommen war, vor dem PC gesessen.

Lina klärte ihn auf. Daniel ging danach wortlos zurück zum Computer.

Um 22.33 Uhr kam er zurück und erklärte seiner Frau, dass er nochmals ins Büro müsse.

Er habe etwas Wichtiges vergessen.

«Ach, schon wieder?», meinte Lina nur und zeigte mit dem Daumen nach oben.

Carmen verstand die Geste nicht und trank ihr Glas aus.

Olivier Kaltbrunner hatte keine ruhige Minute. Die Sache drohte aus dem Ruder zu laufen. Ralf D. Moser war der Mörder. Er hatte ein Geständnis abgelegt. Er hatte sogar gewusst, dass es sich bei der Tatwaffe um ein Keramikmesser handelte. Also gab es keine Zweifel. Ralf D. Moser, sein Cliquenkollege aus der Negro Rhygass, war der Doppelmörder.

Er wurde bewacht.

Alles okay.

Fall gelöst.

Doch Olivier Kaltbrunner hatte auf dem Heimweg zur Erlenmatt ein Scheissgefühl.

Irgendwas an diesem Fall stimmte nicht. Wobei: Ralf D. Moser war ein Arsch, hatte ihn vor den Cliquenkollegen im Restaurant Adler blossgestellt. Aber was sollte das Getue mit seinem angeblichen Interesse, den Abhörskandal in die Medien zu bringen? Wirklich ein Versuch der Ablenkung? «Und jetzt liegt dieser clevere, smarte Typ halb tot im Krankenhaus und singt wie ein Engel?», murmelte Olivier auf dem Weg von der Bushaltestelle zu seinem Block vor sich hin. «Passt das zusammen?»

Der Kommissär war vor seinem Haus angekommen. Statt sofort hineinzugehen, nahm er sein Handy hervor und rief Giorgio Tamine an.

«Und?», meldete sich dieser. «Hattest du Erfolg?»

«Ja, er hat alles gestanden. Er ist der Mörder.»

«Sauber. Gratuliere. Dann bringen wir morgen den Fall zu Ende.»

«Jepp. Habt ihr noch was Neues?»

«Nein, eigentlich nicht. Einzig die Fussballfans sagen, dass nicht Daniel Kehrli, sondern ...»

«Waaaaas?»

«Ja, aber die waren eh alle besoffen.»

«Was haben sie gesagt?»

«Na ja, sie haben gesagt, dass entgegen unserer Annahme Christoph Leiser am Match war, dagegen sein Kumpel Daniel Kehrli nicht. Aber das spielt ja jetzt keine Rolle ...»

«Und ob!», bellte Olivier Kaltbrunner ins Telefon.

«Hä?»

«Wir treffen uns bei Telebasel. So schnell wie möglich.»

Um 23.46 Uhr trafen sich Olivier Kaltbrunner und Giorgio Tamine mit vier uniformierten Polizisten vor der Redaktion von Telebasel. Nach mehrfachem Klingeln an der Türe gab der Kommissär den Befehl, sie aufzubrechen.

Kaltbrunner zückte seine Waffe und ging voran. «Ist da jemand?», schrie er.

Es antwortete niemand.

«Sophie Fretz? Thomas Gmünder?»

Es blieb still.

Die vier Polizisten und zwei Kommissäre mussten noch weitere Türen aufbrechen, um sämtliche Büroräume kontrollieren zu können.

Nichts.

Oli war verunsichert.

Erst eine Etage tiefer, im Untergeschoss, sahen sie Licht.

Olivier Kaltbrunners Herz klopfte. Er hasste solche Aktionen.

«Sophie Fretz?», schrie er erneut. «Sind Sie da? Geht es Ihnen gut? Hier ist die Polizei!»

Nichts.

Kaltbrunner gab den uniformierten Kollegen ein Zeichen. Diese stürmten in den Raum. Giorgio Tamine hinterher. Oli folgte als Letzter.

«Fuck!», rief Tamine.

30

Sofort wurde die Sanität alarmiert und Verstärkung gerufen.

«Herr Gmünder!», rief Olivier Kaltbrunner laut und kniete sich neben dem blutenden Thomas Gmünder nieder: «Was ist passiert? Wo ist Sophie?»

Der Kameramann versuchte, etwas zu sagen, brachte allerdings nur unverständliche Laute heraus.

«Oli, lass mal», mischte sich Giorgio ein. «Der ist schwer verletzt.»

«Ach was, wegen dieser paar Schrammen», schnauzte Kaltbrunner. «Gmünder, verdammte Scheisse, reden Sie endlich! Reissen Sie sich zusammen!»

«Oli!»

«Gmünder! Machen Sie das Maul auf!»

«Ich ... war ... Mann.»

«Ein Mann war da? Wer? Welcher Mann?»

«Ke... ich ...»

Olivier Kaltbrunner schaute kurz zu seinem Kollegen Tamine und fragte: «Wo sind eigentlich die Deppen, die auf die Reporter aufpassen sollten?»

«Draussen. Aber die haben niemanden ins Gebäude reingehen sehen.»

«Verdammte Scheisse. Killer kommen ja auch nicht durch die Eingangstüre! Wo sind wir hier eigentlich? Lernt man heute in der Polizeischule nicht mal mehr eine vernünftige Observation?»

«Oli, was ist los?»

«Was soll schon los sein? Die ganze Sache läuft doch aus dem Ruder, kapierst du das nicht?»

«Warum, nach dem Geständnis von ...»

«Gugguus, Tamine, alles Gugguus!» Dann wandte er sich wieder Gmünder zu: «Reden Sie!» Er schüttelte ihn sogar. «Wo ist Sophie?»

Giorgio Tamine riss Oli vom Verletzten weg.

Als Sophie versuchte, die Augen zu öffnen, merkte sie sofort, dass etwas nicht stimmte. Sie konnte nur ein Auge öffnen. Und auch dieses nur halb. Sie sah nichts.

Sie hatte Mühe mit dem Atmen. Ihre Nase war verstopft oder gebrochen. Oder beides. Aber sie musste durch die Nase atmen. In ihrem Mund steckte etwas Weiches. Sie schmeckte Blut. Sie wollte das Weiche ausspucken. Aber das ging nicht. Und schlucken konnte sie es auch nicht. Es war zu gross.

Sie wollte mit der Hand ihr Gesicht abtasten, blieb aber an einem kalten Metallteil hängen. Es schepperte.

Ich bin gefesselt, schoss es ihr durch den Kopf. Und vermutlich habe ich einen Lappen im Mund. Zugeklebt. Und ihre Beine waren an den Knöcheln mit Klebeband fixiert.

Was war passiert?

Sie war mit Thomas Gmünder im Schneideraum von Telebasel gewesen. Sie hatten die Story über den Abhörskandal bearbeitet. Sie wollten die Nacht durcharbeiten.

Und dann? Dann hatte sie einen Anruf bekommen ... Aber von wem? Was geschah dann?

Filmriss.

Sophie blinzelte mit ihrem einen Auge und erkannte einige Umrisse in der Dunkelheit. Sie befand sich in einem Raum, in dem sie noch nie zuvor gewesen war. Sie sass auf einem Betonboden. Ihre Hände waren über ihr an einem Holzgestell mit Handschellen gefesselt. Es standen Kisten, Tische und Stühle herum. Vermutlich war es ein Abstellraum in einem Keller. Es gab ein kleines Fenster, durch welches ein schwaches Licht schien. Eine Strassenlaterne?

Es war ruhig. Nur die üblichen, undefinierbaren Geräusche eines normalen Hauses waren zu hören. Ein leises Klicken da, ein lauteres Zischen da. Der Boiler? Ein Holzbalken? Mäuse? Ratten? Es musste ein älteres Haus sein. Sophie kamen all die Geschichten in den Sinn von Menschen, die von ihren Peinigern wochen-, monate- oder gar jahrelang in solchen Löchern festgehalten worden waren. Was würde ihr blühen?

Sophie geriet in Panik.

Sie schrie.

Aber wegen ihrer Knebelung war es eher ein jämmerliches Winseln. Dann begann sie mit den Beinen zu strampeln, was ihr aber auch nicht wirklich gelang. Die Fesseln an ihren Knöcheln liessen sich nicht lösen. Sophie dachte an all die Filme, die sie gesehen hatte. All die Heldinnen und Helden, die sich irgendwie immer aus solchen Situationen befreien konnten. Die Realität sah anders aus. Sie müsste schon einen spitzen Gegenstand zu fassen kriegen. Aber eben, ihr fehlte der Filmregisseur, der beispielsweise einen Schraubenzieher oder, noch besser, eine Feile so hingelegt hätte, dass sie das Band daran aufkratzen könnte.

Dann entdeckte Sophie das grosse Messer auf dem Holztisch, der etwa drei Meter vor ihr stand.

Sie erstarrte.

Das war sicher das Messer, mit dem Roger Jossi und Christoph Leiser umgebracht worden waren, sagte sie sich. Nein, das ist einfach ein Zufall, versuchte sie sich einzureden.

Aber es gelang ihr nicht.

Sophie sackte zusammen.

Um 3.04 Uhr waren die Spezialisten der Spurensicherung so weit, dass sie die Kommissäre über den wahrscheinlichen Tathergang informieren konnten. Allerdings betonten sie, dass es sich dabei nur um erste Ansatzpunkte handle, die nicht die geringste Beweiskraft hätten.

«Ja, ja, weiss ich, weiss ich», schnauzte Olivier Kaltbrunner. «Fangt endlich an! Und macht es nicht so kompliziert.»

Der Vortrag der Spurensicherer dauerte rund zehn Minuten. Kaltbrunner ging in dieser Zeit konstant auf und ab. Plötzlich sagte er: «Der langen Rede kurzer Sinn ...», er nahm die Brille ab. «Der oder die Täter hatten entweder einen Schlüssel oder wurden von den Opfern hereingelassen ...»

«... oder von jemand anderem», korrigierte einer der weiss gewandeten Männer.

«Ja, ist ja gut», murrte Kaltbrunner. «Jedenfalls kamen sie durch den Hintereingang, der von unseren Observierungsfachkräften leider nicht beobachtet wurde.»

«Oli, lass mal», mahnte Giorgio. «Wir geben alle unser Bestes.»

Kaltbrunner setzte die Brille wieder auf. «Ich weiss. Also weiter. Da unten im Schneideraum wurden mindestens zwei Personen verletzt, da ihr zwei verschiedene Blutspuren entdeckt habt.» Er blickte zu den Beamten der Spurensicherung. Diese nickten. «Gut. Einer der Verletzten ist Thomas Gmünder, der Kameramann. Und der oder die zweite Verletzte ist entweder Sophie Fretz oder der Täter ...»

«... oder das Blut stammt von jemand ganz anderem», korrigierte wiederum ein Beamter.

Olivier Kaltbrunner ging nicht darauf ein. «Und in diesem Schneideapparat da», er zeigte auf das Mischpult und die diversen Monitore, «ist also ein fast fertiger Film über den Abhörskandal.»

Da niemand etwas darauf sagte, murmelte Kaltbrunner: «So, so, hmmm, hmmm.»

«Was überlegst du, Oli?», fragte Giorgio Tamine.

«Der Täter ist kein Computer-Ass.»

«Bitte?»

«Der Täter kannte seine Opfer oder tat, als würde er sie kennen. So oder ähnlich verhielt er sich ja schon bei unserem ersten Opfer, Roger Jossi. Er killte Jossi in der Hoffnung, die Sache sei erledigt, da dem Reporter die Hauptinfo fehlte. Er dachte, er habe die geheimen Akten und Recherchen gelöscht. Okay, das ging schief, weil Christoph Leiser mit den beiden Frauen zusammenarbeitete und recherchierte. Erst schickte er Carmen eine Morddrohung, dann schlug er Christoph nieder, attackierte die Reporterinnen und klaute Carmens Laptop mit den Recherchen des toten Jossi über die Bespitzelungsaffäre drauf. Trotzdem liessen sich weder Carmen, Sophie noch Christoph einschüchtern. Schliesslich killte er Leiser, weil dieser über alles Bescheid wusste. Ist auch egal. Und als er erfuhr, dass Sophie Fretz und Thomas Gmünder das letzte Puzzle ihrer Story zusammenhatten, fuhr er hierher. Doch er sah ein, dass es unmöglich ist, mit zwei weiteren Morden die Story aufzuhalten. Also entschied er sich, Gmünder zu liquidieren ...» Er hielt kurz inne. «Wie geht es ihm eigentlich?»

«Kommt durch, schwere Schnittverletzung, aber das wird schon», antwortete Giorgio Tamine.

«Okay. Also, er wollte Gmünder liquidieren. Und Sophie schnappte er sich. Er will uns oder die Medien, also Telebasel, erpressen.»

Schweigen.

«Sag mal, Oli», sagte Giorgio, «redest du von Ralf D. Moser? Der liegt doch noch immer im Spital!»

«Nein.»

«Von wem denn?»

«Daniel Kehrli!»

Um 2.47 Uhr kamen Olivier Kaltbrunner und Giorgio Tamine an der Strassburgerallee an. Giorgio stellte den Motor ab. Mehrere zivile Polizeiwagen hinter ihnen hielten ebenfalls an. Die Entfernung zum Haus, in dem Daniel Kehrli und dessen Frau Lina wohnten, betrug etwa 150 Meter. Weiter vorne Richtung Kanenfeldplatz lag der Polizeiposten, wo der Rest der Truppe postiert war.

«Und jetzt?», plärrte eine Stimme durch den Funk.

«Warten», antwortete Kaltbrunner.

Sie warteten.

«Jetzt schnall ichs», sagte Tamine plötzlich. «Kehrli hat uns angelogen. Er war nie am Fussballspiel, sondern hat Jossi erstochen. Sein Freund Christoph war am Match. Scheisse ...!»

«Ja, Scheisse. Und jetzt sitzen wir in der Tinte.»

«Wir greifen zu!»

«Nein.»

«Warum nicht?»

«Wir müssen erst Sophie Fretz finden. Oder zumindest irgendwas von ihr oder von Kehrli hören.»

«Und wenn nicht?»

«Ist Sophies Handy tot?»

«Ja, Chef, für wie blöd hältst du uns eigentlich?»

«Sorry.»

Der gesamte Trupp wartete.

Nichts passierte.

Manchmal fuhr ein Auto durch. Teilweise viel zu schnell.

Trams kamen keine mehr. Busse auch nicht.

Hin und wieder war eine Kirchenglocke zu hören.

Oliviers Gedanken kreisten. Er spielte diverse Pläne durch. Schliesslich fällte er einen Entscheid.

Um Punkt 3.30 Uhr ergriff er das Funkgerät und gab den Befehl durch.

31

Sophie war plötzlich hellwach.

An ihrer Situation hatte sich zwar nichts geändert. Sie sass immer noch gefesselt und geknebelt auf einem Betonboden, hatte Mühe, zu atmen, und schmeckte Blut im Mund. Aber im Raum war es heller geworden. Sophie konnte nun die Kisten und Truhen, Ski, Velos, Fasnachtskostüme und -larven gut erkennen.

Fasnachtskostüme und Larven. Eine alte Tante, ein Blätzlibaiass, ein Vogel …

Sie war also immer noch in der Fasnachtshochburg Basel. Oder zumindest im Grossraum Basel. Das liess sie Hoffnung schöpfen. Was ihr aber nach kurzer Zeit absurd vorkam. Ob sie nun in Basel oder irgendwo sonst in einem Keller verrecken würde – wo war da der Unterschied?

Das Messer!

Das war sicherlich die Tatwaffe. Der Mörder hatte es schon bereitgelegt. Für sie. Worauf wartete er? Was war mit Thomas Gmünder passiert? Was war überhaupt geschehen? Wie war sie hierhergekommen? Sie konnte sich nicht erinnern.

Plötzlich hörte sie ein lautes, zischendes und pfeifendes Geräusch. Es klang wie ein Flugzeug. Befand sie sich in der Nähe des Flughafens Basel-Mulhouse?

Eine Glocke ertönte. Einmal. War es eine Kirchenglocke? Wenn ja, dann war jetzt 1 Uhr. Oder auch Viertel nach irgendwas, sofern die Uhr in 15-Minuten-Schritten die Glocke läutete.

Dann vernahm sie ein Rumpeln. Ein ihr sehr vertrautes Geräusch. War das nicht eine Strassenbahn? Natürlich, das war ein Tram! Sie versuchte, das Klingeln zu hören. Dies blieb allerdings aus. Es war vielleicht zu leise.

Minuten später wieder ein Rumpeln.

Und wieder ein Flugzeug.

Nein, das musste ein Bus sein! Natürlich, einer dieser Gasbusse der Basler Verkehrs-Betriebe! Der musste vor dem Haus eine Haltestelle haben. Sie hatte sich schon einige Male über den Lärm genervt, den diese Busse beim Anfahren machten.

Sie war also irgendwo an einem Ort, wo es mindestens eine Tram- und eine Buslinie gab. Und eine Kirche. Sophie ging in ihren Gedanken durch die ganze Stadt und fand viele Orte, an denen es Tram- und Buslinien gab. Sie versuchte, die Auswahl einzuschränken. Da die Trams nur rumpelten, nicht aber quietschten, war sie an einem Ort, an dem die Strassenbahnen keine Kurve fahren mussten. Sie war sicherlich nicht in der Innenstadt. Wahrscheinlich in einem Aussenquartier. Kleinhüningen? Gundeldingen? Da sie allerdings in Pratteln zu Hause war, kannte sie die Stadt auch nicht so gut. Und sie fragte sich: Quietschen die Trams in den Kurven eigentlich noch immer? Oder gehört das längst der Vergangenheit an? Zudem hatte sie keine Ahnung, wo es überall Kirchen gab. Neben ihrem Büro in der Kanonengasse war auch eine. Die katholische St.-Marien-Kirche. Von dieser hatte sie vorher noch nie etwas gehört. War sie unter Umständen sogar im Keller der Druckerei, hörte die Kirche, den 30er-Bus und das 6er-Tram? Aber nein, sie müsste doch auch die Druckermaschinen hören. Oder waren diese ausgeschaltet?

Sie zählte Sekunden und Minuten, versuchte damit, festzustellen, ob die Trams und Busse aufeinander warteten, also Anschluss hatten. Aber das machte irgendwie keinen Sinn.

Machte das alles überhaupt einen Sinn? Was nutzte es ihr, wenn sie wüsste, wo sie war?

Nichts.

Überhaupt nichts.

Nachdem Olivier Kaltbrunner die Polizeitruppe zum Rückzug befohlen hatte, liess er zwei Beamte in einem Zivilwagen vor dem Haus von Lina und Daniel Kehrli postieren. Er selber war zurück in den Waaghof gefahren und hatte nochmals sämtliche Fakten zu den beiden Mordfällen und zur Attacke auf die Journalistinnen Sophie Fretz und Carmen Soss studiert.

Es war doch sonnenklar: Ralf D. Moser schied als Täter aus, obwohl er ein Geständnis abgelegt hatte. Kaltbrunner war sich sicher, dass Moser nur jemanden decken wollte. Daniel Kehrli, den Kumpel von Christoph Leiser. Aber warum? Was hatte Kehrli mit all dem zu tun? Der war laut Akten nicht mal im Militär, hat also nichts mit elektronischer Kriegsführung und irgendwelchen Spionage- und Abhörgeschichten zu tun.

Nun war es kurz vor 7 Uhr. Viel schlauer war der Kommissär in den letzten Stunden nicht geworden. Bloss müder.

Um 7.05 Uhr meldete sich der Staatsanwalt per Telefon. Olivier Kaltbrunner klärte ihn über den Stand der Dinge auf. Er gab sich Mühe, die vergangene Nacht schönzureden, behauptete, man sei sehr viel weiter gekommen. Aber es half nichts.

«Wenn ich das richtig sehe», sagte Staatsanwalt Hansruedi Fässler schliesslich, «haben wir statt der Festnahme des Täters einen weiteren Schwerverletzten und eine entführte, junge Frau.»

«Hmmm», murmelte Kaltbrunner verlegen.

«Oder sogar eine entführte und mittlerweile tote, junge Frau.»

«Nein!», intervenierte Kaltbrunner. «Das sicher nicht!»

«Sicher?»

«Also ziemlich sicher nicht.»

«Haben Sie von den Entführern etwas gehört?»

«Nicht wirklich ...»

«Aber?»

«Das kommt noch.»

«Passen Sie auf, Kaltbrunner», brüllte der Staatsanwalt so laut ins Telefon, dass Olis linkes Ohr schmerzte. «Bringen Sie das in Ordnung! Sofort!»

«Ja, ja», sagte Olivier, aber das bekam Fässler bereits nicht mehr mit. Er hatte aufgelegt. Oder die Off-Taste seines Handys gedrückt. Und es gleich in eine Ecke geknallt. Oli hatte seinen Boss noch nie so wütend und ausser sich erlebt.

«War aber auch eine Scheissidee, diese Abhörstory den Journis zu stecken», sagte Olivier nun laut zu sich. «Was habe ich mir bloss dabei gedacht!?»

Wahrscheinlich ist es jetzt 6 oder 7 Uhr, dachte Sophie. Sie hörte Wasserspülungen rauschen. Einen Boiler, der surrte. Die Menschen stehen auf, sagte sich Sophie, gehen zur Toilette, duschen, dann zur Arbeit. Vermutlich wimmelt es da draussen schon von Leuten. Wenn die wüssten, dass in unmittelbarer Nähe eine junge Frau gefangen gehalten und womöglich bald niedergemetzelt wird.

Was machen meine Eltern?

Was macht unser Hund?

Werde ich vermisst?

Ich werde sicherlich vermisst. Oder ganz bald! Dann wird die Polizei mich schon finden …

Das Atmen fiel ihr immer schwerer.

Sie war schon wieder erschöpft.

Um 7.33 Uhr hörte Olivier Kaltbrunner in einem Bericht des Regionaljournals von Radio SRF, dass es in der Redaktion von Telebasel zu einem Vorfall gekommen sei, bei dem ein Mann niedergestochen und eine Frau verschwunden sei. Die Tat hinge möglicherweise mit den Mordfällen zusammen, leider seien aber bisher keine weiteren Details bekannt.

Um 7.35 Uhr rief erneut Staatsanwalt Hansruedi Fässler an. Er schrie nicht mehr, sondern fragte ruhig, woher die «dämlichen Journalisten» diese Information hätten. Olivier Kaltbrunner antwortete ebenso ruhig, dass die Tat schliesslich auf einer Redaktion passiert sei und Journalisten bekanntlich nicht zu den schweigsamsten Menschen gehören würden. Damit gab sich der Staatsanwalt erstmals zufrieden und erklärte, er werde jetzt einen totalen Informationsstopp verfügen.

«Dann verfüg mal …», murmelte Kaltbrunner so leise, dass es sein Boss nicht verstehen konnte.

Um 7.40 Uhr erschien ein völlig fertig aussehender Giorgio Tamine.

«Haben unsere Clowns an der Strassburgerallee vor Kehrlis Haus was gesehen?», bellte Kaltbrunner.

«Nein, nicht dass ich wüsste.»

«Nichts?»

«Also nichts Verdächtiges. Drei Personen haben das Haus verlassen, die aber alle nicht auf das Signalement von Daniel oder Lina Kehrli zutreffen.»

«Und Gmünder? Redet er?»

«Nein. Hängt an Schläuchen.»

«Toll!» Olivier musterte seinen Arbeitskollegen: «Was ist denn mit dir los?»

«Ich bin müde. Einfach nur müde.»

«Reiss dich zusammen. Wir müssen jetzt diesen Fall lösen, sonst ...»

«Was?»

«Vergiss es.» Kaltbrunner behielt die Standpauke des Staatsanwalts lieber für sich.

«Was jetzt, Oli?»

«Wir denken nach.»

«Warum haben wir eigentlich diesen Kehrli letzte Nacht nicht aus dem Bett geklingelt und verhaftet? Warum hast du den Rückzug befohlen?»

«Wir sind, goppeloni, nicht im Wilden Westen, Giorgio! Wir haben nichts in der Hand gegen ihn, ausser, dass er mal dieser Sophie Fretz nachgestiegen ist, um sie zu warnen, wie er mir sagte. Erinnerst du dich?»

«Ja, klar, an der Hammerstrasse. Aber ...»

«Nichts aber. Ausserdem geht es um ein Menschenleben. Sophie Fretz lebt, die ist nicht tot. Hätte sie sterben sollen, hätten wir sie bei Telebasel gefunden. Ermordet. Der Täter war bisher nicht zimperlich. Er handelt bewusst. Er hat etwas mit ihr vor.»

«Und warum ist dieser Kameramann nicht tot ...?

«Du stellst Fragen!», murrte Olivier. Er wusste selbst, dass seine Theorie weder Hand noch Fuss hatte. «Das war vielleicht ein Missgeschick. Vermutlich wollte der Täter ihn töten, wurde aber ... ach, ich weiss es doch nicht.»

«Wir brauchen vielleicht einen Profiler?»

«Einen was?»

«Das ist so ein Spezialist, der die Handlungen des Täters psychologisch ...»

«Ich weiss, was ein Profiler ist», sagte Oli. «Aber dafür haben wir jetzt keine Zeit. Vielleicht ist es auch nicht mehr der gleiche Täter. Ist ja vielleicht eine Täterin. Bei Telebasel lief die Tat anders ab als bei den ersten beiden Opfern. Weniger kaltblütig. So viel Psychologie verstehe ich auch noch. Da brauchen wir keinen studierten, grosskotzigen Profiler.» Er betonte das Wort Profiler in einem extra schlechten Englisch: Profailer.

«Ja, ok», bestätigte Giorgio.

«Wir müssen diese Sophie finden. Lebend! Ich bin sicher, die wird auftauchen. Alle werden irgendwann auftauchen. Alles wird sich aufklären. Alles wird gut werden. Alles, Giorgio.»

«Was faselst du da?»

«Ich rede mir Mut zu.»

Giorgio Tamine musste lachen. Oli lachte mit. Auch wenn es nicht der Zeitpunkt war, zu lachen, es tat verdammt gut.

Und brachte den Kommissär auf einen neuen Gedanken.

«Los, Giorgio, lass uns fahren!», sagte er plötzlich ganz ernst.

«Hä?»

«Bringen wir diese Scheisse endlich zu Ende!»

«Und wie?»

«Wild West, Giorgio», sagte Kaltbrunner, guckte grimmig, nahm seine Waffe aus dem Halfter und versuchte, sie mit dem Finger wie ein Cowboy lässig zu drehen. Was aber nicht gelang. Sie fiel zu Boden.

Wieder lachten die beiden.

«Also, wohin, Oli?», fragte Giorgio Tamine, als sie im Dienstwagen sassen.

«Ins Unispital. Ich werde meinen Freund Ralf Moser so lange weichklopfen, bis er mit der Wahrheit rausrückt!»

Dann bekam Kaltbrunner einen Anruf eines Kollegen vom Kommissariat.

«Halt an, Giorgio!», sagte Olivier. Und als Tamine nicht sofort stoppte, schrie er: «Halt endlich an!»

32

Tamine stoppte auf der Lyss bei der Bushaltestelle des 34ers.

«Wiederhole das noch einmal!», sprach Kaltbrunner in sein Handy und notierte auf seinem Block: «Keine Story, sonst Sophie tot. So lautet die Mail? Okay.»

Tamine schüttelte den Kopf.

Kaltbrunner wies den Kollegen im Büro an, den Absender der anonymisierten Mail zu entschlüsseln; und ja, er wisse, dass dies nicht einfach sei.

Tamine schüttelte immer noch den Kopf.

«Was ist?», raunte Olivier.

«Das ist doch irr!»

«Was?»

«Man kann doch eine Veröffentlichung eines Skandals nicht per Erpressung verhindern. Das macht doch …»

«Das zeigt, wie sehr der oder die Täter verzweifelt sind.»

«Hilft uns das weiter?»

«Natürlich. Das war und ist ja mein Plan.»

«Und wie?»

Kaltbrunner schwieg.

«Wie?», wiederholte Giorgio Tamine.

«Quatsch nicht. Lass mich überlegen.»

Der 34er-Bus fuhr an die Haltestelle, dicht hinter den Wagen der beiden Kommissäre, und hupte.

«Kannst du diesem Arschloch mal erklären, dass das hier ein Polizeieinsatz ist», bellte Kaltbrunner.

Tamine fuhr ein Stück vor und sagte: «Kann der Buschauffeur nicht wissen, wir sitzen in einem zivilen Fahrzeug.»

Plötzlich vernahm Sophie Schritte, dann ging die Türe auf und eine schwarze Gestalt mit weissem Gesicht betrat den Keller. Sophie war hellwach, starrte auf das Gesicht. War das eine Frau? Die Augen waren stark geschminkt, die Lippen schienen zu lächeln, doch sie waren nicht rot, sondern schwarz. Haare hatte die Person keine, der Hinterkopf, deutlich zu gross, war ebenso weiss wie das Gesicht.

War das der Tod?

Sophie zitterte.

Die Gestalt ergriff das Messer und kam näher.

«Hören Sie», sagte Sophie ganz leise. «Was wollen Sie? Geht es um die Story? Ich vergesse sie! Sofort. Ich vernichte alles. Das verspreche ich Ihnen. Ehrlich! Lassen Sie mich gehen. Ich will nicht ...»

Die Gestalt legte den Zeigefinger der linken Hand an den Mund und führte das Messer mit der rechten zum Hals und machte eine eindeutige Bewegung.

Schweigen, sagte sich Sophie, sonst bin ich tot.

Dann nahm die Gestalt einen grossen Wattebausch aus der Jacke, schnappte sich eine Flasche, die ebenfalls auf dem Tisch stand, tränkte die Watte mit der durchsichtigen Flüssigkeit und kam noch näher auf Sophie zu.

Jetzt sah die junge Journalistin die Augen hinter den Augen. Sie waren dunkel und sie funkelten. Die Gestalt trug eine Maske. Eine Larve. Eine Totenkopf-Larve.

Verdammte Fasnacht, dachte Sophie und erinnerte sich an jenen Tag, als sie mit ihrer Mutter als kleines Mädchen am Barfüsserplatz gestanden und einer herannahenden Guggemuusig zugewinkt hatte, ganz dicht an die Fasnächtler herangegangen und plötzlich von einem Holzschlägel des Paukisten am Kopf getroffen worden war.

Seitdem hatte sie eine kleine Narbe an der Stirn. Und seitdem hasste sie die Fasnacht.

Dann drückte die Gestalt ihr den Wattebausch ins Gesicht. Sekunden später war Sophie benommen. Dann war sie ganz weg.

Olivier Kaltbrunner fackelte nicht lange. Er grüsste den wachhabenden Polizisten vor der Türe zu Thomas Gmünders Krankenzimmer und trat ein, obwohl ihn der Beamte daran hindern wollte. Im Raum waren gerade die Ärztin und ein Assistenzarzt, die mit Thomas Gmünder sprachen.

«Oh, er ist aufgewacht», sagte Kaltbrunner laut. «Sehr gut!»

«Pssst!», machte die Ärztin und schaute ihn streng an.

Kaltbrunner schob sie sanft, aber bestimmt zur Seite, nahm die goldene Brille von der Nase, beugte sich zu Gmünders Kopf und sagte leise: «Sophie wurde entführt. Wir müssen sie finden. Also sagen Sie mir bitte, was gestern Nacht passiert ist!»

«Sophie bekam einen Anruf.» Gmünders Stimme klang erstaunlich klar.

«Von wem?»

«Weiss ich nicht. Sie sagte nur: ‹was will die denn?› Aber wen sie damit meinte ...»

«Alessia. Alessia Moser», sagte Kaltbrunner sofort. «Die Frau von Ralf! Ich Depp!» Kleine Pause. Dann forderte er Gmünder auf, weiterzuerzählen.

«Ich erklärte Sophie, wo der Hintereingang sei. Nach einigen Minuten klingelte ihr Handy wieder. Sophie verliess den Schneideraum. Ich arbeitete weiter. Dann kam sie mit zwei Personen zurück. Beide trugen schwarze Kleider und Masken.»

«Fasnachtsmasken? Larven?»

«Ja. Einer sah aus wie der Tod. Der andere wie eine ‹alti Dante›.»

«Hmmm, hmmm. So, so», machte Kaltbrunner. «Zwei Männer, sagen Sie?»

«Ja, also nein. Ich weiss es nicht.»

«Und dann?»

«Der eine hielt Sophie ein Messer an die Gurgel. Der mit der Totenkopf-Larve. Da bin ich sofort aufgesprungen ...»

«Na toll! Sie wollten den Helden spielen.»

«Reiner Reflex aus meiner Zeit als Kriegsfotograf.»

«So ein Scheissdreck!», rief Olivier laut.

«Es reicht», sagte die Ärztin und ergriff Kaltbrunners Arm.

Dieser drehte sich um, setzte die Brille auf und sagte: «Das ist eine polizeiliche Befragung, in der es um Leben und Tod geht. Ich nehme an, Sie kennen das. Also lassen Sie mich.»

Die Ärztin liess ihn los.

«Und dann?», wollte Kaltbrunner von Gmünder wissen.

«Dann rammte mir der Totenkopf das Messer in den Bauch.»

«Danke. Sagen Sie der Redaktion, dass der Beitrag unbedingt für heute Abend bereit sein muss. Aber er darf nur in der Sendung ‹7vor7› ausgestrahlt werden, wenn ich das Okay dazu gebe.» Der Kommissär stand auf, ging zu Giorgio Tamine, der vor der Türe gewartet hatte, und wies ihn an, mit dem Staatsanwalt und den Kollegen vom Kanton Baselland sofort die Fahndung nach Alessia Moser und Daniel Kehrli aufzunehmen, mit einer allfälligen Festnahme allerdings zuzuwarten.

Dann eilte er ins Zimmer von Ralf D. Moser. Diesem ging es sichtlich besser, sodass er den Kommissär aufgestellt begrüsste: «Hey, Ohregribler-Oli, wer hätte das gedacht, dass du mal einen Guggekumpel von der Negro Rhygass verhaftest!»

«Gugguus, Ralf, Gugguus! Dein Geständnis ist nichts wert. Du deckst deine Frau. Also sag mir, wo Sophie Fretz ist!»

«Die hübsche Journalistin?»

«Ja, verdammt!»

«Keine Ahnung. Was ist mit ihr?»

«Hat sie sie auch umgebracht? Wie Roger Jossi und Christoph Leiser?»

«Hey, spinnst du?»

«Was hat Alessia mit dem Abhörskandal zu tun?»

«Nichts!»

Es dauerte eine gute Viertelstunde, bis Ralf D. Moser auspackte. Und dies auch erst, nachdem Olivier ihm mehrmals erklärt hatte, dass er Alessia zur Fahndung ausgeschrieben habe.

«Ich liebe sie», jammerte Ralf. «Sie ist da zufällig reingerutscht. Wegen mir. Sie hat nichts getan. Das sind die Leute hinter ihr.»

«Ach, irgendwelche obskuren Gestalten? Vergiss es, Ralf. Erzähl diese Scheisse jemand anderem.» Olivier war in Fahrt. Er hatte einen Lauf. Er wusste, dass er jetzt den Fall lösen würde. «Also», sagte er ganz langsam, «ist sie die Hackerin?»

«Nein.»

«Was ist sie dann?»

«Anwältin. Arbeitete für die Bundesanwaltschaft und fand heraus, dass Telwebcom die Kunden überwacht, Mails sammelt, auswertet und so weiter. Wie die Amerikaner.»

«So, so», machte Kaltbrunner.

«Doch statt den Konzern hochgehen zu lassen, kam es zum Deal. Alle Informationen konnten ab dato nachrichtendienstlich ausgewertet werden, auch die Steuerfahnder konnten mitlesen und und und. Telwebcom wurde gefördert, bekam Konzessionen …»

«Ja, ja!», unterbrach Kaltbrunner. «Und was passierte dann?»

«Da ich im Militär bei der elektronischen Kriegsführung war …»

«Zusammen mit deinem Chef Frédéric Duprais und deinem Cliquenkollegen Christoph Leiser.»

«Genau. Also, über dieses alte Netzwerk, das wir noch immer pflegen, bekam ich Wind von der Sache. Und als ich Alessia davon erzählte, geriet sie in Panik.»

«Ach ja?»

«Sie erklärte mir, was sie damit zu tun habe. Sie litt darunter, durfte mit niemandem darüber reden. Das war alles höchst kriminell …»

«Ist gut, Ralf, ist gut, mein Mitleid hält sich in Grenzen.»

«Bitte, Oli, bitte! Ich kam dann auf die blödsinnige Idee, die Sache via Presse auffliegen zu lassen, damit das Ganze ein Ende nähme. Und dabei habe ich Roger Jossi häppchenweise mit Infos von Alessia gefüttert. Jossi kannte ich schon länger, und ich wusste, dass er nach einer Riesenstory lechzte. Zudem arbeitete er für Telwebnews.ch, also in diesem Schurkenkonzern, das fand ich speziell delikat. Ich dachte, so könne die Sache ohne eine Veröffentlichung der Story beendet werden. Irgendjemand beim Staatsschutz würde die Sache unter den Teppich kehren. Alles würde gut. Alessia wäre raus. Und wir könnten wieder ein normales Leben führen.»

«Und bei deinem Chef Duprais hast du Kopien hinterlegt?»

«Ja. Zur Sicherheit. Ich habe ihn in alles mehr oder weniger eingeweiht.»

«Und dann?»

Ralf D. Moser musste sich kurz erholen. Trank einen Schluck Wasser. Kaltbrunner liess ihm Zeit.

«Was ist dann passiert? Warum hast du den Journalisten die Unterlagen nicht gebracht, dort unten in Münchenstein, bei der Brücke? Warum ist dort plötzlich deine Frau mit einer CD, die eine Morddrohung enthielt, aufgetaucht?»

«Oli», Ralf musste mehrmals schlucken und hüsteln. «Oli, an jenem Abend hat Alessia gemerkt, dass ich der Whistleblower bin. Sie hat mich an ihrem PC erwischt. Dann hat sie sich mit jemandem von ihrer Dienststelle via Handy abgesprochen und fuhr zu diesem Treffpunkt. Ich hatte ein mulmiges Gefühl. Ich war auch noch kurz dort. Sogar vor ihr. Es war aber niemand sonst da. Alessia ist doch keine Mörderin.»

«Ach ja?», meinte Oli.

«Am nächsten Tag wollte ich den Range Rover so beschädigen, dass niemand mehr auf die Idee käme, Alessia hätte die jungen Frauen attackiert. Aber ich fuhr zu schnell in diese verdammte Mauer.»

«Du spinnst doch komplett», sagte Olivier. «Du überschätzt dich masslos. Wolltest dich als Whistleblower und Retter deiner Frau wichtig machen. Du bist ein kleiner Lokal-Promi, mehr nicht. Und jetzt bist du gar nichts mehr. Echt!»

«Ja …»

«Wo ist Sophie? Wo ist Alessia?»

«Keine Ahnung. Ich weiss es wirklich nicht.»

Der einst so stolze Ralf D. Moser hatte tatsächlich Tränen in den Augen.

Olivier Kaltbrunner stand auf und verliess das Krankenzimmer, ohne sich zu verabschieden.

Als Sophie Fretz erwachte, hatte sie unglaublichen Durst. Ansonsten hatte sich an ihrer Situation nicht viel geändert. Sie war immer noch geknebelt und gefesselt.

Bloss die Umgebung war anders.

33

Es war feucht, kalt und es stank nach Urin. Das konnte Sophie trotz ihrer lädierten Nase und dem Knebel im Mund riechen. Die Wände waren mit Kritzeleien und Sprayereien vollgeschmiert. Auf dem Boden lagen Bierdosen, Wodkaflaschen, Plastikmüll. Sogar ein Präservativ entdeckte Sophie. Es war klar: Sie sass irgendwo in einem Militärbunker. Sie kannte solche Anlagen aus ihrer Jugendzeit. Viele Partys hatten in einer solchen Location geendet. Und ihre erste Knutscherei hatte auch in einem Bunker stattgefunden. Er hiess Luca und war der hübscheste Junge in ihrer Klasse. Sie hatte damals ein weisses Top getragen, das durch die Betonwände völlig verdreckt wurde, als Luca sie dagegen drückte und küsste. Ihrer Mutter hatte sie später erklärt, sie sei ausgerutscht und auf den Rücken gefallen. Ob sie ihr das abgekauft hatte?

Schöne Gedanken.

Aber die Realität sah anders aus.

Sie versuchte zu schreien.

Es kam nur ein leises Gekrächze heraus.

Kommissär Kaltbrunner und sein Team rotierten auf höchster Stufe: In den Büros am Waaghof wurde telefoniert, recherchiert und Tausende von Daten wurden ausgewertet. Am ruhigsten war es beim Kaffeeautomaten, was wirklich ausserordentlich war. Keiner hatte Zeit für einen Schwatz. Selbst die Raucher vergassen, eine Rauchpause einzulegen.

Die Observation von Daniel Kehrli hatte bisher keine neuen Erkenntnisse gebracht: Er war mit seinem VW Tiguan aus der Garage seiner Wohnung an der Strassburgerallee ins Büro der HKL Bau AG gefahren, wo er als Ingenieur arbeitete. Seine Frau Lina hatte kurz nach ihm ebenfalls das Haus verlassen.

Auch die zusammengetragenen Informationen über Alessia Moser brachten Kaltbrunner nicht weiter. Selbst ein Anruf bei ihrem Vorgesetzten brachte nichts. Kommissär Kaltbrunner sagte ihm zwar offen, dass sie höchstwahrscheinlich in zwei Mordfällen, und einer Entführung verwickelt sei, aber dies quittierte dieser nur mit einem lauten Lachen. Der Kerl blieb cool und sagte dem Kommissär, er solle den Dienstweg einhalten und ein ordentliches Verfahren einleiten. Das werde er tun, meinte Kaltbrunner. Und ergänzte, dass dies nach der heutigen Ausstrahlung der Nachrichtensendung von Telebasel sowieso geschehen würde. Darauf war das Gespräch beendet.

Um 12.07 Uhr rief Kaltbrunners Frau Pranee an. Sie war völlig aufgelöst.

«Beruhige dich, Pranee», sagte Olivier mehrmals. «Was ist denn passiert?»

«Nazima, Nazima ...»

Olivier zuckte zusammen. Das Blut schoss in seinen Kopf. «Was ist mit ihr?», fragte er aber ganz ruhig, ganz professionell. Er musste sich zusammenreissen.

«Nazima ...»

«Was ist los?»

«Sie ist ... von der Schule ...» Pranee weinte.

«Was ist mit der Schule?», fragte Olivier. War es das, was er befürchtete? «Ist sie noch nicht nach Hause gekommen?»

«Sie ist nicht da!», schrie Pranee.

«Beruhige dich, die kommt schon. Ist sicherlich noch mit einigen Gspäänli am Spielen oder Schwatzen. Du weisst doch, wie Kinder sind.»

«Nein, nein, nein!», schrie Pranee. «Du musst etwas machen, du bist Polizist!»

«Ja, mache ich. Bleib zu Hause und ruf mich sofort an, wenn Nazima nach Hause kommt. Ich schick eine Patrouille ins Quartier.»

Damit war seine Frau erstmals ein bisschen beruhigt.

Wie viele solcher Telefonate hatte er in seinem Leben als Polizist schon geführt? Hysterische Eltern, die sofort die Polizei alarmierten, wenn ihre Kinder nicht pünktlich nach Hause kamen. Glücklicherweise gingen fast alle Fälle glimpflich aus. Nur einmal hatte er eine Entführung erlebt. Da wollte der türkische Vater seine Tochter mit in die Heimat nehmen. Am Flugplatz war aber bereits Endstation.

Doch was war jetzt? Es handelte sich um seine Frau, um seine Stieftochter! Sollte er wirklich Polizisten losschicken? Haben Sophies Entführer auch noch Nazima gekidnappt?

«Scheisse!», schrie er so laut er konnte.

Giorgio Tamine rannte in Oliviers Büro: «Was ist?»

«Meine Tochter ist nicht nach Hause gekommen.»

«Waaas? Verdammt! Hast du ein Foto von ihr?»

«Ja, auf dem Handy.»

Olivier durchsuchte seine Fotoalben, klickte auf eine Nahaufnahme von Nazima und zeigte es Giorgio. Dieser schnappte sich das Handy und übermittelte das Bild via WhatsApp auf sein eigenes Gerät.

«Was machst du?», fragte Olivier.

«Ich schick das Foto gleich an einen Kollegen von der Fahndung weiter. Ich ruf ihn an.»

«Warte, das ist doch alles ...»

«Vergiss es, Oli, wir müssen sofort handeln. Und du hältst dich raus!»

Thomas Gmünder war von der Intensiv- auf die normale Bettenstation verlegt worden. Vor seinem Zimmer war ein Polizist postiert. Thomas hing die meiste Zeit am Telefon und besprach mit seinen Kollegen von Telebasel, wie er den Beitrag über den Abhörskandal haben wollte.

Plötzlich ging die Türe auf und der Polizist betrat den Raum. Thomas unterbrach sein Telefonat. Der Beamte fragte, ob er eine Frau Soss kenne und ob er mit ihr sprechen wolle. Gmünder wollte.

Carmen eilte zu ihm. «Thomas, was ist passiert? Wo ist Sophie? Ich kann sie nicht erreichen!», sprudelte Carmen los. Der Polizist stellte sich ans Bettende und verschränkte die Arme.

Thomas Gmünder fasste die Ereignisse der letzten Stunden kurz zusammen.

Carmen war schockiert und flehte: «Bitte, Thomas, strahlt den Beitrag nicht aus. Die töten auch noch Sophie! Checkt ihr jetzt, dass ich nichts damit zu tun habe!»

«Ja. Wir machen nichts, was Kommissär Kaltbrunner nicht will.»

«Nein, nein, bitte, das dürft ihr nicht machen!»

«Kaltbrunner wird Sophie finden, ganz sicher.»

«Ach ... und alles wegen mir!», schluchzte Carmen.

«Warum denn das?»

«Ich war Jossis Chefin. Ich hätte ihn früher stoppen sollen. Er hat sich in diese Story verbissen. Ich wusste schon lange, dass er da dran war. Ich bin doch verantwortlich ...» Sie ergriff Thomas Arm.

Der Polizist schritt sofort ein und zog Carmen weg: «Kein Körperkontakt. Sie verstehen? Herr Gmünder ist ...»

«Schon gut», unterbrach Thomas. «Sie ist auf unserer Seite.»

«Aber was kann ich tun?», fragte Carmen.

«Geh ins Studio und hilf beim Schneiden des Beitrags. Du weisst am meisten über Telwebcom und über den ganzen Konzern!»

Seit zwei Stunden sass Kaltbrunner wie auf Nadeln. Seine Stieftochter Nazima schien tatsächlich verschwunden zu sein. Gäbe es den Fall «Online-Toter» nicht, hätte ihn dies nicht so beunruhigt. Olivier ging nach wie vor davon aus, dass Nazima wohl bei einer Freundin aus der Schule sei. Trotzdem konnte er kaum noch denken, denn diesen Fall hatte er noch gar nie durchgespielt: Dass er persönlich wegen eines Falls bedroht werden könnte.

Um 14.09 Uhr erschien Staatsanwalt Hansruedi Fässler in Oliviers Büro. «Wir müssen reden.»

«Okay.»

«Wir legen die Ermittlungen auf Eis.»

«Bitte? Im Fall ‹Online-Toter›?»

«Ja. Natürlich führen wir korrekt unsere Arbeit zu Ende, schreiben Protokolle und Berichte.»

«Moment mal!»

«Fragen Sie nicht, bitte. Ich bekam einen Anruf von der Bundesanwaltschaft. Sie haben sich dort heute Morgen über Alessia Moser erkundigt.»

«Ja! Zu Recht. Wir fahnden nach ihr.»

«Ich weiss. Aber wir greifen nicht ein. Wir tun überhaupt nichts mehr. Es geht hier um eine grössere Sache. Nachrichtendienst et cetera.»

«Und Sophie Fretz?»

«Die wird freigelassen.»

«Wann?»

«Bald. Ich habe der Bundesanwaltschaft die Garantie abgeben müssen, dass diese Fernsehsendung mit dem Abhörskandal abgesagt wird.»

«Nein. Erst will ich Sophie.»

«Vergessen Sie es. Sie sind verantwortlich, dass diese Story verschwindet. Ein für alle Mal. Denn es geht um höhere Interessen. Internationale Steuerdeals. Weil in den Mails, die abgefangen werden, viele Bankkunden mit Schwarzgeld entschlüsselt werden können. Sie verstehen? Höchste Alarmstufe!»

«Nein. Ist mir auch egal. Was ist mit meiner Tochter?»

«Was soll mit ihr sein?», fragte Fässler erstaunt.

«Wurde sie auch entführt? Sie ist verschwunden.»

«Herr Kaltbrunner, nein, Sie werden hysterisch. Also: Halten Sie sich an meine Anweisungen.»

Der Staatsanwalt verliess das Büro.

«Scheisse!», sagte Olivier zu sich. «Ich bin wohl wirklich hysterisch.»

Um 14.22 Uhr stürmte Giorgio Tamine zu Olivier und rief: «Los, komm, wir haben eine heisse Spur!»

«Zu Sophie? Zu Nazima?»

34

Mit dem Blaulicht auf dem Dach bretterte Giorgio Tamine über die Autobahn Richtung Pratteln. «Also, es ist so», erklärte er Olivier Kaltbrunner, der sich auf dem Beifahrersitz mit den Händen an Armlehne und Dachgriff festkrallte. «Vor zwei Stunden hat ein Bauer eine Anzeige erstattet, weil ein Autofahrer oder eine Autofahrerin mit einem Lamborghini in so hohem Tempo über einen Feldweg gerast ist, dass der aufgewirbelte Staub seine Weiden verschmutzt habe.»

«Wie kleinlich …», kommentierte Kaltbrunner.

«Ich bitte dich. Nur dank diesem kleinlichen Bauern haben wir die Spur zu Alessia Moser aufnehmen können. Er hat sich nicht nur die Marke des Wagens, sondern auch das Nummernschild gemerkt.»

«Gut, okay, der Wagen gehört Ralf D. Moser. Und da er im Spital liegt, ist die Chance gross, dass seine Frau damit herumfährt. Na und? Vielleicht ging sie mit ihrem Hund spazieren. Und weshalb erstattet dieser Bauer eine Anzeige wegen so einem Gugguus? Echt, glaube ich alles nicht. Ich werde ihm auf den Zahn fühlen.»

Giorgio nahm die Autobahnausfahrt und bahnte sich einen Weg durch den Stau, bog in Seitenstrassen ab und manövrierte geschickt um geparkte Autos und Baustellen herum. Kaltbrunner hatte nicht die geringste Ahnung, wo sie hinfuhren. Plötzlich tauchten allerdings vor einem Bauernhof geparkte Polizeiautos der Kollegen aus dem Kanton Baselland auf. Giorgio bremste abrupt. Zu abrupt. Er würgte den Motor ab. Kaum war Olivier ausgestiegen, kam ein Polizist mit einem Mann auf ihn zu und begrüsste ihn. «Das ist Simon Hermann», stellte der Polizist die Person vor. «Er ist der Bauer, der die Anzeige erstattet hat.»

«So, so», machte Kaltbrunner. «Und warum?»

«Das Auto raste über mein Land», schimpfte Hermann. «Darum!»

«Na und? Stört Sie das?»

«Was soll das? Es herrscht Fahrverbot!»

«Ach ja? Und Sie halten sich natürlich an alle Verbote? Wie alt sind Sie?» Kaltbrunner schätzte ihn auf dreissig, höchstens fünfunddreissig Jahre.

Der Mann schaute zum uniformierten Polizisten, dann zu Giorgio Tamine und schliesslich wieder zu Kaltbrunner.

«Was gucken Sie?», provozierte Olivier weiter. «Was ziehen Sie da für eine Nummer ab?»

«Oli, was soll …» setzte Giorgio an.

«Ist gut», unterbrach ihn Oli sofort und starrte den Bauern an. «Von wo nach wo fuhr der Wagen?» Er achtete darauf, dass sein Tonfall freundlich war.

«Vom Wartenberg hinunter Richtung Dorf.»

«So, so, vom Wartenberg. Schön. Von der Burg?»

«Nein, dieser Weg führt nicht zur Burg. Man kommt bloss zu meinen Feldern.»

«Und was ist auf Ihren Feldern, das einen Lamborghini-Fahrer dermassen aus der Fassung bringt und zu Tal brettern lässt?»

«Ich weiss es nicht.»

«Haben Sie ein verstecktes Hanffeld da oben?»

«Nein, also …»

«Was dann?»

«Was wollen Sie von …»

«Ist die Drogenmafia hinter Ihnen her?»

«Ich verstehe überhaupt nicht …»

«Herr Hermann, können wir die Sache abkürzen?»

Bauer Hermann schwieg.

«Was ist da oben?», insistierte Kaltbrunner.

Der Bauer schwieg immer noch.

«Hören Sie, sagen Sie uns, was da oben ist. Wir finden es sowieso, aber wenn Sie es uns sagen, geht es ein bisschen schneller. Und dieser Lamborghini-Fahrer beziehungsweise -Fahrerin hat vermutlich etwas mit einem Doppelmord und einer Entführung zu tun!»

Die Nasenflügel des Bauern begannen zu zucken.

Olivier Kaltbrunner jubelte innerlich. Seine Einschüchterungsmethode hatte gewirkt. Bauer Hermann sass eine Minute später im Dienstwagen und lotste Giorgio und Olivier plus drei Wagen der Kantonspolizei Baselland über den Feldweg, liess den Konvoi mehrfach abbiegen und hielt ihn schliesslich an.

«Was ist hier?», fragte Kaltbrunner.

«Ein alter Bunker aus dem Zweiten Weltkrieg.»

«Und was ist damit?»

«Kleiner Nebenverdienst.»

«So, so», machte Kaltbrunner.

«Für Partys. Ich organisiere und verkaufe die Getränke. Ja, ab und zu ein bisschen was zum Kiffen. Ist ein Zusatzverdienst. Schliesslich steht der Bunker auf meinem Land. Oder fast. Läuft alles übers Internet ...»

«Und warum haben Sie heute Anzeige erstattet gegen einen Lamborghini-Fahrer?»

«Ich weiss nicht. Aber da ist irgendwas im Gang. Ich wollte heute Morgen die Wiese mähen, da hat mich ein Kerl so blöd angemacht und mit einem Messer rumgefuchtelt. Ich habe dann beobachtet, wie der Typ irgendwas ausgeladen hat.»

«Sophie!», sagte Kaltbrunner und wies den Bauern an, im Wagen zu bleiben. Dann rief er die Polizeibeamten zusammen und wies sie an, ihm in grossem Abstand zu folgen. Einer wollte von ihm wissen, ob er denn überhaupt eine Weisungsbefugnis habe, er sei immerhin von der Kriminalpolizei Basel-Stadt und hier sei die Polizei Kanton Baselland zuständig. Kaltbrunner ging nicht darauf ein, packte Giorgio Tamine am Ärmel und ging voran.

Nach rund einer Minute Querfeldeinlauf, über eine Wiese und durch Gebüsche, entdeckten sie den Bunker. Beide zückten fast synchron die Waffe und gingen noch näher heran.

«Sophie!», schrie Kaltbrunner.

Nichts.

Sie gingen noch näher zum Bunker.

«Sophie, sind Sie da drin?!», schrie Olivier.

Er horchte angestrengt.

Und glaubte, ein Wimmern zu hören.

Auf der Redaktion von Telebasel herrschte Hektik. Carmen Soss hatte den Beitrag über den Abhörskandal fertig geschnitten und der Chefredaktion gezeigt. Alle wussten, dass mit dieser Story der kleine Regionalsender nationales, möglicherweise internationales Aufsehen erregen würde. Alles hing jetzt vom Okay des Kommissärs ab. Andere Journalisten waren damit beschäftigt, Ersatzstorys zu schneiden, falls der Beitrag doch nicht ausgestrahlt werden dürfte.

Carmen rief Olivier Kaltbrunner an. Sie zitterte. Es war 16.35 Uhr. Die Sendung, das tägliche Nachrichtenmagazin, würde um 18.53 Uhr beginnen. War Sophie bereits gerettet?

Kaltbrunner nahm den Anruf nicht entgegen.

Sophie ging es den Umständen entsprechend gut. Das sah Olivier Kaltbrunner sofort. Trotzdem bot er den Rettungshelikopter auf. Die Kollegen der Baselbieter Polizei organisierten die Spurensicherung. Gleichzeitig wurde eine Grossfahndung nach Alessia Moser eingeleitet.

Die Befreiung der jungen Journalistin war problemlos verlaufen, da sie nicht bewacht wurde. Kaum hatte Olivier sie von den Fesseln und vom Knebel befreit und kontrolliert, ob sie verletzt war, fragte er sie nach dem Täter. Sophie war überzeugt, dass es eine Frau war, auch wenn sie eine Maske getragen habe. Damit war für den Kommissär klar, dass Alessia die Täterin war. Zumindest was die Entführung anging. War sie auch eine Doppelmörderin? Daran glaubte Kaltbrunner nicht wirklich. Wie auch die Gerichtsmediziner und sonstigen Spezialisten nicht. Die tödlichen Messerstiche waren den Opfern jeweils mit grosser Gewalt zugesetzt worden. Vielleicht hatte Alessia Hilfe von oberster Stelle, also von mysteriösen Personen aus dem Dunstkreis des Nachrichtendienstes. Vielleicht war Daniel Kehrli ihr Handlanger. Der Aufräumer.

Der Rettungshelikopter landete, Sophie wurde verarztet und weggeflogen. Im Bunker machten sich die Beamten der Spurensicherung ans Werk.

Um 17.46 Uhr telefonierte Kaltbrunner mit Staatsanwalt Hansruedi Fässler und orientierte ihn über den glücklichen Ausgang der Entführung von Sophie Fretz. Fässler war erleichtert. «Und was ist mit den Medien?», wollte er schliesslich wissen.

«Nichts. Ist doch Sache unserer Medienstelle.»

«Ich meine die Story, den Abhörskandal!», sagte Fässler entnervt.

«Oh, da Sophie nicht freigelassen wurde, sondern wir sie befreit haben, steht einer Ausstrahlung nichts mehr im Weg.»

«Nein!», brüllte Fässler. «Unterstehen Sie sich! Das ist eine klare Anweisung.»

«Verstanden!», sagte Olivier leise.

Nach diesem Telefonat erkundigte er sich bei seiner Frau Pranee, ob Nazima aufgetaucht sei. Die Antwort war negativ. Er versicherte ihr, dass die Kollegen alles tun würden, was in ihrer Macht stand. Leider erhielt er auch von ihnen eine negative Antwort. Es gab noch immer keine Spur seiner Stieftochter. Aber auch keine Drohung war eingegangen. Vermutlich hatte das Verschwinden Nazimas nichts mit Sophies Entführung, dem Abhörskandal und dem «Online-Toten» zu tun.

Um 17.52 Uhr rief er Carmen Soss an.

«Passen Sie auf, Frau Soss. Sie müssen den Beitrag aus der Sendung kippen. Anweisung von oben.»

«Aber warum?»

«Gefährdung von Menschenleben, Bewahrung der Freiheit, Befehl der Staatsgewalt. Was Sie wollen.»

«Wie meinen Sie das?»

«Ach, schon gut, fragen Sie einfach nicht.»

«Alles so doppeldeutig, Herr Kaltbrunner. Warum?»

«Sie sind sicherlich eine clevere Journalistin, Frau Soss. Oder?»

Carmen überlegte einen Moment, was er damit meinte. Da begriff sie. «Wie geht es Sophie?», fragte sie den Kommissär.

Endlich!, dachte Kaltbrunner, darauf hatte er gewartet. «Es geht ihr sehr gut», sagte er nur.

Nach dem Gespräch war sich der Kommissär sicher, dass ihn Carmen Soss richtig verstanden hatte. Dass Sophie frei wäre und er es ihr überlassen würde, den Beitrag über den grossen Lauschangriff von Telwebcom und der Bundesanwaltschaft auszustrahlen oder nicht.

Um 18.33 Uhr erhielt Kaltbrunner die Nachricht, dass Alessia Moser auf der Autobahn kurz vor Bern angehalten und verhaftet worden sei. Sie habe sich kooperativ verhalten. Kaltbrunner fragte nach, ob sie alleine im Lamborghini gewesen sei. Als die Kollegen dies bestätigten, fiel ihm ein Stein vom Herzen. Nazimas Verschwinden hatte also nichts mit der ganzen Sache zu tun.

Um 18.44 Uhr schaltete Kaltbrunner den Fernseher in seinem Büro ein und zappte auf Telebasel. In neun Minuten würde die Nachrichtensendung «7vor7» beginnen.

Um 18.51 Uhr klingelte sein Handy. Er kannte die Nummer nicht, vermutete aber eine Dienststelle der Polizei oder der Staatsanwaltschaft. Konkret dachte er an die Medienstelle. War etwa schon durchgesickert, dass er den Beitrag trotz dem Nein von Staatsanwalt Fässler laufen liess?

Es war aber der Einsatzleiter der Fahndung, die noch immer nach Olis Tochter suchte. Kaltbrunner schoss das Blut in den Kopf.

«Wir haben einen anonymen Anruf erhalten», sagte der Polizist. «Es wurde nur gesagt, dass es deiner Tochter vorerst noch gut gehe. Das sollen wir dir ausrichten. Kannst du damit etwas anfangen?»

«War der Anrufer ein Mann oder …»

«Eine Frau. Verstehst du das?»

«Nein.»

«Okay. Dann …»

«Was? Was? Was?», sagte Olivier. «Das kann nicht sein! Wann kam der Anruf?»

«Vor drei Minuten.»

Da war Alessia schon in Polizeigewahrsam. Woher tauchte plötzlich noch eine weitere Frau auf? Oder hatte es gar nichts mit dem Fall zu tun? Aber Oli verwarf diesen Gedanken sofort. Und zwar definitiv. Seine Tochter war entführt worden. Wegen des Abhörskandals. Alessias Spinnennetz der Nachrichtendienstler funktionierte also noch immer.

Kaltbrunner spürte den Herzschlag in seinem Kopf hämmern.

«Ich melde mich», sagte er zum Fahnder, brach die Verbindung ab und rief Carmen an: «Stoppt den Beitrag!», schrie er. «Bringt ihn bitte nicht. Es geht wirklich um Leben und Tod!»

«Das geht nicht mehr ...», antwortete Carmen. «Der Vorspann läuft bereits.»

Kaltbrunner schaute in den Fernseher. Tatsächlich.

«Scheisse!», schrie er. «Stoppt die Sendung! Sofort! Bitte!»

Es war zu spät.

«Was ist los, verdammt?!», sagte Giorgio Tamine, als er zu Olivier ins Büro stürmte. «Guckst du auch Telebasel?»

Kaltbrunner nahm die Fernbedienung und schaltete den Fernseher aus. Dann nahm er die goldene Brille von der Nase und sagte zu Giorgio: «Es ist noch nicht fertig. Jetzt haben sie meine Tochter Nazima.»

«Was?», rief Giorgio.

Dann schepperte Olis Handy. Er gab das Gerät Giorgio und sagte, er solle den Anruf entgegennehmen, es sei sicher der Staatsanwalt. Tamine sprach einige Minuten mit Fässler, sagte, Kaltbrunner sei nicht erreichbar, weil dessen Tochter entführt worden sei. Und schliesslich sei es richtig gewesen, den TV-Beitrag laufen zu lassen, man habe ja nicht ahnen können, dass ...

Oli hörte, wie der Staatsanwalt etwas ins Telefon bellte. Er riss Giorgio das Handy aus der Hand und drückte «Beenden».

Danach sassen sie fünf Minuten zusammen und diskutierten verschiedene Varianten durch, was sie als Nächstes tun sollten. Sie waren sich schnell einig, dass es nur noch einen einzigen Weg gab.

Um 19.24 Uhr betraten Kaltbrunner und Tamine das Krankenzimmer von Sophie Fretz. Die beiden Kommissäre quetschten Sophie regelrecht aus und fragten nach sämtlichen Details ihrer Entführung.

Sie müsse sich anstrengen, schliesslich gehe es um ein Kind, begründete Olivier die forsche Vorgehensweise.

Als Sophie nach einigen Minuten vom ersten Keller erzählte, fragte Olivier: «Wie hat er ausgesehen? Wie hat er gerochen? Welche Geräusche haben Sie gehört?»

«Ja, die Geräusche waren eindeutig», sagte Sophie. «Da war ein Boiler. Es wurde geduscht. Ich hörte die Toilettenspülung. Und ich ...»

«Ja, ja», unterbrach Kaltbrunner. «Was sonst? Haben Sie irgendetwas von draussen gehört?»

«Ja, Menschen. Ich denke, ich war in der Stadt irgendwo ...»

«Und sonst, was haben Sie noch gehört?»

«Eine Glocke. Ich glaube eine Kirchenglocke.»

«Das ist gut. Was noch?»

Sophie überlegte lange.

Oli wollte bereits wieder etwas fragen, doch Giorgio hielt ihn zurück.

«Ich hörte Busse», sagte Sophie plötzlich. «Und Trams! Eine Buslinie und eine Tramlinie. Alle paar Minuten. Aber ich habe nicht herausgefunden, an welchen Orten eine Bus- und eine Tramlinie aufeinandertreffen, weil ich die Stadt ...»

«Aber ich!», rief Olivier. «Danke! Komm, Giorgio, Grossalarm, ich will das ganze Rösslispiel vor Ort sehen!»

«Wo denn?»

«Thiersteinerallee. Dort kreuzen das 16er-Tram und der 36er-Bus. Daneben steht die Heiliggeistkirche. Und Carmen Soss wohnt dort. Sie steckt also hinter der Entführung. Sofort verhaften.»

«Okay, wenn du ...»

«Ja, verdammt!» Olivier Kaltbrunner liess keine Zweifel aufkommen. Er wandte sich Sophie zu: «Vielen Dank, sie haben uns sehr geholfen. Dass Carmen hinter ...»

«Ich habe das auch mal gedacht. Aber dann ... Meinen Sie wirklich, Carmen steckt doch dahinter?»

«Sieht so aus. Alles passt.»

«Nochmals wegen des Kellers, mir ist noch etwas aufgefallen.»

«Was denn noch?», fragte Olivier etwas ungehalten.

«Es hatte Fasnachtskostüme in diesem Keller. Und der Täter trug eine weisse Totenkopf-Larve.»

«Kostüme hat es in jedem Basler Keller. Und Larven tragen alle Leute, wenn sie Dreck am Stecken haben. Danke. Wir wissen genug!»

«Aber wissen Sie, Carmen ist sehr ...»

Der Kommissär verliess Sophie, hörte nur noch, dass sie etwas wegen der Fasnacht sagte, schenkte ihr aber keine Beachtung mehr. Jetzt stand er im Flur und stellte erfreut fest, dass Giorgio per Handy ein Grossaufgebot an die Thiersteinerallee organisierte.

35

Ab 19.03 Uhr herrschte auf sämtlichen Redaktionen der Schweiz der Ausnahmezustand. Ob TV- oder Radiostationen, ob Online- oder Printmedien – überall stellten die Nachrichtenjournalisten ihre Newssendungen und -beiträge um. Die bereits produzierten Aufmacher wurden gekippt, neue Schlagzeilen und Moderationen geschrieben. Jeder Journalist, der verfügbar war, versuchte, weitere Details zum Primeur des Lokalsenders Telebasel herauszufinden. Die Story war wirklich ein Skandal erster Güte: Das grosse Telekommunikationsunternehmen Telwebcom hatte jahrelang seine Kunden ausspioniert, Daten verkauft und vertrauliche Informationen missbraucht, teilweise sogar einzelne Kunden damit erpresst. Als die Bundesanwaltschaft dahintergekommen war, wurde der Skandal nicht etwa aufgedeckt und das Unternehmen zur Rechenschaft gezogen, sondern es wurde als private Spitzelfirma eingesetzt und sogar noch mit Lizenzen belohnt. So kam der Nachrichtendienst an Unmengen von vertraulichen Informationen über normale Bürger, vor allem aber auch an geheime Daten und Fakten über ganze Firmengruppen und Branchen. Dass dies alles nichts oder nur wenig mit der Bekämpfung von Kriminalität oder Terrorismus zu tun hatte, war klar: Das Interesse der Spione – dies zeigten eindeutige Beweise – konzentrierte sich auf Steuerfälle, Finanzdeals und andere Geschäfte, bei denen es um reichlich Geld ging.

Chefredaktoren schrieben Kommentare: Alle waren sich einig, dass dieser Lauschangriff aus der Schweiz das Format der Skandale aus den USA und England hatte. Er sei gar noch schlimmer, da ein privates Unternehmen erst gedeckt, dann belohnt und zum Schluss vermutlich erpresst worden war. Die Konsequenzen müssten sofort daraus gezogen werden. Für einige Mitglieder der Chefetagen in den Berner Amtsstuben dürfte es eng werden. Selbst einzelne Bundesräte könnten über diese Affäre stolpern und müssten zurücktreten. Nach der Fichenaffäre zu

Zeiten des Kalten Krieges wäre dies der wohl grösste Skandal der jüngeren Schweizer Geschichte.

Olivier Kaltbrunner grübelte. Er sass auf dem Mäuerchen vor dem Sutter Begg, wo vor wenigen Tagen Sophie Fretz und Carmen Soss von einem Geländewagen angefahren und Carmen der Laptop gestohlen worden war. Die Spuren waren noch deutlich zu sehen. Er wurde sich gerade bewusst, dass er noch immer keine Ahnung hatte, wer den Range Rover gefahren und als Tatwaffe missbraucht hatte. Nein, es war weder der Besitzer des Wagens, Ralf D. Moser, noch dessen Frau Alessia. Es musste ein anderer Mann gewesen sein. Der grosse Unbekannte? Der Mörder von Roger Jossi und Christoph Leiser? Aber wer zum Teufel war er?

Plötzlich fragte sich Kaltbrunner, was er hier mache. Die Polizeikräfte brachten sich in Stellung. Welche Abteilungen und Spezialisten waren überhaupt aufgeboten worden? Er wusste es nicht. Die ganze Organisation hatte er seinem Kollegen Giorgio Tamine überlassen. Selbst die Verhandlungen mit Staatsanwalt Hansruedi Fässler führte Tamine. Da es sich beim Entführungsopfer um Kaltbrunners Stieftochter handelte, war dies von der Einsatzleitung so bestimmt worden. Kaltbrunner solle aber zur gegebenen Zeit eingreifen und seine für ihn bestimmte Aufgabe wahrnehmen.

Oli wartete.

Über Funk hatte er mitbekommen, dass selbst der Polizeikommandant und der Regierungsrat über den Grosseinsatz im Bild waren. Da musste also eine richtig grosse Kiste im Gang sein. So wie er es verlangt hatte.

Aber warum war er sich so sicher, dass seine Stieftochter im Keller von Carmen Soss an der Thiersteinerallee gefangen gehalten wurde?

Eine Tram- und eine Buslinie, hatte Sophie Fretz gesagt. Das hatte sie vom Keller aus, in dem sie eingesperrt war, hören können. Hier, in der Thiersteinerallee, gab es die Tramlinie 16, die in der Nähe von Carmen Soss Wohnung die Buslinie 36 kreuzte. Und es gab die Heiliggeistkirche und ihr Geläute. Das passte alles. Aber es gab doch noch viele andere Orte in der Stadt, an denen es eine Tram- und eine Buslinie gab. Zum Beispiel an der Strassburgerallee, Ecke Burgfelderstrasse, bei der Wohnung von Daniel und Lina Kehrli ... Und dort gab es doch eine Kirche? Eine Kirche? Kaltbrunners Hirn rotierte. Nein, keine Kirche. Das Isaak-Iselin-Schulhaus. Das hat eine Kirchturmspitze und Glocken. Aber läuten die auch?

Verdammt, wieso bin ich nicht dorthin gefahren?, fragte sich Kaltbrunner. Daniel Kehrli ist doch ein tausendmal logischerer Täter als Carmen Soss. Die Journalistin war doch ein Opfer ... Und schliesslich hatte er Kehrli schon auf der Liste. Vor allem, nachdem herausgekommen war, dass Kehrli in der Nacht, als Jossi getötet wurde, nicht am Fussballspiel war. Wo war der Kerl überhaupt? War er nicht längst gefasst worden?

Was war mit ihm los?, fragte sich Oli. Was, wenn diese Aktion ein totaler Flop wurde?

Es war kein rationaler Entscheid gewesen. Bloss ein Bauchgefühl. Und Kaltbrunner wusste, dass sein Bauchgefühl schon mehrfach falsch gewesen war.

«Wir sind bereit», meldete plötzlich eine vertraute Stimme via Funk. Es war Tamine. «Oli, bitte melden.»

Oli drückte die Taste seines Funks: «Verstanden. Habt ihr Carmen Soss?»

«Ja, sie wurde auf der Redaktion von Telebasel verhaftet.»

«Und?»

«Nichts. Sie erlitt einen hysterischen Anfall. Wir mussten sie ruhig stellen.»

«Hat sie Nazima entführt?»

«Negativ.»

«Hör auf mit diesem Polizeischeiss, Tamine», brüllte Olivier. «Was heisst das?»

«Sie sagt Nein. Jetzt bist du dran. Antworten.»

Kommissär Olivier Kaltbrunner antwortete nicht. Ihm wurde kalt.

«Oli? Antworten!»

Kaltbrunner zitterte.

«Olivier?», krächzte Giorgio durch den Funk.

«Ich Depp!», murmelte Kaltbrunner. «Da läuft etwas schief, verdammt.»

«Olivier!»

«Ähm, ich glaube, wir sind doch am falschen Ort.»

«Waaaas?»

Kaltbrunner antwortete nicht.

«Oli! Antworten!»

«Wir sind am falschen Ort. Ich Idiot! Sophie wollte mir wegen der Fasnacht noch etwas sagen, aber ich habe nicht mehr hingehört. Vermutlich, dass Carmen keine Fasnacht mache. Natürlich, ich Depp! Carmen ist doch eine Deutsche!»

«Das heisst doch nichts. Los, wir ziehen das jetzt durch. Antworten!»

«Nein. Wir müssen zur Strassburgerallee zu Daniel und Lina Kehrli. Das sind doch Fasnächtler! Und dort gibt es auch eine Kirche.»

«Negativ.»

«Aber dieses Schulhaus mit dem Glockenturm. Läuten diese jeweils zur vollen oder halben Stunde, weisst du das?»

«Negativ.»

«Was negativ?»

«Ich weiss es nicht.»

«Die läuten sicher. Wir brechen ab und verschieben uns. Beim Kannenfeldplatz steht doch auch diese andere Kirche, dieser Betonklotz, wie heisst die schon wieder?»

«Negativ.»

«Was negativ?»

«Ich weiss nicht, wie sie heisst. Anton irgendwas ...?»

«Sankt Antonius. Und dann gibt es doch noch einen anderen Glockenturm oder nicht? Verdammt, wusste gar nicht, wie viele Kirchen es in Basel gibt. Jedenfalls hört man das Gebimmel der St. Antoniuskirche sicher im Keller von Lina und Daniel Kehrli.»

«Negativ. Diese Kirche steht an der Kannenfeldstrasse.»

«Die ist sicher laut. Hört man doch auch auf dem Polizeiposten an der Strassburgerallee.

«Negativ.»

«Warum negativ?»

«Wir ziehen das durch. Tram, Bus und der ganze Individualverkehr sind gestoppt, alles ist abgesperrt.»

«Das ist mir scheissegal!», brüllte Kaltbrunner in den Funk.

«Wir überprüfen die Strassburgerallee danach.»

«Nein, jetzt!»

«Negativ. Wenn du nicht hineingehst, gehe ich jetzt. Antworten!»

Olivier versuchte, sich zu beruhigen, atmete durch, hyperventilierte. Nach einer Weile drückte er die «Senden»-Taste am Funkgerät: «Okay. Ich gehe jetzt. Allein.»

«Verstanden. Wir haben dich im Blick. Alles nach Plan. Okay?»

«Okay», quittierte Kaltbrunner, konnte sich aber nicht an den genauen Plan erinnern.

Er schaltete den Funk auf stumm, stand auf und ging zum Haus von Carmen Soss. Dort wartete ein Polizeikollege in zivil. War das abgemacht? Kaltbrunner kannte dessen Gesicht, der Name fiel ihm allerdings nicht ein. Huber vielleicht? Oder Hasler? Egal. Der Mann begleitete ihn zur Haustüre. Kaltbrunner klingelte bei Carmen Soss.

Nichts passierte.

Kollege Huber oder Hasler trat vor Kaltbrunner und öffnete mit wenigen Handgriffen die Haustüre. Okay, sagte sich der Kommissär, ist wohl einer von der Fahndung oder von sonst einer Spezialeinheit.

Kaltbrunner ging ins Haus, suchte die Kellertreppe, knipste das Licht an und stieg hinab.

Er roch den Kellermief.

Die Holztreppe knarrte.

Er entdeckte die üblichen Kellerabteile eines alten Mehrfamilienhauses, mit Holzlatten abgetrennte, kleine Zellen. Darin waren Pneus, Ski, Kleider ... Auch Fasnachtskostüme. Das beruhigte ihn ein bisschen. Vielleicht war er doch am richtigen Ort. Warum bin ich nur so verunsichert?, fragte er sich. Das ist doch sonst nicht meine Art.

Kaltbrunner checkte kurz die Abteile ab. Wie absurd!, dachte er. Wie komme ich bloss zur Annahme, dass in einem solchen Keller ein gekidnapptes Kind sein könnte …

Dann sah er die Türe auf der gegenüberliegenden Seite der Treppe.

Er ging hin und lauschte.

Es war nichts zu hören.

Er blickte zurück. Er sah seinen Kollegen auf der Treppe. Dieser hatte die Pistole gezückt und zielte an Kaltbrunner vorbei auf die Türe. Olivier legte den Zeigefinger an seinen Mund: Pssst!

Dann wandte er sich der Türe zu und rief laut: «Nazima, ich bin da!»

«Paaa…», kam zurück. Dann nur noch Unverständliches. Jemand hielt Nazima den Mund zu, davon war Kaltbrunner überzeugt.

Er war doch am richtigen Ort!

«Polizei. Geben Sie auf!», rief er jetzt.

«Kommissär Kaltbrunner», erwiderte eine Frauenstimme, die dem Kommissär zwar bekannt vorkam, sie aber niemandem zuordnen konnte. «Sie sind ziemlich schnell.»

«Wer sind Sie?»

«Lina Kehrli.»

Im Kopf von Kaltbrunner zuckte und blitzte es. Lina Kehrli? Ehefrau von Daniel Kehrli. Beste Freundin von Carmen Soss. Was soll diese Scheisse?

«Lassen Sie Nazima frei und kommen Sie aus diesem Keller», forderte Kaltbrunner Lina auf.

«Vergessen Sie es. Ziehen Sie ab, Kaltbrunner.»

«Nazima, bist du verletzt?»

«Es geht ihr gut.»

«Lassen Sie sie sprechen!»

Schweigen.

Plötzlich: «Papa, ich habe Angst.»

Olivier Kaltbrunner drückte die Türklinke, sie war natürlich verschlossen. Er hämmerte gegen die Türe, bis ihn der Kollege Hasler oder Huber am Arm packte, durch den Keller führte und die Treppe hinaufschob. Dort wurde Kaltbrunner von Tamine in Empfang genommen und in einen Kastenwagen der Polizei geführt.

«Holt Carmen Soss her», befahl Kaltbrunner, «so schnell wie möglich. Und verhaftet endlich diesen verdammten Daniel Kehrli!»

Danach wurde ihm schwindlig. Und schlecht.

Er hörte, wie Tamine den Arzt rief.

Um 4:37 Uhr wurde der Einsatz an der Thiersteinerallee für beendet erklärt. Die Bewohner mehrerer Häuser konnten zurück in ihre Wohnungen. Die Strassensperren wurden aufgehoben. Die Einsatzwagen der Polizei, Sanität und Feuerwehr zogen ab. Das erste-16er Tram fuhr vorbei.

Es wurde Tag.

Nazima war unverletzt. Sie und Kaltbrunners Frau Pranee wurden von einer Psychologin betreut. Kaltbrunner hatte Hilfe abgelehnt. Er sass nun im Sitzungszimmer der Kripo im Waaghof zusammen mit seinem Team. Auch Staatsanwalt Hansruedi Fässler war anwesend. Das Meeting war als Debriefing angesagt worden, an dem alle Beteiligten über ihre Eindrücke und Emotionen sprechen sollten. Allerdings wurde es mehr zu einer Zusammenfassung der Ereignisse. Wie immer, wenn solche Debriefings veranstaltet wurden. Über Gefühle offen zu sprechen, war für die meisten Beamten nicht möglich. Olivier hatte solche Psycho-Veranstaltungen schon immer gehasst. Jeder Kollege und jede Kollegin ging anders mit aussergewöhnlichen Vorfällen um, die einen steckten mehr, die anderen weniger weg. Kaltbrunner sprach immer erst viel später mit den Leuten. Und immer zu zweit. Und nie im Büro. Dann konnte auch mal geweint werden.

«Wir dürfen stolz auf uns sein», sagte Staatsanwalt Fässler. «Der Einsatz ist gut zu Ende gegangen. Aber wir wissen, dass er auf Messers Schneide stand. Dies müssen wir genau analysieren.»

Kaltbrunner grinste. Ja, auf Messers Schneide sind wohl die richtigen Worte, dachte er. Und gleich auch noch: Du Hornochse!

Tatsächlich hatte Lina Kehrli Nazima mit einem Küchenkeramikmesser bedroht. Erst ihre Freundin Carmen Soss konnte sie zur Vernunft bringen. Lina hatte einen Schlüssel zu Carmens Wohnung. Und umgekehrt. Schon seit Jahren. Für den Fall, dass mal etwas sein sollte.

Lina hatte den abschliessbaren Raum im Keller entdeckt, als sie bei einer Geburtstagsfeier von Carmen Getränke aus dem Keller holte. Erst hatte ihr Mann, Daniel Kehrli, zusammen mit Alessia Moser, Sophie entführt. Lina gab ihnen den Tipp und Carmens Schlüssel dazu. Bei Carmen würde niemand suchen, waren sie überzeugt. Carmens Kellerschlüssel entwendete sie ihr einfach, damit sie nicht in den Raum konnte. Da Carmen eh durch den Wind war, sollte sie keine Probleme deswegen machen. Und Lina war überzeugt, dass sie sie jederzeit im Griff hatte, schliesslich hatte sie sie mehr oder weniger dazu gezwungen, vorübergehend bei ihr zu wohnen.

Trotzdem, als die Sache aus dem Ruder lief und er von der Polizei observiert wurde, brachte Daniel Kehrli mit einem Firmenfahrzeug seines Arbeitgebers Sophie in den Bunker, wo sich Alessia um sie kümmern sollte. Dann floh er. Er hoffte, Zeit zu gewinnen und sich ins Ausland absetzen zu können.

Das alles hatte Lina bei ihrer Festnahme und der ersten Einvernahme erzählt. Mit der Entführung von Nazima wollte sie ihrem Mann nur einen Vorsprung gewähren und in letzter Sekunde das Auffliegen des ganzen Skandals stoppen. Sie habe jahrelang nicht gewusst, was ihr Mann trieb, sagte sie aus. Erst nach dem Tod seines Freundes Christoph Leiser habe es ihr gedämmert.

Kehrli war Christophs Mörder. Er war es auch, der ihn ein erstes Mal auf dem Gartensitzplatz zusammengeschlagen hatte. Er nahm ihm damals nicht nur Portemonnaie und Handy weg, darum ging es ihm gar nicht, sondern um den USB-Stick mit Jossis Recherchen. Kehrli hatte auch Jossi getötet. Und er sass am Steuer von Ralf D. Mosers Rover, der eigentlich Alessia gehörte, aber von der Bundesanwaltschaft bezahlt wurde. Kehrli attackierte mit dem Wagen die beiden Journalistinnen vor dem Sutter Begg an der Thiersteinerallee und klaute Carmens Laptop mit den Daten zur Bespitzelungsaffäre drauf. Diesen Laptop, so sagte Lina weiter aus, habe sie mal durchforstet, als Daniel nicht zu Hause gewesen sei. So habe sie das ganze Ausmass des Skandals erfahren – und die Bestätigung erhalten, dass Daniel «Mitglied dieser unheimlichen Gangsterbande war», wie sie sich ausdrückte. Doch sie habe ihn nicht auffliegen lassen können. Dafür liebe sie ihn zu sehr. Deshalb habe sie ihm den Tipp gegeben, in Carmens Keller sei ein gutes Versteck für eine Entführung.

Kehrlis Job bei der Baufirma war nur eine Deckung. In Wirklichkeit arbeitete er für den Nachrichtendienst, war die rechte Hand von Alessia Moser und der Mann fürs Grobe in einem Netz irrwitziger Spione und alt Militärs aus der elektronischen Kriegsführung. Er habe sie auf seine Flucht mitnehmen wollen, hatte Lina weiter erzählt, man habe ihm und ihr eine neue Identität versprochen, wenn mal etwas schiefgehen würde. Aber sie habe keine Lust auf ein neues Leben gehabt.

Olivier Kaltbrunner sass schweigend da und dachte an den riesigen Berg Arbeit, der auf ihn und sein Team zukommen würde. All diese Aussagen, Indizien und Fakten müssten überprüft, Hunderte oder Tausende von Zeugen müssten befragt werden. Das würde Monate dauern. Jahre. Er hoffte inständig, dass sich eine übergeordnete Stelle wie die Bundesanwaltschaft oder wer auch immer der Sache annehmen würde.

Er sehnte sich gerade nach einem harmlosen, kleinen, dämlichen Einbruch in irgendeinen Shop. Zum Beispiel in jenen, der Lina gehörte.

Er musste lachen. Eine Kleiderverkäuferin, verheiratet mit einem Spion und Doppelmörder, wird zur Kidnapperin. Würde eine solche Story im Fernsehen gezeigt, würde er zu seiner Frau sagen, dass diese Schreiberlinge keine Ahnung von der wirklichen Polizeiarbeit hätten.

Um 10.34 Uhr überbrachte Giorgio Tamine Kommissär Kaltbrunner die Nachricht, dass ein VW Tiguan mit Basler Kennzeichen gefunden worden sei, in dem eine männliche Leiche mit Kopfschuss im Heck gelegen habe. Klarer Mord. Täterschaft unbekannt. Vermutlich handelte es sich beim Opfer um den gesuchten Kehrli, Daniel. Neben Kehrli habe eine Totenkopf-Larve gelegen.

Kaltbrunner fragte sofort, wo das Fahrzeug gefunden worden sei.

«Auf einem Feldweg, irgendwo bei Gempen.»

Kaltbrunner nahm seine goldene Brille ab, stand auf und umarmte Tamine: «Es lebe der Schweizer Kantönligeist. Gempen ist Kanton

Solothurn. Da haben wir nichts verloren, Tamine. Und dieses Mal hundertprozentig gar nichts!»

Um 14 Uhr setzte sich Olivier Kaltbrunner an der Heuwaage ins 16er-Tram und fuhr zur Heiliggeistkirche ins Gundeli. Er ging zu Carmens Wohnung und klingelte. Sie liess ihn eintreten und machte Kaffee.

«Ich möchte mich bei Ihnen entschuldigen», sagte der Kommissär.

«Danke, aber ich habe wohl auch ...»

«Nein, nein, vergessen Sies. Sie haben gar nichts. Eine Frage hätte ich allerdings noch: Warum haben Sie in ihrem Keller Fasnachtskostüme? Sie sind doch Deutsche? Als ich realisierte, dass Sophie in ihrem Verliess Fasnachtskostüme gesehen hatte, dachte ich, wir seien hier bei Ihnen an der falschen Adresse. Ich wollte den ganzen Einsatz ab...»

«Ich mache auch Fasnacht.»

«Hmmm, hmmm», machte Olivier. «So, so.»

«Wir Deutschen dürfen tatsächlich auch Fasnacht ...»

«Natürlich», meinte Olivier sofort. «Bei welcher Clique?»

«Der Spale. Wie Lina. Sie hat mir auch das Piccolospielen beigebracht.»

«Lina wird lange Zeit keine Fasnacht mehr machen.»

Carmen nahm die Hände vor ihr Gesicht.

«Haben Sie jemanden, mit dem Sie reden ...»

«Ich denke schon», schluchzte Carmen.

«Verzeihen Sie. Ich will nicht weiter stören.»

«Darf ich Sie auch noch etwas fragen?» Carmen putzte sich die Nase.

«Natürlich.»

«Warum musste Christoph sterben? Er hat doch gar nichts getan, ausser mir geholfen. Schliesslich waren doch Jossi, Sophie und ich hinter dieser Geschichte her.»

«Das ist etwas, wie soll ich sagen, Irrationales, Emotionales ...»

«Was ist es wirklich?», insistierte Carmen.

«Ihr Freund war bekanntlich ebenfalls in diesem elektronischen Kriegsführungsnetzwerk. Er war mit Ihnen zusammengekommen, um ...»

«Das ist nicht Ihr ernst? Er schleimte sich bei mir ein, um an Infos über unsere Recherche zu kommen?»

«Es ging ihm und der EKF beziehungsweise der Bundesanwaltschaft mehr um die Verräter des skandalösen Datendienstes.»

«Dann haben alle recht. Christoph hat mich niemals geliebt.»

«Umgekehrt, Frau Soss. Er hat sie eben geliebt und wollte die Daten nicht herausrücken. Auch seinem Freund Daniel nicht. Deshalb musste er sterben.»

Carmen schwieg. Sie hatte leere Augen. «Soll ich mich nun darüber freuen? Dass er mich geliebt hat? Dass er mich wirklich geliebt hat?»

«Ich weiss es nicht», sagte Kommissär Kaltbrunner, verabschiedete sich mit einem leichten Nicken und verliess die Wohnung.

Nach wenigen Schritten blieb er vor dem Sutter Begg an der Thiersteinerallee stehen, setzte sich wieder auf das Mäuerchen, wo Carmen und Sophie angefahren worden waren, wo er selbst gesessen hatte und den Polizeieinsatz zur Befreiung seiner Tochter aus Carmens Keller infrage gestellt hatte. Wo er sich selber und alles angezweifelt hatte.

Er holte sein Handy hervor, wählte Tamines Nummer und nahm die goldene Brille von der Nase. «Was machst du, Giorgio?», blaffte er.

«Protokoll tippen.»

«Negativ. Antworten!»

«Was negativ? Nicht verstanden, antworten!» Tamine spielte das Spiel mit.

«Neuer Auftrag: In drei null Minuten ist der Adler gelandet. Antworten!»

Es dauerte einen Moment, bis Tamine reagierte. Offenbar musste er erst nachdenken: «Verstanden. Adler ist in drei null Minuten gelandet. Positiv. Ende.»

Kaltbrunner musste lachen.

Um 16.56 Uhr stiessen die beiden im Kleinbasler Restaurant Adler mit der fünften Stange Bier bereits zum x-ten Mal auf den Fall, ihre Kameradschaft, auf die Fasnacht und auf die beiden Halbkantone

Basel-Stadt und Baselland und den benachbarten Kanton Solothurn, der jetzt den Mord an Kehrli an der Backe hatte, an.

Sie stiessen auch auf die Sitzungen und Debriefings mit Staatsanwalt Fässler an, die noch folgen würden, um den Fall ermittlungstechnisch aufzuarbeiten und psychologisch zu bewältigen.

Und sie bestellten sich noch vier weitere Runden, feierten ihren Erfolg und prosteten sich zu, dass ihre Art, den Fall zu verarbeiten, lustiger sei als die des Staatsanwalts. Das sei eben ihr persönliches Debriefing.

Aber keiner der beiden konnte das Wort noch richtig aussprechen.

Weitere Bücher des Autors:

ISBN 978-3-85882-565-0

Die Zeitung «Aktuell» schickt den jungen Reporter Alex Gaster ins Berner Oberland. Denn am Faulhorn ist ein bekannter Politiker abgestürzt, und Alex soll die Hintergründe des tödlichen Unfalls recherchieren. Zusammen mit seinem Vorgesetzten wittert das engagierte Jungtalent die grosse Story. Doch vorerst besetzt der Politik-Chef des «Aktuell» mit seinen Artikeln über die Schweizer Armee die Seite 1. Alex hingegen wühlt buchstäblich im Dreck. Dann findet er Hinweise, die ihm endlich einen Exklusivbericht ermöglichen könnten: einen toten Hund, den abgetrennten Arm einer Leiche und einen USB-Stick mit Daten über ein geheimes, europäisches Militärprojekt. Um die Story «hart» zu bekommen, braucht es einige journalistische Tricks. Da stellt Alex fest, dass nicht nur er, sondern auch die Regierung, ein mysteriöser Financier und internationale Terroristen hinter den Informationen her sind. Und der Storykiller. Und plötzlich stellt sich gar die Verlegerin quer. Doch Alex gibt für die Story alles und setzt dabei sogar seine Liebe aufs Spiel.

ISBN: 978-3-85882-659-6

Ein Paparazzo-Bild sorgt für einen Skandal: Der verheiratete Bundesrat und Familienvater Battista flirtet mit der Tochter eines deutschen Konzernchefs. Dass in dieser Firmengruppe lebensgefährliche Viren entwickelt und an Ratten getestet werden, macht die Sache zusätzlich brisant. Fotograf Jaël wird Opfer eines Mordanschlags, Bundesrat Battista verschwindet, und kurz darauf entdeckt ein Fischer in der Algarve Battistas Auto und eine Leiche. Auf das involvierte «People»-Magazin prasselt ein Shitstorm sondergleichen nieder. Aber Chefredaktorin Myrta Tennemann lässt nicht locker. Zusammen mit Kollegen vom Boulevardblatt «Aktuell» stöbert sie in Portugal Battistas Geliebte auf. Fotograf Jaël forscht in dessen privatem Umfeld in Basel nach Fakten. Zusammen decken sie nach und nach auf, was das Ganze mit dem Virus zu tun hat, das die gesamte Menschheit bedroht. Eine Geschichte über People-Journalismus, die Pharmaindustrie und die Sucht nach Ruhm, Ehre und TV-Präsenz – nach dem Medienkrimi «Der Storykiller» ist «Die Boulevard-Ratten» Philipp Probsts zweiter Roman.